보랏빛은
어디에서 오는가

보랏빛은
어디에서 오는가

나 희 덕 이 _ 읽 은 _ 우 리 _ 시

창비

책머리에

나는 비평가가 아니다. 그러나 내 속의 시인은 내 속에 사는 비평가와 무관하지 않다. 시를 읽거나 쓰는 동안 그 둘은 줄곧 마주 앉아 대화를 나누어왔다. 중학교 3학년 무렵 지금은 사라진 종로서적 바닥에 종일 쭈그리고 앉아 알 수 없는 시집들을 읽어댈 때부터 오늘에 이르기까지 시의 행간에 흐르는 강물은 나를 적실 듯하다가 이내 달아나곤 했다. 그 강물을 움켜쥐려 헛손질을 해대면서 시를 조금씩 이해하게 되었고, 시를 쓰고 싶은 욕구를 느끼게 되었다. 거의 동시에 내 속에서 싹트기 시작한 두 갈망은 그후로도 오랫동안 서로를 먹여살렸다.

물론 흔히 생각하듯 시에 대한 논리를 세우는 작업이 시적인 에너지를 방기하거나 건조하게 만드는 게 아닐까 하는 우려가 없지 않았다. 그럼에도 불구하고 시에 관한 글들이 이렇게 한권의 책을 이루게 되었으니, 나에게 비평적 글쓰기는 단순한 독서 이상의 의미를 지니고 있었던 모양이다. 여기에는 텍스트 자체의 매혹에서 촉발된 글보다 내가 고민해온 시의 문제들을 다른 시들을 통해 풀어보고자 쓴 글이 많다. 아마도 시인으로서의 자의식이 줄곧 작용했기 때문이 아닐까 싶다.

"글을 쓴다는 것은, 언젠가 우리가 우리 자신에게 던져서 그에 대해 답할 수 있을 때까지 끊임없이 우리를 괴롭히는 질문에 대답하려고 애쓰는 것"이라는 옥따비오 빠스(Octavio Paz)의 말처럼, 작가란 수많은 질문의 창살에 유폐당한 자들이다. 자기 안에 늘 해결될 수 없는 문제를 지니고 살아가는 한 어떤 형태로든 글쓰기는 계속될 것이다. 그 막막한 과정을 겪는 동안 다른 작가들의 작품은 문제 해명에 얼마나 풍부한 전거와 실마리를 던져주는가. 또 우리는 다른 사람에 대해 이야기하면서 실은 자기 자신에 대해 이야기하고 있는 때가 얼마나 많은가. 그러고 보니 너무 많은 시들에 빚지고 살아왔다.

1부는 비교적 자유로운 문체로 시에 관한 생각을 풀어낸 글들을 모았다. 1980년대 말에 등단해서 90년대를 거쳐 오늘에 이르는 동안 우리 시의 풍경은 나에게 참으로 많은 것을 가르쳐주었다. 어찌 보면 시의 침체기라고 할 수 있을 이 시기가 새로운 모색기이자 내적인 완성을 향해 가는 중요한 전환기였다고 나는 생각한다. 현실적 자아와 미학적 자아가 서로 길항하면서도 적절한 균형을 이룰 수 있었다는 점에서도 그러하다. 이 글들은 시대의 변화와 문명적 조건 속에서 시가 어떤 존재방식을 지녀야 하는가에 대한 개인적 모색으로 볼 수 있다.

2부에서는 '자연' '풍경' '여성성' '생태주의' '전통' 등의 개념을 중심으로 그와 연관된 우리 시의 흐름을 짚어보고자 했다. 전통의 흐름 속에 자신이 서 있는 위치를 자각하기 위해서라도 이는 한번쯤 짚고 넘어가야 할 주제들이었다. 익숙한 개념들의 연원부터 되물음으로써 먼저 그를 둘러싼 오해나 선입견을 밝히고, 근대적 맥락 속에서 그 문제들을 새롭게 성찰해보고 싶었다.

3부는 습작기부터 즐겨 읽고 적지 않은 영향을 받은 시인 또는 시집에 대한 작품론이다. 평론적인 성격이 가장 강한 부분이기는 하지만, 우리 시의 객관적인 지형도를 보여준다거나 엄정한 평가를 목적으로 한 글이라고 말하기는 어렵다. 다만 이 편애와 편독의 기록을 통해서라도 우리 시의 풍요로운 지평이 다양한 예각으로 드러나면 좋겠다.

그동안 쓴 원고들을 정리하면서 새삼 발견한 것은 내가 대칭적 사유구조를 상당히 완강하게 지니고 있다는 사실이다. 첨단의 노래와 정지의 미, 고향과 탈향, 소요와 침묵, 전통과 반전통, 물과

불, 불귀와 미귀 등 대립적인 항목들을 오가며 그 사이에서 균형
을 잡으려는 태도가 두드러진다. 이 책의 제목에 들어 있는 '보랏
빛' 역시 경계(境界)의 색이다. 보랏빛의 탄생이 그러하듯이 양자
사이의 부단한 진자운동을 통해 역동성을 잃지 말아야 한다는 생
각은 시를 쓸 때도 마찬가지였다. 내 시가 극단을 향해 나아가는
실험정신보다 균형감각에 의지하고 있는 것도 그래서일 것이다.
지금까지 내 세계를 지탱해온 힘인 동시에 중요한 한계를 발견한
것이 이 책을 내며 얻은 수확이라면 수확이다.

　　그러나 한권의 책을 내는 의미는 무엇보다도 어제의 글과 질문
에서 벗어나는 데 있다. 한편의 시를 쓰고 나서 대상의 생생함은
사라지고 껍데기만 남은 느낌을 지울 수 없었던 것처럼, 아름다운
시들과 나누었던 애틋한 교감이 이 식어버린 글 속에 얼마나 남아
있을지 두렵기도 하다. 모쪼록 이 책이 시를 가두지 않고, 무수한
질문의 껍데기로부터 나를 해방시켜주기를 바란다.

2003년 가을
나희덕

차례

낡은 구두와 「낡은 구두」

1. 낡은 구두 한켤레

1994년 겨울이었다. 차창 밖으로 진눈깨비가 잠시 뿌렸던 것도
같다. 라디오에서는 저녁 뉴스가 흘러나오고 있었고, 나는 들렸다
안 들렸다 하는 그 소리에 무심히 귀를 대고 있었다. 그러다 갑자
기 귀에 흘러든 소식은 문익환(文益煥) 목사님이 돌아가셨다는
부음이었다. 아, 이렇게 해서 한 시대가 저물어가는구나. 갑작스
러운 소식이었음에도 불구하고 그의 죽음은 내게 김남주(金南柱)
시인의 와병소식과 더불어 역사의 한장을 마감하는 상징처럼 받
아들여졌다.

빈소가 한일병원 영안실이라는 아나운서의 목소리를 듣고 나는

버스에서 내렸다. 그날 집에 일찍 들어가야 할 사정이 있었지만 왠지 문상을 가야 할 의무가 있기라도 한 사람처럼 나는 길을 돌려 버스를 갈아탔다. 사실 나는 그를 단 한번 만났을 뿐이다. 김남주 시인이 투병생활을 하는 동안 그는 병원에 주기적으로 들러 침을 놓아주었는데, 그곳에 병문안을 갔다가 침 놓는 모습을 곁에서 지켜보았던 적이 있다. 인사를 나누긴 했지만 그분이 나를 기억하실 리는 만무했다. 그런데도 익명의 조문객이 되기를 자청한 것은 80년대를 함께 겪어낸 사람이라면 누구나 그의 죽음에 대해 어느 정도의 빚을 지고 있다는 생각 때문이었다.

나와 비슷한 생각을 한 사람이 많았는지 병원 영안실에는 발 디딜 틈이 없을 정도로 각계각층의 사람들이 모여 있었다. 술국을 떠넣으며 이어지는 고인에 대한 회고담과 함께 지나간 시대에 대한 회한 섞인 얘기가 한창 오고갈 때였다. 갑자기 어떤 사람이 낡은 구두 한켤레를 들고 들어서더니 앉아 있는 사람들을 향해 말하기 시작했다. 그가 전하길, 문목사님은 평소에 한켤레 이상의 구두를 갖지 않았고, 그것이 다 닳아 해질 때까지 신고 다녔다고 한다. 그것은 바로 고인이 생전에 신던 구두였다.

나는 그 사람이 들어 보이는 구두를 유심히 바라보았다. 구두는 몹시 낡았고 굽도 반 넘게 닳아 있었다. 특히 굽 한쪽이 더 심하게 닳아 있어서 몸이 기우뚱거릴 것처럼 보일 정도였다. 흔히 말이나 얼굴은 속여도 손은 속일 수 없다고 하지만, 손보다도 발은 더 속일 수 없는 부분인 것 같다. "걷는다는 것은 아마도 가장 범속한,

따라서 가장 인간적인 몸짓"이라고 했던 롤랑 바르뜨(Roland Barthes)의 말처럼, 구두야말로 한 인간의 행로를 가장 여실하게 보여주는 도구임에 틀림없다. 고인이 얼마나 고단하고 부지런한 삶을 살았는지를 그 구두가 증명해주고 있었다. 그의 시에 발바닥에 관한 내용이 많은 것도 이와 무관하지 않을 것이다. 「발바닥 얼굴」 「난 발바닥으로」 「발바닥으로나 살 꺼나」 「발바닥이 손바닥에게」 등이 그런 예이다.

> 하느님
> 이 눈을 후벼 빼보시라구요
> 난 발바닥으로 볼 겁니다
> 이 고막을 뚫어보시라구요
> 난 발바닥으로 들을 겁니다
> 이 코를 틀어막아 보시라구요
> 난 발바닥으로 숨을 쉴 겁니다
> 이 입을 봉해 보시라구요
> 난 발바닥으로 소리칠 겁니다
> 단칼에 이 목을 날려보시라구요
> 난 발바닥으로 당신 생각을 할 겁니다
> 도끼로 이 손목을 찍어보시라구요
> 난 발바닥으로 풍물을 울릴 겁니다
> 창을 들어 이 심장을 찔러보시라구요

난 발바닥으로 피를 콸콸 쏟으며 사랑을 할 겁니다
장작더미에 올려놓고 발바닥째 불질러보시라구요
젠장 난 발바닥 자죽만으로 남아
길가의 풀포기들하고나 사랑을 속삭일 겁니다

—「난 발바닥으로」 전문

이 시는 눈과 귀, 코와 입, 목과 손목, 심장, 이 모든 것을 잃는
다 해도 가장 마지막까지 살아남아 싸우고 사랑할 존재가 바로 발
바닥이라고 노래한다. 그리고 발바닥마저 불타버렸을 때 '나'는
"발바닥 자죽만으로"라도 뭇 생명을 사랑할 거라고 말한다. 억압
과 시련의 역사를 온몸으로 헤쳐오면서 결국 한켤레의 구두를 남
겨놓고 떠난 그의 삶을 이토록 잘 갈무리한 시가 또 있을까. 이 시
에는 단순히 언어에서 나오는 감동이 아니라 낡은 구두를 통해 생
생하게 뒷받침되는 육성이 잘 살아 있다.
또 「발바닥이 손바닥에게」라는 시에서는 "난 너처럼 상장 같은
걸 받아본 일이 없다/그렇다고 상장 받는 너를 부러워해본 일도
없다"고 하면서 "난 그냥 발바닥이니까"라며 자신의 존재를 기꺼
워한다. 이 구절처럼 그는 역사의 머리가 아니라 민족의 발바닥으
로서 살았다. 그리고 가장 낮고 외로운 발바닥 하나만으로 그는
누구도 넘을 엄두를 내지 못한 분단의 경계선을 넘어설 수 있었
다. 어떤 장벽도 그의 뜨거운 걸음을 멈추게 하지는 못했다. 오직
죽음만이 그를 어디쯤에서 고요히 멈추게 했을 뿐. 그러나 그 구

두 속에 고인 어둠은, 그의 발이 연주하던 생의 음악을 내내 들려주고 있는 것 같았다.

집에 돌아오는 동안 그 낡은 구두 한켤레가 머릿속을 떠나지 않았다. 그러면서 나는 신발장에 처박힌 내 여러 켤레의 구두를 떠올렸다. 옷이나 모임의 성격에 따라 그때그때 갈아신던 구두들. 더러운 진창은 되도록 피해다니며 아스팔트 위의 마른 먼지나 묻히고 살아온 구두들. 한번도 정해진 궤도나 안전한 삶의 울타리를 벗어나본 적이 없는 구두들. 그 구두들이 증명해줄 나의 삶이란 과연 어떤 것인가. 그날의 질문은 낡은 구두 한켤레와 더불어 지금도 내게서 떠나지 않았다.

2. 한장의 「낡은 구두」

역사적 존재로서 살아간다는 것의 의미와 존엄성을 그 낡은 구두가 일깨워주었다면, 미학적 존재로서 가지게 되는 다양한 인식을 보여주는 구두가 또 한켤레 있다. 빈센트 반 고흐(Vincent van Gogh)의 그림 「낡은 구두」가 그것이다. 고흐의 대표작도 아닌 이 그림에 관심을 가지게 된 것은 하이데거의 강연록 「예술작품의 근원에 대하여」를 읽으면서였다.

하이데거(M. Heidegger)는 그 낡은 구두가 농부 여인의 것이라고 보고, 그녀가 그것을 신고 일을 하면서 구두에 대해 생각하거나 의식하지 않을 때 그 구두의 도구적 성격이 참된 것이라고 말한다. 그런데 정작 그가 고흐의 그림을 끌어낸 의도는 실제의 구두가 지닌 의미보다는 예술작품 속에서 그 구두가 열어 보이는 진리를 해명하기 위해서였다. "그러나 그럼에도 불구하고"라는 접속어 뒤에 하이데거는 그림 속의 낡은 구두가 거느린 심연을 시적인 문장으로 묘사하기 시작한다.

이 구두라는 도구의 밖으로 드러난 내부의 어두운 틈으로부터 들 일을 하러 나선 이의 고통이 응시하고 있으며, 구두라는 도구의 실 팍한 무게 가운데는 거친 바람이 부는 넓게 펼쳐진 평탄한 밭고랑을 천천히 걷는 강인함이 쌓여 있고, 구두가죽 위에는 대지의 습기와 풍요함이 깃들여 있다. 구두창 아래는 해 저물녘 들길의 고독이 깃 들여 있고, 이 구두라는 도구 가운데서 대지의 소리없는 부름이, 또 대지의 조용한 선물인 다 익은 곡식의 부름이, 겨울 들판의 황량한 휴한지 가운데서 일렁이는 해명할 수 없는 대지의 거절이 동요하고 있다. 이 구두라는 도구에 스며들어 있는 것은, 빵의 확보를 위한 불 평없는 근심과 다시 고난을 극복한 뒤의 말없는 기쁨과 임박한 아기 의 출산에 대한 전전긍긍과 죽음의 위협 앞에서의 전율이다. 이 구 두라는 도구는 대지(die Erde)에 속해 있으며, 촌 아낙네의 세계(die Welt) 가운데서 보존되고 있다. 이 보존된 귀속으로부터 도구 자체 의 자기안식이 생긴다. (『예술작품의 근원』, 오병남·민형원 옮김, 경문사 1979, 99면)

물론 이 모든 것을 인식하게 되는 것은 아낙 자신이 아니라 그림 속의 구두를 응시하는 시선이다. 아낙은 단지 구두를 신을 뿐이다. 그림을 바라보며 구두라는 존재자가 존재의 비은폐성 가운데로 나타난 것이라고 느끼고 그에 대해 의미를 부여하는 것은 예술가나 철학자의 몫이다. 하이데거에게 중요한 것은 그 구두를 신었을 실제적인 주체보다는 예술작품이 존재의 근원을 드러내는 방식 자체였다. 그래서 그는 예술작품을 통해서만 "일상적으로 있던 곳과는 전혀 다른 곳"으로 이끌릴 수 있다고 했던 것이다.

이러한 하이데거의 설명에 대해 미술사학자 샤피로(M. Schapiro)는 의문을 제기한다. 고흐가 그림의 소재로 삼은 구두는 농부 여인의 것이 아니라 도시 번화가에 살았던 고흐 자신의 것이라는 주장을 실증적인 자료들과 함께 내놓은 것이다. 따라서 고흐가 그린 것은 자신의 일부로서의 구두이며, 그런 점에서 「낡은 구두」는 일종의 자화상으로도 볼 수 있다는 것이 그의 해석이다. 샤피로의 입장에서는 그림 속의 구두에 주관적으로 농부와 대지의 상상을 투사한 하이데거의 해석은 지나치게 형이상학적이거나 자기기만에 빠져 있는 것처럼 보였을 것이다. 샤피로의 반박은 결국 예술에 대한 질문을 역사나 현실 바깥에서 던지는 하이데거의 태도를 겨냥한 것이었다. 이렇게 미술사학자 특유의 실증성에 힘입어 그림 속의 구두는 고흐 자신에게로 잠시 반환되는 듯했다.

그러나 이러한 샤피로의 노력에 대해 데리다(J. Derrida)는 그림 속의 구두는 이미 주체로부터 분리되어 그 누구의 것도 아니라고 말한다. 또한 그는 샤피로가 중시했던 경험적 진실과 아울러 하이데거가 추구한 근원적인 진리에 대해서도 유보적 입장을 취한다. 양자 모두 데리다가 보기에는 '귀속'의 욕망으로부터 자유롭지 못하기 때문이다. 데리다는 진리의 관점이 아니라 예술의 관점에서 사태를 바라보려고 한다. 그는 진리가 제거된 그림, 즉 '진리 없는 진리'를 말하고 있는 셈이다.

「낡은 구두」라는 그림 한장을 둘러싼 이 논쟁을 문외한인 나로서는 제대로 이해하기 어렵지만, 여기에는 철학과 예술, 또는 현실과 예술작품 사이에 끊임없이 제기되어온 복잡한 문제들이 깔려 있는 듯하다. 둘 중 어느 쪽에 우위를 두느냐는 개인의 선택에 달려 있지만, 그 선택이란 하나를 버리고 다른 하나를 취하는 방식이 아니라 양자의 역동적 관계를 놓치지 않는다는 것을 전제로 해야 할 것이다.

물론 예술의 역사에서는 데리다식으로 유보와 지연을 통해 모순적 양가성을 견지하는 일이 어느정도 가능하고 그것이 오히려 예술성을 확장시키는 데 기여할 수 있다. 그에 비해 현실적 역사는 개인에게 양가성보다는 하나의 입장과 그에 따른 실천을 요구하는 경향이 강하다. 그렇기 때문에 현실 논리에서는 그 복잡한 관계망을 이분법적으로 단순화시키거나 대상을 일방적으로 재단해버리기 쉽다. 최근 미당(未堂)의 시를 둘러싼 논의만 해도 이러한 이분법적 사고로부터 그리 자유롭지 못한 듯하다. 한 시인에

대한 평가는 결국 역사적 존재로서의 역할과 미학적 산물로서의
시의 관계를 어떻게 설정하느냐의 문제로 귀결된다고 할 때, 미당
의 역사적 과오와 문학적 성취를 균형있게 바라보고 그것을 타산
지석으로 삼을 수 있는 길은 과연 없는 것일까.

3. 부삽날의 반어로서의 시

다시 칠년 전 영안실에서 마주쳤던 구두로 돌아가 생각해보면,
그 낡은 구두가 그토록 강렬하게 각인되었던 것은 그 구두의 주인
이 어떤 삶을 살았느냐에 대한 선이해가 있었기 때문이다. 그래야
만 비로소 그 '낡음'이 단순한 물리적 소모나 경제적 빈곤을 뜻하
는 게 아니라 역사를 지극하게 살아낸 죽음의 표지로서 받아들여
질 수 있다. 하이데거는 예술작품을 통해 일어나는 초월의 사건을
말했지만, 때로는 현실 속에서 예술작품을 압도할 만한 진실의 흔
적이 발견되기도 한다. 문익환 목사님이 남긴 구두 한켤레가 그가
남긴 수많은 시보다 더 살아 있는 감동과 성찰을 던져준 것도 그
런 경우일 것이다.

그러나 모든 예술가에게 그와 똑같은 실물의 구두를 요구할 수
는 없는 노릇이다. 예컨대 미당과 함께 떠오르는 신발은 『질마재
神話』(일지사 1975)에 나오는 것처럼 유년시절 아버지가 사주신 신
발을 개울물에 떠내려 보내고 예순이 다 될 때까지 '대용품'으로

서 사 신는 신발이다. 신발뿐 아니라 원형적 세계를 잃어버린 자의 삶이란 대용품으로서의 의미를 넘어서기 어렵다. 떠돌이로서 일관한 그의 삶이 유독 신라나 질마재에 집착을 보이는 것도 결국은 '최초의 것'에 대한 그리움의 산물인 동시에 현실의 덧없음에 대한 고백으로 읽을 수 있다.

미당의 시를 읽고 있으면 "西으로 가는 달처럼" 표표히 어딘가로 사라지는 발걸음을 연상하게 된다. 그래서 지상을 스치듯 지나는 그의 신발은 결코 닳는 법이 없다. 역사의 개척자적인 궤적을 남긴 문목사님의 낡은 구두와는 대조적으로 시인 미당의 신발은 자신이 언젠가 밟았던 길을 미학적인 방식으로 끊임없이 지우며 간다. 그렇게 부끄러운 반점이 묽어지고 지워진 흔적들의 은밀한 운동성에 의해 미당의 시는 더 정교해지고 특유의 여운을 거느리게도 된다. 바로 이런 역설이 우리로 하여금 미당의 시에 대한 양자택일을 곤혹스럽게 만드는 이유일지도 모른다.

미당이 이렇게 한 인간으로서 남긴 신발과 그 발자국은 그의 문학적 본질과도 무관하지 않다. 그런 점에서 미당에게 역사적인 단죄를 내리는 일 못지않게 그 양자의 관계에 대한 해명이 좀더 깊이있게 진행될 필요가 있다. 탁월한 예술적 감각을 지녔다는 것만으로 그의 부끄러운 행적이 다 가려질 수는 없는 것처럼, 역사에 대한 자의식이 부족했다는 것으로 그의 예술적 성취 전체를 부정하기는 어렵다. 특히 누구의 신발을 비판하는 일에는 자신의 신발(또는 삶)에 대한 비판이나 자기다짐 같은 게 포함되어야만 그 내용이 설득력을 얻을 수 있다.

김수영의 「反詩論」에 이런 대목이 나온다. 김수영은 아내와의 성생활을 다룬 「性」이라는 시를 쓴 다음날 도봉산 밑에 있는 동생의 농장에 가서 부삽을 쥐어본다. 처음에는 약간 섬찟 했지만 곧 부끄럽지 않다는 확신을 가지면서 그는 더욱 날쌔게 부삽질을 한다. 그러면서 겨울의 석양빛을 받아 정답게 빛나는 농구(農具)들을 보고 다음과 같이 말한다.

그것은 프로스트의 詩에 나오는 외경에 찬 세계다. 그러나 나는 쁘띠 부르的인 '性'을 생각하면서 부삽의 세계에 그다지 압도당하지 않을 만한 자신을 갖는다. 그리고 여전히 부삽질을 하면서 이것이 농부의 흉내가 되어서는 안되겠다고 생각한다. 나는 죽고 나서 저승에 가서 심판을 받게 되면 내 아우보다 꾸지람을 더 많이 들을 것은 물론 뻔하다. 그것은 각오하고 있다.

그리고 그렇기 때문에 섣불리 농부의 흉내를 내고 죄의 감형을 기대하는 것 같은 태도는 더욱 불순하다. 나는 농부가 아니다. 그렇기 때문에 부삽질을 한다. 진짜 농부는 부삽질을 하는 게 아니다. 그는 자기의 노동을 모르고 있다. 내가 나의 시를 모르듯이 그는 그의 노동을 모르고 있을 것이다. (『김수영 전집 2』, 민음사 1981, 260~61면)

여기에는 김수영 특유의 자기비판과 예술가적 자의식이 잘 드러나 있다. 시와 삶이 어떤 식으로 관계 맺어야 하는가에 대해서 시인은 자신의 부삽질이 농부의 흉내가 아니라 시인으로서 그 도구에 대한 의식을 가진 행위가 되어야 한다고 역설한다. 시인의 삶이 농부의 삶 자체가 될 수 없다는 사실에서 예술적 자의식은 출발한다. 그러면서도 그에 육박하는 삶의 의미를 예술작품을 통해 길어내기 위해서는 그 이질적인 부삽이 주는 '불편함'을 정직하게 들여다보고 겪어낼 필요가 있다.

하이데거가 도구의 '도구성'에 대해 말하면서 고흐의 그림을 끌어낸 것도 이 지점쯤이 아닐까 싶다. 농부가 자신이 신고 일하는 구두나 손에 들고 있는 부삽에 대해 전혀 의식하지 못할 때 구두와 부삽의 도구성은 가장 이상적이다. 문목사님의 구두 역시 그처럼 스스로도 알지 못하는 사이에 낡아갔을 것이다. 그러나 예술작품의 운명이란 그 실물로부터 얼마만큼은 비껴 서 있기 때문에 스스로를 끊임없이 의식해야 하는 고통이 뒤따른다. 고흐가 낡은 구두를 그렸을 때, 그 그림 속에는 삶에서 우러난 깊은 고뇌와 비애도 깃들여 있지만 자신을 다시 대상화시켜 바라보는 예술적 자의식 또한 작동하고 있었을 것이다.

그렇게 본다면 「낡은 구두」 한장은 화가의 것이기도 하고 이미 화가의 것이 아니기도 하다. 그것이 그려지기까지의 과정 속에는 "그러나 그럼에도 불구하고"라는 접속어가 수없이 숨어 있다. 김수영의 「反詩論」 역시 그런 반전과 회의로 가득하다. '어떻게 살아야 할 것인가'와 '어떻게 쓸 것인가'가 끊임없이 내면에서 싸움을 벌인다. "나의 이런 일련의 배부른 詩는 도봉산 밑의 豚舍 옆의 날카롭게 닳은 부삽날의 반어가 돼야 할 것"이라는 김수영의 말은 오늘 나에게 스스로의 배부른(그리하여 빈한하기 짝이 없는) 시를 그래도 놓지 않게 하는 힘이 되어준다. 모든 예술은 삶에 대한 반어이자 그 반어의 반어이기에.

고향, 잃어버린 종소리

이 지저분한 작은 땅에도 예전엔 한그루 나무가 서 있었다. 그 나무는 곡식의 어린 싹에 향기를 뿌렸고 온 가지들은 하늘 높이 뻗어 있었다. 나무는 부족 전체를 밝히는 마지막 횃불로 밝게 빛났다. 그러나 놈들은 측량기사와 건축가를 보내 그 나무를 베어버리고 그곳에 지각없이 커다란 숙명의 사원을 세워놓았다.

──코피 아우너(Kofi Awooner)

1. 근대라는 숙명의 사원

집 없는 인간으로서의 현대인. 오늘날 현대인이 처한 위기를 이

만큼 총체적으로 대변해주는 말을 찾기란 쉽지 않다. 그런데 현대인의 더 심각한 위기는 고향을 잃어버렸다는 사실 자체보다 고향을 잃어버렸다는 사실조차 망각했다는 데 있다. 하이데거의 표현처럼 "이 가난한 시대는 이미 제 가난조차도 경험할 수 없는 것이다. 가난하다고 하는 결핍마저도 암흑 속에 빠뜨리고 마는 이 불능. 그것이 단적으로 시대의 가난함인 것이다." 그런 점에서 현대는 가장 풍요롭고 편리한 시대이면서 동시에 정신적으로는 가장 궁핍하고 불행한 시대인지도 모른다.

'고향'이라는 말 속에는 이미 '떠나온 자' 또는 '분리된 자'의 의미가 전제되어 있다. 자신이 태어나고 자라난 곳에 안착하고 있는 사람에게는 사실상 '고향'이라는 말이 따로 필요없다. 그러나 고향을 떠나지 않았다 해도 근대가 휩쓸고 지나간 어디에도 이제 공동체적 기반을 그대로 보존하고 있는 곳은 거의 없는 것처럼 보인다. 그 말이 일으키는 노스탤지어 속에는 이미 돌아가거나 돌이킬 수 없는 세계에 대한 비극적 숙명이 내포되어 있으며, 그것은 단순히 과거적 공간의 상실이라기보다 원형적 세계에 대한 근원적인 상실감이나 단절감을 의미하게 되었다.

엘리아데(M. Eliade)는 '향수(鄕愁)'라는 말 속에 두 가지 상반된 의미가 들어 있다고 보았다. 하나는 구체적인 고향에 돌아가고자 하는 귀향의지요, 다른 하나는 미지의 세계나 옛날에 대한 막연한 동경으로서의 이향감정을 말한다. 인간의 본성 자체에 귀향과 이향의 이중적 감정이 내재해 있다는 것이다. 인간이 내던져진 심연이 깊으면 깊을수록 그 심연으로부터 자기를 회복하려는 갈망 또한 절실해지기 마련이다.

그러나 세계의 무의미와 무질서에 맞서 '고향'의 의미와 질서를 복원하려는 시도는 근대의 어둠에 대해 너무 단순하게 이해한 결과가 아니냐는 반문으로부터 자유로울 수 없었다. 또, 개인과 공동체 사이의 연결이 사실상 불가능한 상태에서 고향을 탐구한다는 일은 해묵은 과거의 세계에 안주하거나 현실에 호환될 수 없는 관념을 구축하는 일로 여겨지기 십상이었다.

이러한 노력의 좌절은 문학에도 강하게 나타나고 있어, 최근의 문학은 현대인의 불안을 묘사하는 데 주로 바쳐지고 있다는 느낌이 든다. 근대적 개인은 공동체로부터 단절되어 오로지 사적인 영역 속에서만 거주하도록 길들여져왔다. 그 결과 소외의 심리로서 나르씨시즘만을 정교하게 발전시켜왔을 뿐, 새로운 공동체적 가치의 모색은 소극적인 상태에 머물러 있을 수밖에 없었다.

그런 점에서 백석의 『사슴』과 서정주의 『질마재 神話』는 고향에 대한 집중적이고 객관적인 탐구를 보여준다는 의미만으로도 주목해볼 만하다. '여우난골'이나 '질마재'는 두 시인의 고향일 뿐 아니라 우리 근대시에 나타난 고향의 대표적인 대명사가 되었다고 해도 과언이 아니다. 하지만 그 자족적인 세계가 현실 속에서 얼마나 살아 있는 공간이 될 수 있는가에 대해서는 회의적인 견해 또한 거느리고 있는 게 사실이다. 고향을 다룬 이 시집들은 당대의 시대적 배경과 시인이 그려나간 작품세계의 궤적을 살펴봄으로써 그 의미가 새롭게 부여될 수 있을 것이다.

2. 여우난골과 질마재

백석(白石)과 서정주(徐廷柱)는 각각 1912년생과 1915년생으로 비슷한 시기에 태어났다. 따라서 북방과 남방이라는 기후적·언어적 특질을 제외하고는 고향에 대해 크게 다르지 않은 심상을 지녔을 것으로 추측된다. 흥미롭게도 『사슴』이 발간될 무렵 백석의 나이는 스물다섯살이었고, 서정주의 『질마재 神話』는 예순 전후로 씌어졌다. 『사슴』(선광인쇄주식회사)이 일제의 식민정책이 한창 고조되던 1936년에 나왔다면, 『질마재 神話』(일지사)는 유신체제가 고착되고 산업화가 심화되던 1975년에 나왔다. 구체적인 시대 배경은 다르지만, 망국민으로서의 슬픔이나 산업화로 인한 소외는 강렬한 고향 상실감을 형성시키기에 공통적인 조건이었을 것이다. 그리고 분열과 갈등이 없던 유년 또는 전근대적 공동체를 복원시켜놓음으로써 그 상실감을 치유하고 극복하고자 했다는 점에서도 두 시집은 공통적이다.

그런데 백석의 경우 고향에 대한 회상을 하기에 스물다섯은 너무 젊은 나이라고 하지 않을 수 없다. 유년기의 추억이 되살아나서 삶 속에 통합되기까지는 어느정도의 기간이 필요하다. 정신분석학에서는 자아의 통합이란 삶의 후반기의 문제라고 말하기도 한다. 청년기의 새로운 체험이 더이상 유년기를 방해하지 않는 싯점이 되어서야 비로소 유년기는 감추어졌던 깊이를 드러내게 되는 것이다. 이런 점을 감안할 때 백석의 시에 나오는 유년이란 청년기를 완전히 통과하지 않은 상태에서 길어올린 샘물과도 같다고 할 수 있다. 실제로 『사슴』에는 뼈저린 실향의식이나 시대적 절망감이 드러나 있지 않다. 다만 고향의 풍속과 생활이 사실적으로 재현되고 있을 뿐이다. 시에 등장하는 인물들 역시 '나'라는 현실적 자아에 의해 굴절되는 법이 없고, 자아와 세계의 갈등관계를 좀처럼 드러내지 않는다. 이 점은 개인적 상실감을 직설적으로 토로하는 데 머물렀던 당시의 다른 고향 시편들에 비해 『사슴』의 시들이 빛을 발하는 대목이기도 하다. 모더니즘의 세례와 무관하지 않았던 한 시인에게서 반모더니즘적 소재가 집중적으로 탐구되었다는 점 역시 이런 맥락에서 이해될 수 있다. 사전이나 해설 없이는 읽어내려갈 수 없을 정도로 토속어나 방언을 사용한 것은 고향이라는 주제에 적합한 언어방식을 고심한 모더니스트적 선택이 아니었을까 싶다. 또한 그런 선택이 민족언어가 심각한 위협에 처했던 당시에 민족공동체 회복을 위한 실천의 일환이 될 수 있었다.

결국 『사슴』은 시대적 상실감에 맞서 고향을 탐구하려는 독자적이고 끈질긴 언어적 대응이었다고 할 수 있지만, 실존적인 차원에서는 분열과 상실을 본격적으로 통과하기 이전의 시편으로 보여진다. 고향을 소재로 한 시들이라 하더라도 『사슴』에 실려 있는 시들과 그 이후의 시들은 그 체험의 질량면에서 현저한 차이가 느껴진다. 「여우난골族」「古夜」「가즈랑집」「고방」 등에 그려진 친족 공동체와 유년의 풍요로움은 민속과 전설, 속신 등이 고스란히 살아 있는 자기충족적 세계다. 그러나 그 자족적인 세계는 깨어질 수밖에 없는 것이어서, 시인은 1940년을 전후로 만주, 신의주 등을 떠돌며 살아가게 된다. 그 무렵에 씌어진 시들에는 자연히 성인이 된 서정적 자아가 등장하고 고향 상실의 감정 또한 절박하게 드러난다. 「北方에서」「木具」「국수」「수박씨, 호박씨」 등을 읽으면 떠도는 자의 쓸쓸함이 다분히 주관적이고 내면적인 어조에 실려 전해져온다.

더이상 여우난골의 세계로 돌아가는 일이 불가능하다는 것을 깨닫는 순간, 그에겐 차라리 타향을 또다른 고향으로 삼으려는 노력이 나타나기도 한다. 「故鄕」이라는 시를 보면 그는 북관(北關)에 혼자 앓아누워 있다가 의원을 찾아간다. 그런데 고향 얘기가 나온 끝에 그분이 아버지와 막역한 사이라는 걸 알게 되고 본연적인 친근감을 느낀다. "醫員은 또다시 넌즈시 웃고/ 말없이 팔을 잡어 맥을 보는데/ 손길은 따스하고 부드러워/故鄕도 아버지도 아버지의 친구도 다 있었다"고 말하는 시인은 타향에서의 사소한 만남에서 고향에 돌아온 느낌을 갖기도 한다. 이것은 그가 유랑의 삶을 자신의 운명으로 받아들였음을 의미한다.

「흰 바람벽이 있어」나 「南新義州 柳洞 朴時逢方」 같은 후기시 몇편은 유랑이 낳은 슬픔의 시편이면서도 삶의 근원에 대한 성찰과 향수를 담고 있다는 점에서 단순한 감상을 넘어서고 있다. 얼핏 개인적 슬픔에 머무는 듯한 그 시들은 공동체적 이상을 포기했다는 인상을 주기도 한다. 그러나 정지용(鄭芝溶)의 시에 나오는 "그곳이 참하 꿈엔들 잊힐리야"(「鄕愁」)와 "어린 시절에 불던 풀피리 소리 아니 나고/메마른 입술에 쓰디 쓰다"(「故鄕」)는 같은 샘에서 흘러나온 구절들이다. 이처럼 고향에 대한 그리움과 상실감이 향수의 양면성이라는 걸 감안한다면, 백석의 변화가 시적인 뒷걸음질만은 아니라고 생각된다.

> 내 어지러운 마음에는 슬픔이며, 한탄이며, 가라앉을 것은 차츰 앙금이 되어 가라앉고,
> 외로운 생각만이 드는 때쯤 해서는,
> 더러 나줏손에 쌀랑쌀랑 싸락눈이 와서 문창을 치기도 하는 때도 있는데,
> 나는 이런 저녁에는 화로를 더욱 다가 끼며, 무릎을 꿇어보며,
> 어니 먼 산 뒷옆에 바우섶에 따로 외로이 서서,
> 어두어오는데 하이야니 눈을 맞을, 그 마른 잎새에는,
> 쌀랑쌀랑 소리도 나며 눈을 맞을,
> 그 드물다는 굳고 정한 갈매나무라는 나무를 생각하는 것이었다.
>
> ── 백석「南新義州 柳洞 朴時逢方」부분

어느 곳으로도 돌아갈 수 없는 한 사내의 막다른 심정. 그러나 그는 슬픔을 발산하는 것이 아니라 그것을 안으로 가라앉혀 정화

시켜가는 과정에서 자신의 뜻이나 힘보다 "더 크고, 높은 것이 있어서, 나를 마음대로 굴려가는 것을 생각"하며 그 운명적인 힘을 받아들인다. 이 시에 운명론적 체념의 냄새가 없다고는 할 수 없지만, 그 '체념'에 대해서는 곰곰이 생각해볼 필요가 있다. 우리가 운명의 힘과 맞닥뜨리게 되는 것은 자신의 삶을 어느 극점까지 밀고 가거나 스스로를 내던지는 순간에야 가능하기 때문이다. 그러기에 슬픔의 극점에서 보이는 체념이란 손쉬운 안정이나 위안을 얻기 위해서가 아니라 어둠을 어둠으로 응시하고 받아들이는 데서 일어나는 변전(變轉)의 차원일 수도 있다. 그 순간 떠올리는 "굳고 정한 갈매나무"는 그동안 개인적 염결성에 대한 다짐으로 주로 이해되어왔다. 하지만 그것 역시 일상적 희망을 잃어버림으로써 비로소 획득하게 되는 형이상학적인 희망의 표상으로도 읽을 수 있지 않을까. 그리고 공간적인 고향에 대한 탐색은 아니더라도, 세계에 대해 느끼는 근원적인 상실감과 그것을 넘어서려는 의지는 넓은 의미에서 고향에 대한 추구라고 볼 수 있을 것이다.

'체념'과 관련해 떠오르는 글이 있다. 다음은 하이데거가 자기 고향의 산과 들, 종지기였던 아버지, 그리고 그곳에서의 유년을 회상하면서 쓴 짧은 산문 「들길」의 마지막 대목이다.

종(鍾)도 마지막으로 얻어맞자 고요는 더욱 고요해진다. 이 고요는 두 차례에 걸쳐 세계대전을 지나오는 사이 시대에 앞서 제물로 바쳐진 저들에게까지도 미치고 있다. 단순하기만 한 것은 어느 사이에 더욱더 단순해졌다. 노상 한결같은 것은 낯선 표정을 지으면서도 해결의 실마리를 찾아간다. 들길이 외치는 소리는 이제 누구 귀에나 들릴 수 있을 만큼 또렷해졌다. 들어보자. 심혼이 이야기를 하겠는가, 세계가 이야기를 하겠는가, 아니면 신이 이야기를 하겠는가.

모든 것은 한결같은 것 속에다 대고 체념을 이야기하고 있다. 체념이라고 해서 빼앗는 게 아니다. 체념이란 주는 것이다. 단순하기만 한 것에서 뽑아올려도 뽑아올려도 다함이 없는 힘을 체념은 주는 것이다. 들길이 외치는 소리는 오랜 내력(來歷) 속에서 고향 품에 안기고 있다. (『하이데거의 시론과 시문』, 전광진 옮김, 탐구당 1981, 220~21면)

여기서 하이데거가 말하는 '체념'은 포기나 단념과는 다르다. 고향의 들길이 베풀어주는 존재의 빛처럼 가장 단순한 것 속에서 무한한 힘을 끌어올리는 순간을 그는 '체념'이라 부르고 있다. 그렇다면 "그 드물다는 굳고 정한 갈매나무" 역시 상실의 극단에 놓인 존재에게 비춰진 한줄기 빛이라고 볼 수 있을 것이다. 『사슴』의 독자적인 가치를 인정하지 않는 것은 아니지만, 그 서사성이 강한 초기시에서 후기시와 같은 존재의 깊이를 느끼기는 어렵다. 물론 고향의 객관적 형상화나 공동체적 연대의 모색이 불필요하다거나 불가능해졌다고 말하려는 것은 아니다. 다만, 시에서의 고향 탐구가 어떤 가공적인 세계의 재현을 통해서뿐 아니라 분열된 현실 자체를 노래하는 것으로도 가능하다는 이야기다.

『사슴』에 나타난 고향이 백석 문학의 출발점이었다면, 『질마재神話』에 나타난 고향은 서정주 문학의 일차적인 종착점에 해당한다. 여기서 종착점이라고 한 것은 그것이 최종적으로 완성된 세계라는 뜻이 아니라 또다른 출발점 또는 반환점이라는 의미에서다. 그가 일찍이 「自畵像」에서 "스물세햇동안 나를 키운건 八割이 바람"이라고 선언했듯이, 시인에게 '유랑'의 운명은 이미 정해진 것처럼 보인다. 그에게 고향은 '죄인'이나 '천치'의 얼굴을 부여해주는 곳이며 그에 대해 시인은 "나는 아무것도 뉘우치진 않을란다"고 하면서 위악적인 당당함으로 맞선다. 이러한 태도는 고향에 대해 시인들이 일반적으로 가지고 있는 향수의 감정과는 매우 다른 것이다. 그는 고향 쪽을 바라보는 "슬픈 사슴"보다는 고향을 뛰쳐나온 "병든 수캐"의 헐떡이는 혓바닥이나 "표범의 위장", 또는 "독사의 눈깔" 등과 같은 원시적 충동을 통해 자아를 초극하고자 한다.

이런 일탈적 충동에 지배되고 있는 『花蛇集』(남만서고 1941)의 세계와 전통으로의 회귀를 보여준 『歸蜀途』(선문사 1946)의 세계는 흔히 대립적인 것처럼 이해되어왔다. 그러나 이 두 시집을 탈향과 귀향의 측면에서 보면 초기부터 두 지향이 상당히 혼재되어 있는 걸 발견할 수 있다. "잊어버리자. 잊어버리자./히부얀 종이燈ㅅ불

밑에 애비와, 에미와, 게집을,／그들의 슮은 習慣, 서러운 言語를,／찌낀 흰옷과 같이 벗어 던저버리고"라고 노래한「逆旅」가『歸蜀途』에 실려 있고, 고향 등불 아래 돌아와 "흰 무명옷 가라입고 난 마음"을 노래한「水帶洞詩」가『花蛇集』에 실려 있다는 사실은 그것을 단적으로 말해준다. 어찌 보면 저주받은「自畵像」에서 시작해「復活」로 끝나는 첫 시집의 구성 역시 '탈향'과 '귀향' 사이에서 길항해온 서정주의 시적 내력을 한편의 드라마처럼 예시해주는 것 같다. 그에게 있어 탈향과 귀향은 시간적 순차를 가진 것이라기보다는 시적 자아 속에 공존하고 있는 얼굴의 양면이다.

　　나보고 명절날 신으라고 아버지가 사다주신 내 신발을 나는 먼 바다로 흘러내리는 개울물에서 장난하고 놀다가 그만 떠내려 보내버리고 말았읍니다. 아마 내 이 신발은 벌써 邊山 콧등 밑의 개 안을 벗어나서 이 세상의 온갖 바닷가를 내 대신 굽이치며 놀아다니고 있을 것입니다.
　　아버지는 이어서 그것 대신의 신발을 또 한켤레 사다가 신겨주시긴 했읍니다만, 그러나 이것은 어디까지나 대용품일 뿐, 그 대용품을 신고 명절을 맞이해야 했었읍니다.
　　그래, 내가 스스로 내 신발을 사 신게 된 뒤에도 예순이 다 된 지금까지 나는 아직 대용품으로 신발을 사 신는 습관을 고치지 못한 그대로 있읍니다.

　　　　　　　　　　　　　　　　　　　　　　　　　　—「신발」전문

이 시는 유종호(柳宗鎬)의 표현처럼 "단초와 최초의 것에 대한 인간의 향념"을 비유적으로 보여주고 있다. 최초의 신발만이 신발로서의 진정한 의미를 가지며 나머지는 모두 대용품일 뿐이라는 인식을 좀더 확대하자면, 유년과 고향을 떠나 살아온 이후의 삶이 한낱 대용품에 불과하다는 생각과도 통한다. "이 세상의 온갖 바닷가를 내 대신 굽이치며" 다니고 있을 신발을 이제 돌이켜 찾을 길은 없겠지만, 그 최초의 신발을 기억하는 일 자체가 세월의 흐름을 거슬러 그 신발에 도달하는 길이기도 하다는 것을 시인은 알고 있다. 『질마재 神話』는 바로 그 잃어버린 원형적 세계에 대한 그리움의 소산이다.

그런데 제목에 들어 있는 '신화'라는 표현에도 불구하고 시집의 내용은 생활과 매우 밀착되어 있으며 민중의 전형이라 할 만한 인물들이 친화력있게 그려지고 있다. "똥오줌 항아리, 거길 明鏡으로 해 망건 밑에 염발질을 열심히 하고" 있는 상가수(上歌手)의 모습이라든가, 마을에 간통사건이 일어났을 때 가축용 여물로 우물들을 메우고 새로운 생수를 찾아 갈증을 달램으로써 공동체의 자기부과적 형벌을 치러내는 모습 등은 개인의 일상이 집단적 윤리나 우주적 질서에까지 가닿아 있음을 보여준다. 그것은 이순(耳順)에 이른 시인이 고향에 대해 가지게 된 인식의 반영으로서, 기억에 의지해 '재현'된 것이라기보다는 원형적 세계에 대한 탐구가 낳은 일종의 '발견'이라고 해야 할 것이다.

현대문명 속에서 고향은 더이상 재현의 대상이 아니다. 설령 어느정도 재현이 이루어졌다 하더라도 재현된 세계와 오늘의 현실 사이에 존재하는 거리는 쉽게 설명되거나 좁혀지지 않는다. 그 발견된 세계 역시 또하나의 대용품일 수밖에 없는 시대에 우리는 살고 있는 것이다. 그러므로 시인은 자신이 발견한 세계 속에 안주할 수 없으며, 또다시 '유랑'의 길을 떠날 수밖에 없다. 『질마재 神話』 다음에 나온 시집이 『떠돌이의 詩』라는 것은 유랑의 운명과 공동체적 신화 사이의 왕복운동이 아직 끝나지 않았음을 보여준다. 그후로 세계여행을 다니면서 쓴 『西으로 가는 달처럼』을 거쳐 삼국유사의 세계로 돌아와 『鶴이 울고 간 날들의 詩』를 내놓은 것 역시 유랑과 회귀의 원주가 좀더 넓게 그려진 과정으로 볼 수도 있겠다.

3. 전회(轉回)의 발자국을 내주는 사람

백석과 서정주 시의 궤적을 통해 새삼 확인하게 되는 것은 시인이란 근본적으로 편력의 정신을 지닌 존재라는 사실이다. 볼노 (L. F. Bollnow)가 "모든 인간은 방랑자(der Wandernder)인 동시에 거주자(der Wohnender)"라고 말한 것처럼, 두 시인의 시에서도 탈향과 귀향의 과정이 끊임없이 반복되고 있다.

횔덜린(J. F. Hölderlin)은 "이 가난한 시대에 무엇을 위한 시인인가?"라는 질문을 던져놓고 "그러나 시인들은, 거룩한 밤에 나라에서 나라로 편력하는 주신(酒神)의 거룩한 제관(祭官)과 같은 것"이라고 대답했다. 그 말을 인용하면서 하이데거는 다시 "시인이란, 성심껏 주신을 노래하면서 사라져간 신성의 흔적을 알아채고, 그 흔적 위에 체류하고, 그리하여 저와 동류인 인간을 위해서 전회(轉回)에의 길을 발자국 내주는 사람"이라고 덧붙이기도 했다. 이 말은, 사라진 고향의 흔적을 가장 마지막까지 기억하고 새로운 고향을 향해 끊임없이 길을 내는 자가 시인이라는 뜻을 담고 있다. 여우난골이나 질마재는 앞서간 그 '전회'의 발자국들 중 하나일 것이다.

서정주의 시 중에 "아조 할수없이 되면 고향을 생각한다"(「무슨 꽃으로 문지르는 가슴이기에 나는 이리도 살고 싶은가」)는 구절이 있다. "아조 할수없이 되면"이란 어떤 때일까? 「石窟庵觀世音의 노래」에 나오는 것처럼 "세월이 아조 나를 못쓰는 띠끌로" 허공에 무화(無化)시키는 때를 말하는 것일까? 고향은 이처럼 존재가 무화의 위기에 놓여 있을 때, "내가 가시에 찔려 앞어헐때는(…)내가 찔레스가시나 새금팔에 베혀 앞어헐때는, 어머니와같은 손까락으로 나를 나시우러 오는"(「무슨꽃으로 문지르는 가슴이기에 나는 이리도 살고 싶은가」) 것이다. 고향의 손길이 상처를 꽃으로 문지르고 나면 다시금 "붉은피"가 돌아오고 "푸른숨"이 돌아오고, '나'는 다시금 살아볼 엄두를 낼 수 있게 된다.

이처럼 전회의 순간은 상실의 극한에서 찾아온다. 그 순간을 위해서는 소외의 현실에 깊이 발을 담그되 근원에 대한 감각을 끝까지 놓치지 말아야 한다. 종탑이 시계로 바뀌면서 근대는 시작되었다는 말이 있지만, 시계가 지배하는 근대의 사원에서 잃어버린 종소리를 이끌어내는 일은 아직도 가능하다. 시가 현대에서 담당해야 할 몫이 있다면 희미하게나마 그 종소리를 불러일으키는 일이라고 나는 생각한다. 고향을 시적인 소재로 선택하느냐의 여부는 그리 중요한 문제가 아니다. 무엇보다도 필요한 것은 자신과 자신의 시대가 상실한 것이 무엇인가에 대해 천착하면서 그 상실의 극한을 넘어서는 일일 것이다.

탄생의 순간을 포착하는 시론

    한편의 시가 태어나는 순간을, 또는 하나의 생명이 태어나는 순간을 논리적인 언어로 설명한다는 것은 불가능에 가까운 일이다. 그러기에 시론은 그 불명료하고 유동적인 순간의 표현과 전수를 위해 어쩔 수 없이 필요하지만, 시가 태어나는 현장성에서는 늘 조금은 어긋나고 미달된 형태로 존재할 수밖에 없다. 나는 자기만의 독특한 시론이나 방법론을 가진 시인들을 부러워하면서도 그런 시인들에 대한 전적인 신뢰는 유보해온 편이다. 시적인 방법론이란 한편의 시에서는 유용하지만 매순간 변화를 도모하지 않으면 이내 비슷한 시들을 찍어내는 틀이 되어버리기 때문이다. 한권의 시집이나 일정 기간의 시들이 단일한 방법론에 의해 씌어졌다는 것은, 시 한편 한편에 따르는 연장 파기(破棄)의 의무를 게을

리한 것이라고도 볼 수 있다.

물론 방법론의 단순한 적용과 변형만으로는 시가 인공적인 차원에 머물러 있을 수밖에 없다는 나의 생각이 본질에 대한 지나친 집착에서 나온 것인지는 모르겠다. 하지만 스타일이란 그것이 완성되는 순간 스스로 부정되어야 할 대상인 것은 분명하다. 시론은 그런 부정의 역학을 잃지 않을 때만이 유용할 수 있다. 그런 의미에서 나는 언젠가 독자적인 시론을 가진 시인이 되고 싶지만, 시론에 갇히는 시인은 되고 싶지 않다.

시론을 읽을 때도 마찬가지이다. 정교한 방법론이나 비평적 테마를 제시해주는 시론보다는 또하나의 시적 창조를 추동할 수 있는 맹아적 힘을 가진 시론들에 더 손이 간다. 그런데 전자의 역할을 충실히 해내는 시론들은 많지만, 후자와 같은 시적 울림을 지닌 시론을 발견하기란 쉽지 않다.

내 경험 속에서 후자의 예를 찾는다면, 가스똥 바슐라르(Gaston Bachelard)와 옥따비오 빠스(Octavio Paz)의 시론이 영혼을 고양시키는 힘을 가장 풍부하게 전달해주었던 것 같다. 그들과의 만남은 대학시절 정현종(鄭玄宗) 시인의 강의를 들으며 자연스럽게 이루어졌다. 수업시간에 영역본으로 읽었던 『활과 리라』가 『현대시학』에 연재되기 시작했을 때 얼마나 달게 그 글들을 읽었는지 모른다. 단행본으로 나온 후에도 짬이 날 때마다 들여다보곤 하는데, 어느 페이지를 펼쳐 읽어도 빠스의 시론은 리듬감 있는 사유로 충만해 있다는 생각이 든다.

동서양의 사상을 자유롭게 넘나들면서 고대에서 아방가르드에 이르는 시의 역사를 관통하는 그의 시론은 시와 역사의 모순관계를 통해 근대시의 문제를 풀어나간다. 빠스는 단절로 이루어진 근대적 전통 속에서 개인이 처한 고독을 어떻게 다시 근원적 질서와 연결시킬 수 있을까 고민하면서 아이러니와 아날로지의 대화를 끊임없이 시도한다. 그 대화를 통해 그는 시가 종교적 신성과는 다른 새로운 신성(神性)을 창조해야 한다고 강조한다.

　새로운 신성을 탐구함에 있어 빠스는 시와 사랑과 종교적 체험이 일정한 동형구조를 이루고 있다고 보았다. 실제로 하나의 대상을 가지고 시를 쓰는 과정은 사랑이라는 일치의 경험이나 신적인 것이 현현(顯現)하는 순간과 매우 유사하다. 눈에 보이지 않는 것을 좇는 행위, 일종의 사로잡힌 상태, 일상적 경험으로부터의 이탈, 목숨을 건 도약의 순간, 낯선 것을 접할 때의 신성한 공포······ 아마도 이런 공통점을 열거할 수 있을 것이다. 그러나 낯선 기미나 힘이 도래하는 순간은 비슷하다 해도 시와 사랑과 종교는 각기 독자적이거나 대립적이기까지 한 영역을 지니고 있기도 하다. 때로 이 세 가지 경험은 한 인간의 내면 속에서 거세게 부딪치기도 한다.

　기독교적인 분위기에서 자란 나는 대학에 들어가기 전까지 종교적 성향이 비교적 강한 편이었다. 그 시절에는 기도를 하다가 내 말이 알 수 없는 방언으로 바뀌는 것을 자주 겪었고, 때로는 그 말에 저절로 리듬이 실려 노래가 되고는 했다. 방언을 외는 목소리는 나의 목소리가 아니라 내 안에 있는 누군가의 목소리였다. 어떤 존재가 나에게 부여해준, 또는 잠시 빌려준 목소리로 나는 말하고 노래하고 거기에 귀를 기울였다. 그 목소리, 그 노래, 그 언어를 잃어버린 지 이제 20년이 다 되어가지만, 그 성화(聖化)된 순간의 기억에 대해서는 부정할 도리가 없다.

지금도 종교적 방언과 시를 맞바꾸었다는 생각이 들곤 하는데, 시적 계시와 종교적 현현을 하나로 보는 빠스의 설명은 내게 그 문제의 많은 부분을 해명해주었다. 그리고 그 해독할 수 없는 종교적 방언과 문학적 방언으로서의 시가 어느 지점에서 갈라지게 되었던 것일까 생각해보기도 했다. 『활과 리라』에필로그에 다음과 같은 구절이 나온다.

리라는 인간을 성화해서 우주 속에 그의 자리를 마련해준다. 활은 인간을 그 자신 너머로 쏘아 보낸다. 모든 시적 창조는 역사성을 띠지만, 반면 모든 시는 (역사의) 직선성을 부정하고 영속하는 왕국을 세우고자 하는 욕구이다. 만일 인간이 자기 자신 너머로 가고자 하는 것이 초월이라면, 시는 그 계속적인 초월하기의, 그 끊임없는 상상하기의 가장 순수한 기호이다. 인간은 이미지인데, 왜냐하면 자기 자신을 초월하기 때문이다. 어쩌면 역사의식과 역사를 초월하고자 하는 필연성은 항상 스스로부터 떨어져나와 항상 스스로를 찾는 이 오래되고 지속적인 존재의 이탈에 지금 우리가 이름을 붙인 것이다. (『활과 리라』, 김홍근·김은중 옮김, 솔 1998, 370면)

활과 리라의 이미지는 원래 헤라클레이토스에게서 온 것으로, 그는 인간을 지상과 천상의 모든 힘들이 서로 어울려 투쟁하는 장소로 이해했다. 이때 활과 리라는 의식과 자유라는 인간의 양면을 상징한다. 활의 시위가 앞으로 나아가려는 역사성의 표상이라면 리라의 현은 신성한 우주적 질서의 회복을 의미한다. 시인은 그 어느 한쪽에 기울지 않고 양자의 결합이 이루어낸 팽팽한 긴장을 유지해야 한다. 바로 그 긴장 위에서 시는 모든 시간성과 공간성을 넘어, 또한 '나'라는 존재의 한계를 넘어 세계와 화해하는 극적인 순간에 태어난다. 그런 순간의 성화를 역사 속에서 이루어내는 것, 그것이야말로 쪼개지고 파열된 근대시의 운명을 치유하는 길이라고 빠스는 생각하는 듯하다. 『흙의 자식들』(솔 1999)의 번역자인 김은중도 지적했듯이, 빠스가 말하는 시적 계시란 초월적 신학이 아니라 배리(背理)의 인간학에 가깝다. 그러기에 시의 목소리는 종교적 초월로 이월되지 않고 현실 속에 그 뿌리를 굳건하게 내릴 수 있다.

김은중은 기하학(시학)과 시의 관계를 다음과 같이 설명한다.

기하학은 시간을 뛰어넘고 시간이 만드는 온갖 우연성을 가로질러 완전함을 지향하며, 시는 시간과 우연성에 저항하지 않고 깨지기 쉬운 허약한 실존을 노래한다. 그러나 기하학과 시는 언어의 양극단에서 서로 길항하며 스스로의 실존을 상대방에게 빚지고 있다. 때로

는 넌지시 때로는 드러내놓고 시는 시학을 내포하며, 시학은 철학적
이고 종교적인 비전이 된다. (『흙의 자식들』, 351면)

빠스의 시론은 이 두 가지 능력이 서로 길항하면서 통합되는 과
정을 잘 보여준다. 그런 점에서 빠스는 이론적 정신과 시적인 감
수성의 균형있는 결합이 불가능하지 않다는 것을 보여주는 흔치
않은 시인이라고 할 만하다.
　나는 사물과 스파크를 일으키며 마찰하는 경험이 미세하게라도
주어지지 않는 상태에서는 한줄의 시도 쓸 수 없는 유형에 속한
다. 그래서 시란 만들어지는 것이 아니라 태어나는 것이며 주어지
는 것이라고 줄곧 생각해왔다. 물론 시적인 가공 자체를 부정하는
것은 아니다. 발레리(P. Valéry)가 말했듯이 "신은 우리에게 첫 구
절을 베풀어"줄 뿐이다. 그것을 완성하되, 첫 구절에 육박하도록
써내야 하는 것은 오로지 시인의 몫이다. 그런데 늘 첫 구절이 문
제다. 시의 홀씨가 내려앉는 그 첫 순간이 언제 어떻게 오는지는
지금도 잘 알 수가 없다. 바로 이 순간만은 시인이 자기 마음대로
조작할 수 없는 부분이다. 그것은 '임재(臨在)'의 순간이지 '정복'
의 순간이 아니다.
　빠스의 시론은 바로 그 임재의 순간을 거의 훼손하지 않고 잘
포착해서 보여준다. "만일 시를 공감하고자 하는 모든 시도에 시
와는 다른 요소들, 즉 철학, 도덕 그리고 기타 다른 것들이 끼여드
는 것이 사실이라면, 모든 시론의 의심스러운 논리도 시편이 우리

에게 주는 계시에 의지할 때 구원받을 수 있다"(『활과 리라』, 32면)고 한 빠스의 말은 자신의 시와 시론에도 유효한 말이다. 그의 사유는 끝모르게 확장되다가도 어느새 하나의 시편이 태어나는 자리로 소급되어 그 리듬에 귀를 기울이고 있다. 그 탄생의 순간을 목격하는 것만으로도 빛바랜 묘사나 김빠진 서사에 길들여져가던 시들은 화들짝 일어나 새로운 윤기와 탄력을 회복할 수 있을 것이다.

첨단의 노래와 정지의 미 사이에서

오늘의 시를 두고 시정신의 부재를 우려하는 목소리를 자주 접하게 된다. 그런데 그 결여된 내용물을 채우려 들면 시정신이라는 말 자체가 너무 막연하고 포괄적이라는 느낌이 들기도 한다. 시정신이란 어떤 특정한 내용으로 한정될 수 있는 말이라기보다 사물과 세계에 대한 시인의 태도 전체를 포괄하는 말로 사용되어왔기 때문이다.

김종철(金鍾哲)의 이용악론에는 시인에 대한 이런 정의가 나온다. "시인이란 무엇인가. 시인은 시대의 어둠을 자기 자신의 개인적인 고통으로 받아들이는 일을 습관적으로 행하는, 사심없는, 민감한 마음의 소유자이다."(『시적 인간과 생태적 인간』, 삼인 1999, 154면) 여기서 '마음'이라는 말도 '정신'과 크게 다르지 않을 것이다. 이 민감한 마음의 작용이란 거의 '습관'에 가까운 근본적인 자질로서, 시정신이 삶과 좀더 밀착된 것이 되기 위해서는 정신과 습관의 간극을 줄여나가는 노력이 필요하다. 그럴 때만이 정신은 단순한 관념 이상의 것이 될 수 있다. "사심없는" "민감한"이라는 형용사가 치열한 시정신의 척도로 사용되고 있는 것도 시대의 고통을 자기의 것으로 살아내기 위한 삶과 정신의 일치를 강조하기 위해서일 것이다.

그런데 일반적으로 시적인 치열성(또는 민감성)을 밀도보다는 '속도'와 연결시켜 생각하는 경향이 있는 것 같다. 무언가 빠른 속도로 진행되거나 변화될 때, 그리하여 더, 더, 더 새로운 무엇인가를 끊임없이 만들어낼 때 그 쾌속의 보폭을 일러 치열하다고 말한다. 반면 완만한 변화밖에 보이지 않거나 지속적인 상황에 대해서는 안온하다는 판정을 너무 쉽게 내려버린다. 그러나 그것은 외형적인 새로움만을 추구하는 데서 비롯된 피상적인 견해일 수도 있다. 밀도가 충분히 담보되지 못한 속도가 얼마나 파행적인 결과를 낳는가를 우리는 문학뿐 아니라 사회 전반을 통해 수없이 경험해왔다.

다행히도 90년대 이후의 시들을 읽으면서 나는 변화에 대한 조급한 강박에서 벗어나 자기 세계를 내실있게 추구해가는 시인들을 적지 않게 발견할 수 있었다. 시의 시대라 불렸던 80년대와 비교할 때 90년대 중반 이후의 시단은 어찌 보면 그럴듯한 이슈도 없이 정체되어 있는 것처럼 느껴지기도 한다. 그러나 낭만적 열정이 휩쓸고 지나간 자리에서 거대한 역사 대신 모래알 같은 일상을 견디며 거기에 함몰되지 않을 수 있는 정신적 여유를 조금씩 확보하기 시작했다는 생각이 든다. 그것은 현대문명이 벌이는 속도전 속에서 스스로 지탱할 독자적인 속도를 만들어내려는 노력의 소산이다.

물론 시의 독자는 날이 갈수록 줄어들고 있고 다양한 대중매체들 사이에서 시가 대외적인 경쟁력을 가지는 것은 거의 불가능해 보인다. 설령 시만의 독자적인 문법과 속도를 만들어낸다 하더라도 그것이 시공화국에 거주하는 소수 인민들의 공용어 이상이 될 수 없음을 인정해야 한다. 또, 한편 한편의 완성도나 기교는 세련되어가지만 자기복제나 상호모방의 위험에 빠지는 경우도 적지 않다. 이런 위기와 한계에도 불구하고 그것이 오히려 시의 새로운 진보를 이루어낼 조건이 될 수 있다고 말한다면, 지나친 낙관이나 자기위안으로 들릴 것인가.

그러나 하나의 중심이 아닌 다양한 가치들의 공존을 통해, 말초적인 형식 실험이 아닌 사유의 갱신을 통해 완만하지만 깊이있는 진전을 이루어내고 있는 최근 시의 성취 전체를 부정하기는 어려울 것이다. 더욱이 그 진전이 정체된 일상의 사소함과 비루함을 뚫고 이루어진 것이라는 점을 감안할 때, 그 '지지한 노래'가 어떤 '첨단의 노래'보다도 뼈아픈 고백임을 인정할 수는 있지 않을까. 그런 긍정과 옹호를 나는 서른일곱살의 김수영(金洙暎)에게서 발견한다.

나는 너무나 많은 尖端의 노래만을 불러왔다

나는 停止의 美에 너무나 等閑하였다

나무여 靈魂이여

가벼운 참새같이 나는 잠시 너의

흉하지 않은 가지 위에 피곤한 몸을 앉힌다

成長은 소크라테스 이후의 모든 賢人들이 하여온 일

整理는

戰亂에 시달린 二十世紀 詩人들이 하여놓은 일

그래도 나무는 자라고 있다 靈魂은

그리고 教訓은 命令은

나는

아직도 命令의 過剩을 용서할 수 없는 時代이지만

이 時代는 아직도 命令의 過剩을 요구하는 밤이다

나는 그러한 밤에는 부엉이의 노래를 부를 줄도 안다

지지한 노래를

더러운 노래를 生氣없는 노래를

아아 하나의 命令을

——「序詩」 전문

누구보다도 첨단의 노래를 불러왔던 그가 왜 새삼스럽게 "나는

停止의 美에 너무나 等閑하였다"고 반성하고 있는 것일까. 여기에 답하기 위해서는 그 무렵 김수영의 삶을 좀더 들여다볼 필요가 있다. 최하림(崔夏林)의 『김수영 평전』(실천문학사 2001)에 의하면, 1956년 6월부터 김수영 일가는 성북동에서 서강으로 이사를 하고 한강이 내려다보이는 언덕 아래 외딴집에서 양계를 시작한다. 서울이라고 하지만 도시적인 것과는 동떨어진 변두리에서 생활의 냄새를 맡으며 그는 노동의 실감을 얻기도 하고 일상이 주는 모처럼의 휴식과 평화를 누리고 있었던 것처럼 보인다. 실제로 그가 삼십대 중후반(대략 1950년대 후반)에 쓴 시나 산문을 읽어보면 '피로' '휴식' '정지' '절제' 등의 말이 자주 등장한다.

그런데 중요한 것은 이 휴식과 평화가 안온한 무감각에 둥지를 튼 것이 아니라 아슬아슬한 내면적 긴장과 균형 속에서 이루어지고 있다는 사실이다. 영혼의 가지 위에 피곤한 몸을 앉히고 쉬는 일은 아주 '잠시'일 뿐이다. 「여름뜰」에서처럼, 휴식의 순간에도 그는 "合理와 非合理와의 사이에 默然히 앉아" 있고, "秩序와 無秩序와의 사이"에서 움직이고 있다. 그는 여름뜰에서 "操心하여라! 自重하여라! 무서워할 줄 알아라!" 하는 목소리를 듣지만, 그 여름뜰을 흘겨보지도 밟지도 않은 채 "默然히 默然히/그러나 속지 않고 보고 있을 것"이라고 다짐한다. 묵연하게 바라보되 대상에 끝내 속지 않는 것. 이것이야말로 가장 고요하면서도 격렬한 긴장이 아닌가.

따라서 김수영은 '첨단의 노래'를 버리고 '정지의 미'로 간단하게 회귀한 것이 아니다. "아직도 命令의 過剩을 요구하는 밤"과도 같은 시대를 직시하기 위해 잠시 멈추어서 있을 뿐이다. 그것은 자신이 부르는 노래가 부엉이의 노래처럼 지지하고 더럽고 생기 없음을 알면서도 그 정지를 통해 선진적인 정신의 지향과 낙후된 현실 사이의 간극을 좁혀보려는 노력을 의미한다. 이처럼 자신과 시대에 대한 성찰적 계기를 놓치지 않고 그것을 통합시키려는 시인의 내면 속에서 '첨단의 노래'와 '정지의 미'는 더이상 대립적인 것이 아니다.

삼십대 중반에 씌어진 김수영의 시는 얼핏 이전에 모더니스트로서 지녔던 민첩함을 상당히 잃어버린 것처럼 보이기도 한다. 또 4·19 이후의 격동적인 시나 후기의 역작들에 비하면 개인적인 생활을 소박하게 노래한 김빠진 소품처럼 느껴진다. 그런데 이 시기의 시들을 그렇게만 보아버려서는 그의 사유의 발전 과정을 제대로 설명해내기가 어렵다. 정체되어 있는 듯한 시선 속에 왕성하게 드나드는 온갖 사물들이 그려내는 혼돈이야말로 순간의 폭발이나 쾌속의 보폭이 이루어낼 수 없는 발견일 수 있기 때문이다. 후에 그가 「시여, 침을 뱉어라」에서 시작(詩作)을 위한 정신적 구조의 상부에 모호성을 두고 그것을 "무한대의 혼돈에의 접근을 위한 유일한 도구"로 삼게 되는 것도 이런 탐구의 과정을 통해서 가능했을 것이다.

그는 「봄밤」에서 "애타도록 마음에 서둘지 말라/강물 위에 떨어진 불빛처럼/赫赫한 業績을 바라지 말라"고 자신을 다독거리면서 '절제'야말로 새롭게 삼은 자신의 영감(靈感)이라고 말한다. '절제'는 어느정도의 '새로움'을 반납하지 않으면 얻을 수 없는 덕목이다. 그런 내면의 변화를 「序詩」를 비롯한 이 무렵의 시들은 보여주고 있다.

있는 그대로의 현실을 충실하게 보고 살아내려는 자에게 삶은 그다지 명쾌하게 이월되거나 소급되지 않는 어떤 것이다. 그런 인식 속에서 김수영이 줄곧 천착한 것은 '혼돈'이었다. 그리고 정지의 미 자체보다는 첨단의 노래와 정지의 미 '사이'의 긴장을 잃지 않았다. 이렇게 '사이' '중간' '거리'로부터 한시도 눈을 뗄 수 없는 것이 "바늘구녕만한 叡智를 바라면서 사는 者의 설움"(「叡智」)이자 운명인 것이다.

시정신과 관련해서 다소 장황하게 김수영의 시에 대해 이야기한 것은, 일종의 휴식기처럼 보이는 그의 시에서 새로운 노래를 잉태할 수 있는 지혜를 발견했기 때문이다. 첨단의 노래가 아니라해도 절제와 관조 속에서 에너지를 재충전하고 시야를 확장시키는 모습 또한 시정신을 성숙시켜가는 과정이라고 할 수 있다. 완만한 곡선을 그리며 정체되어 있는 듯한 오늘의 시가 구해야 할 지혜 역시 이와 크게 다르지 않을 것이다. 이제 '첨단의 노래'와 '정지의 미' 사이에서 현실을 좀더 차분하게 조망하고 그 어둠을 실존적인 차원으로까지 받아들이는 내성(內省)의 시간이 필요하다. 그 일이 마침내 습관처럼, 호흡처럼 자연스러워질 때까지.

나는 오늘의 시가 몇개의 이슈나 부류로 선명하게 갈무리되지 않는 현상이야말로 우리 시단이 이루어낸 작은 진보라고 생각한다. 그것은 곧 혼돈에 대한 정직성의 증거이자, 혼돈을 혼돈으로서 밀고 나가려는 열정의 표현일 수 있다. 그런 의미의 혼돈과 지지부진함이라면 좀더 충분히 겪어내도 좋을 것 같다. 실제로는 구태의연한 삶에서 한걸음도 빠져나가지 못하면서 너무 쉽게 첨단의 정신과 노래를 운운한다는 것이 오히려 거짓에 가까운 노릇이될 수도 있다. 그보다는 지금의 나의 시가, 또는 우리 시가 처한비루한 조건들을 좀더 들여다보고 되새김질하는 일이 그나마 정직한 대응이 되리라는 생각을 해본다. "가장 深刻한 나의 愚鈍 속에서/새로운 目標는 이미 나타나고 있었다"(「玲瓏한 目標」)는 김수영의 성찰처럼, 가장 어리석고 둔하고 느린 움직임 속에서 바늘구멍만한 예지를 발견할 수 있기를 바라면서.

보랏빛은 어디에서 오는가

한권의 시집을 낸다는 것은 자신이 걸어온 길을 스스로 끊어버리는 일과도 같은가봅니다. 또는 그동안 짜오던 옷감을 그만 베틀에서 잘라내고, 다시 낯선 자리에 씨줄과 날줄을 거는 일과도 비슷합니다. 네번째 시집 『어두워진다는 것』(창작과비평사 2001)을 낸후 지난 몇달간을 그런 막막함이랄까 묘한 진공상태 속에서 보냈습니다. 지나간 것은 이미 보자기에 싸여 사라져버렸고 아직 새로운 것은 얇은 널빤지만큼도 생겨나지 않은 상태에서 갑자기 스스로가 낯설어지고 시가 낯설어졌다고 할까요. 아무리 여러번 겪어도 그 낯선 두려움은 익숙해지지 않는 듯합니다.

그 불확정적인 상태는 언어로 설명되기보다는 차라리 색채로 표현될 수 있을 것 같습니다. 언제부턴가 제 시야를 지배하고 있는, 또는 제 마음 깊이 자리잡고 있는 색이 있다면, 그것은 '보랏빛'입니다. 실제로 어떤 예술가는 안부를 묻는 인사에 대해 "짙은 보라색"이라고 대답했다고 하는데, 그건 전혀 즐거운 것이 없다는 뜻이랍니다. 그런데 제게 있어서 '보랏빛'은 단순한 기분이나 행복지수가 아니라 앞으로의 삶에 대한 중요한 암시와 변화를 내포한 색으로 느껴집니다.

깐딘스끼(V. Kandinskii)는 『예술에서의 정신적인 것에 대하여』(권영필 옮김, 열화당 2000)에서 형태언어와 색채언어에 관해 재미있는 착상들을 보여주고 있는데, 그는 보라를 "냉각된 빨강"이라고 부르더군요. 같은 빨강이라도 노랑에 의해 인간에게로 더 가까이 오면서 생겨나는 색이 주황이라면, 보라는 빨강이 파랑에 의해 인간에게서 멀어져감으로써 생겨난 색입니다. 그래서 보라색 내부에서는 빨강의 뜨거움과 파랑의 차가움이 늘 갈등할 수밖에 없고, 그것은 나아가 탄생과 죽음, 현실와 이상, 인간적인 것과 신적인 것, 여성성과 남성성, 감정과 이성 사이의 갈등으로까지 확대시켜볼 수도 있겠지요. 중간색들이 갖는 불균형, 소멸과 죽음에 대한 경사, 슬프고 병적인 심리, 석탄 찌꺼기처럼 연소되고 남은 재의 이미지…… 보랏빛은 이런 것들을 떠올리게 합니다. 저의 내면을 자꾸 보랏빛과 연관짓는 것도 그런 인상들과 무관하지 않을 것입니다.

그런데 깐딘스끼는 다시 이런 질문을 던집니다. "주황은 어디에서 시작하고, 노랑과 빨강은 어디에서 끝나는가. 빨강과 파랑을 엄밀하게 갈라놓는 보라색의 한계는 어디에 있는가. 보라색은 라일락꽃빛으로 번지려는 경향이 있다. 이 라일락꽃빛은 어디에서 끝나고 보라색은 어디에서 시작하는가."(같은 책 100면) 이 말이 제게는 보라 속에 들어 있는 수많은 '경계들'을 다시 찬찬히 들여다보라는 권유로 들립니다.

예를 들어 같은 보랏빛이라 해도 라일락꽃과 등꽃과 도라지꽃과 붓꽃의 보라가 각기 다르지요. 라일락꽃은 분홍에 가까운 보라이고, 등꽃은 그보다 좀더 푸른 빛이 도는 연보라이고, 도라지꽃이나 붓꽃의 짙은 보라는 파랑에 가까운 보라이니까요. 그 빛깔들은 일정한 경계를 지을 수 없이 서로를 향해 번지려는 경향을 지니고 있고, 한그루의 나무에서도 꽃잎 하나하나의 색깔이 조금씩 다른 것을 볼 수 있습니다. 그러니 물결처럼 스쳐지나가는 수많은 얼굴들을 어떻게 한마디로 표현할 수 있겠는지요.

그러고 보면 이번 시집의 제목이 '어두워진다는 것'이라는 사실도 우연만은 아닌 듯합니다. 빛도 어둠도 아닌, 그 경계 속에 숨쉬고 있는 사물들을 눈만이 아니라 귀를 통해, 아니 온몸을 동원해 들으려고 했던 것도 보랏빛에 대한 경사와 무관하지 않습니다. 제 눈에는 해가 질 무렵의 박명(薄明)이나 해가 뜨기 직전의 여명(黎明) 모두 보랏빛으로 보입니다. 「그 복숭아나무 곁으로」라는 시에서 "흰꽃과 분홍꽃을 나란히 피우고 서 있는 그 나무는 아마/사람이 앉지 못할 그늘을 가졌을 거라고/멀리로 멀리로만 지나쳤을 뿐"이라고 했지만, 그 흰꽃과 분홍꽃 사이에 가로놓인 수천의 빛깔은 바로 제 속에 들어 있는 "너무도 여러 겹의 마음"이었던 모양입니다. 삶이란 그렇게 매순간 매혹과 두려움을 동시에 던져주는 너무나 많은 얼굴들입니다.

그럼 왜 그렇게 보랏빛에 이끌린 것일까. 이제 와서야 저는 생각해봅니다. 그건 어쩌면 지난 몇년간 저를 지나간 많은 일들이 빨강과 파랑의 극명한 대립처럼 느껴졌기 때문이 아닐까요. 역설적으로 보랏빛의 '균형감각'이 필요했던 것이지요. 찢겨진 감정을 스스로 쓰다듬으며 갈등을 해소하려는 심리는 마치 빨강과 파랑이 제 고유의 색을 버리고 서로 한몸이 되기 위해 안간힘을 쓰는 작용과도 비슷하니까요. 그렇다면 보랏빛은 단순히 병적이거나 모호한 색이 아니라, 상처를 넘어서려는 '치유력'과 더불어 분열을 넘어서려는 '역동성'을 지닌 색이라고도 볼 수 있지 않을까요. 지난 몇년간의 부대낌도, 현재 처해 있는 막막함도, 이렇게 보랏빛에 기대어서밖에는 설명할 도리가 없습니다. 이쯤 되면 "나는 보라색분자"라고 감히 말할 수도 있겠지요.

물론 어릴 때 노랑을 좋아했던 것처럼, 중고등학교시절 빨강을 좋아했던 것처럼, 대학시절 파랑을 좋아했던 것처럼, 삼십대에 들어서면서 보라를 이해하게 된 것처럼, 앞으로 어떤 빛과 색이 또 내 삶을 끌어당길지는 알 수 없습니다. 한 사람의 삶의 역사는 곧 색채의 역사이며, 예술작품의 역사 또한 그럴 것입니다. 그래서 어떤 화가를 떠올릴 때 그의 이미지가 주로 어느 한가지 색으로 연상되는 것은 아주 자연스러운 일이지요. 다소 주관적일지도 모르지만, 고흐는 선명한 노랑으로, 쎄잔느는 풍부한 음영을 거느린 초록으로, 뭉크는 전율하는 빨강으로 먼저 떠오릅니다. 그리고 음악에서 악기나 사람이 내는 음색을 색채로 비유할 수 있고, 문학 작품에서 한가지 색채가 수많은 의미나 이미지를 대신하는 경우도 적지 않습니다.

서사적 얼개를 가지고 장면이 빠르게 전환되는 영화에서도 집요하게 반복되는 색채가 작품의 주조를 형성하는 걸 흔히 볼 수 있습니다. 「블루」「화이트」「레드」 3부작을 만든 끼에슬로프스끼의 작업은 세 가지 색채를 아예 전면에 내세우고 있고, 뤽 베쏭의 「그랑 블루」 역시 인간의 능력으로는 쉽게 도달할 수 없는 대심연의 푸른 바다를 보여줍니다. 프리 다이버인 자끄에게 깊은 바다는 어릴 때 아버지를 빼앗긴 상처의 원천이지만, 그는 오히려 그 삶과 죽음이 교차하는 푸른 물결 속에서 평안함을 느낍니다. 마치 자궁의 양수 속에 떠 있는 태아처럼 말입니다. 또 그가 만든 현란한 영화들과는 달리 유태인 학살과 탄압을 다룬 스필버그의 「쉰들러 리스트」의 많은 부분이 흑백으로 처리되고 있는 것도 의미심장합니다. 앞부분에서 촛대의 불이 붉게 타오르다가 연기에 순간 색이 사라지고 흑백으로 전환되는 것은 그 수난의 역사가 다큐멘터리에 가까운 사실성을 지니고 있음을 시사하면서 극도의 공포와 긴장을 조성하는 역할을 합니다.

이처럼 예술작품에서 색채는 때로 언어적 의미 이상이 되기도 합니다. 제가 보랏빛에 대한 얘기를 늘어놓은 것이 오히려 보라의 신비를 헐벗게 한 것인지도 모르겠습니다. 그러나 예술가가 자신을 돌이켜보고 이리저리 분석해보는 일은 과학자의 그것에 가까워야 한다고 생각합니다. 특히 요즘처럼 씨줄과 날줄을 처음부터 다시 걸어야 할 과도기에 놓인 저에게는 더욱 필요한 작업이라고 여겨집니다.

그 끝없는 과정을 알고 있기라도 하듯 보르헤스(J. L. Borges)는 이렇게 노래했지요. "누구도 책을 쓸 수 없으리./진정한 한권의 책이 되기 위해서는/여명과 석양, 세월, 무기,/만남과 헤어짐의 바다가 필요하니까." 우리가 완결된 책이라고 부르는 것이 완결된 세계가 결코 아닌 것처럼, 얼마나 더 많은 '여명'과 '석양'을 겪어야만 진정한 한권의 책에 도달할 수 있는 것일까요. 보랏빛은 어디에서 오는가. 그리고 어디로 가는가. 이 질문 속에는 대체 얼마나 넓은 만남과 헤어짐의 '바다'가 출렁거리고 있는 것일까요.

모성성 —— 불모성을 건너는 다리

　그동안 내 시에 대한 비평에 가장 많이 등장한 말로 '모성성'을 들 수 있다. 좀더 넓게는 '여성성'이라고도 할 수 있는데, 그때마다 나는 그런 자리매김에 대해 묘한 불편함을 느껴왔다. 불편함의 첫번째 이유는 등단 이후 십년이 훨씬 넘은 지금까지 한가지 수식어가 변함없이 따라다닌다는 것이 작가에게는 그리 바람직한 일이 아니기 때문이다. 두번째 이유는 내가 그동안 고민해왔던 다양한, 심지어 이질적이기까지 한 문제들이 '모성성'이라는 표제어 뒤로 숨어버림으로써 시에 대한 이해를 고정시킬 위험이 있기 때문이다. 세번째 이유는 나에게 그 덕목을 부여한 사람들이 주로 남성이라는 사실과 더불어 그들이 말하는 '모성성'이 다분히 가부장적 질서 내에서 허용되거나 미화된 개념처럼 느껴지기 때문이다.

물론 내가 생물학적으로 여성이고, 두 아이의 엄마인 이상 내 경험의 적지 않은 부분이 그런 조건에서 비롯되었을 것이다. 그러나 나는 모성성이나 여성성을 따로 의식하고 시를 써본 적은 거의 없다. 그런 점에서 내 시는 80년대 이후 페미니스트들이 발굴한 여성적 언어와는 어느정도 거리가 있다. 자신이 여성이라는 의식을 적극적으로 밀고 나가 여성적 신체와 문체의 발견을 이루고, 그것으로 가부장적 담론에 맞서 싸운 여성 시인들에 비해 내 시는 여성적 정체성을 덜 지닌 것처럼 보이기도 한다. 그 변별성에 관해서는 어느 심포지엄에서 「문 밖의 어머니」라는 글을 통해 밝힌 적이 있다. 이 글에서는 주로 '모성성'이 구체적 현실 속에서 어쩔 수 없이 만나게 되는 '불모성'과의 관계에 대해 말하려 한다.

내가 '모성성'이라는 수식어에 대해 불편함을 느끼는 이유들을 앞에서 말했지만, 그것이 나의 정서나 체질의 주요한 특질임을 부정할 수는 없을 것 같다. 그러나 정당한 이해 속에도 실은 얼마나 미묘한 오해들이 자리잡고 있는가. 어쩌면 이 글 역시 결국은 모성성의 테두리로 돌아오거나 그 오해를 더 증폭시키는 일이 될지도 모르겠지만, 모성성이 현실의 불모성과 싸우는 시적 갈등의 단면을 좀더 생생하게 보여줄 수 있기를 바랄 뿐이다.

우선 모성성을 포함해 여성성이 미학적으로 어떻게 규정되어왔는지를 살펴볼 필요가 있다. 남성성과 여성성을 숭고미와 형식미에 연결시켜 미적인 범주로 정식화한 것은 버크(E. Burke)였다. 그는 형식미, 즉 '여성성'의 특징으로 작음, 부드러움, 곡선, 세련

됨, 청결, 부드러운 색깔, 저항력의 결여, 조용함 등을 들었다. 반대로 숭고의 감정을 불러일으킬 수 있는 '남성성'의 특징으로 장대함, 거침, 날카로움, 무거움, 강렬한 색깔, 단단함, 큰소리 등을 들었다. 이러한 이분법은 여러 문제점들을 지니고 있음에도 불구하고 오늘날에도 여전히 통용되고 있는 편이다. 사회·정치적 영역뿐 아니라 문학이나 예술에 있어서도 그 규범적 효력은 아직 만만치 않게 남아 있다.

내 시를 두고 여성성 또는 모성성을 말하는 경우에도 버크가 말한 덕목들과 크게 다르지 않은 것 같다. 그러나 외적으로 작고 부드럽고 조용한 특성을 지녔다고 해서 그것이 무조건 저항력의 결여나 순종적 태도로 귀결되는 것은 아니다. 특히 시에서 작고 부드러운 파동과 호흡에 이르기까지 얼마나 거칠고 날카로운 소음을 통과하며 그것들과 싸워야 하는가를 생각해보라. 그렇다면 결과적인 부드러움이나 화해를 제대로 이해하기 위해서는 그 이면에 드리워진 불화와 갈등의 과정에 대해서도 주목해보는 게 마땅하다. 그런 '양면성'을 동반하지 않은 모성성이란 단순한 감동은 줄 수 있을지 몰라도 삶에 대한 새로운 성찰이나 발견을 낳기는 어렵다.

모성성을 상징하는 여신 데메테르나 그녀의 할머니 가이아를 생각해보아도 모성은 분명히 두 얼굴을 가지고 있다. 대지의 여신 데메테르는 사라진 딸 페르세포네를 찾아 온 세계를 헤매고 다니다가 퀴레네 강둑에 이르렀다. 그곳에서 페르세포네가 저승의 신

하데스에게 끌려가면서 떨어뜨린 허리띠를 발견한 그녀는 슬픔에
젖어 대지에게 그 죄값을 물리려 했다. 데메테르의 저주로 대지에
는 가뭄이 계속되고 가축은 모두 죽었으며, 씨는 더이상 싹을 틔
울 수 없게 되었다. 이제 대지 위에 남은 것은 엉겅퀴나 가시덤불
뿐이었다. 그런 여신에게 샘의 요정 아레투사는 페르세포네가 하
데스에게 있음을 알려주었고, 제우스신은 데메테르의 간청을 들
어주어 헤르메스를 사자로 보냈다. 결국 페르세포네는 일년 중 여
덟 달은 어머니와, 나머지 넉 달은 하데스와 사는 조건으로 구원
되었고, 그제서야 데메테르는 대지에서 거두었던 은혜를 되돌려
주었다.

　이처럼 어머니 데메테르는 변함없는 사랑을 베풀기만 하는 신
이 아니다. 딸을 잃은 슬픔에 젖어 있을 때 대지의 얼굴은 황량한
죽음으로 변하고 만다. 모성의 실현을 불가능하게 만드는 상황이
되었을 때 어머니는 오히려 죽음에 육박하는 절망에 빠짐으로써
자신의 사랑을 역설적으로 발견하는 것이다. 내 시에서 모성성이
강하게 발현되는 순간 역시 그런 불모적 상황에 처했을 때였으며,
그것은 한 인간으로서 느끼는 위기의식의 표현이기도 했다.

　　가자, 애들아, 어서 저 들판으로 가자.
　　오갈 데 없이 서러운 마음은
　　정육점에 들러 고기 한근을 사고
　　그걸 싸서 입에 넣어줄 채소도 뜯어왔단다.

한잎 한잎 뜯을 때마다

비명처럼 흰 진액이 배어 나왔지.

그리고 이 포도주가 왜 이리 붉은지 아니?

그건 대지가 흘린 땀으로 바닷물이 짠 것과 마찬가지로

엄마가 흘린 피를 한방울씩 모은 거란다.

그러니 얘들아, 꼭꼭 씹어 삼켜라.

그게 엄마의 안창살이라는 걸 몰라도 좋으니,

오늘은 하루살이떼처럼 잉잉거리며 먹자.

언젠가 오랜 되새김질 끝에

네가 먹고 자란 게 무엇인지 알게 된다면

너도 네 몸으로 밥상을 차릴 때가 되었다는 뜻이란다.

—「소풍」 부분

　이 시를 쓸 무렵 나는 생존의 불안과 위협 속에서 고단한 하루
하루를 보내야 했다. "오갈 데 없이 서러운 마음"은 어느날 저녁
밥상에 있는 반찬들을 옮겨 담아 아이들과 들판으로 나가게 했다.
이 위태롭기 짝이 없는 저녁을 즐거운 '소풍'으로 바꾸어보려고
말이다. 그때 저녁노을을 바라보며 씹던 밥알의 맛을 지금도 잊지
못한다. 그리고 내가 씹고 있는 몇점의 고기가 내 몸에서 베어낸
살이라는 것을, 몇장의 상추가 내 몸에서 찢겨진 이파리라는 것
을, 한잔의 포도주가 내가 흘린 핏방울들이라는 것을 나는 그 저
녁 소풍을 통해 알게 되었다. 결국 제 몸을 베어내어 차린 밥상을

끊임없이 세상에 바쳐야 하는 존재의 근원적인 슬픔과 그것의 순환성을 깨닫는 데 소풍의 역설적인 의미가 있다. 만일 나를 들판으로 내모는 그 불안의 그림자가 없었다면, 그 식탁이 풍요롭고 평화롭기만 했다면, 그렇게 슬픈 소풍을 갈 마음도 이유도 없었을 것이다.

그렇지만 이 시를 읽으며 많은 사람들이 자기의 피와 살을 희생해서라도 자식을 키우는 헌신적인 어머니의 모습만을 떠올리는 것 같다. 어머니의 시점에서 씌어진데다 어느정도의 절박함을 동반하고 있기 때문이겠지만, 이 절박함은 모성성의 차원이라기보다는 삶의 비극성을 인식하는 데서 나온 것이라고 할 수 있다. 이런 식의 빗나간 독법은 이 시뿐 아니라 어머니를 화자로 한 다른 시들에 대해서도 마찬가지이다.

또하나의 예를 든다면, 「허공 한줌」을 지극한 모성의 서사로 읽는 경우이다. 이 시는 두 부분으로 이루어져 있다. 1연은 아기가 난간 밖으로 떨어진 줄 알고 순간적인 절망감 때문에 죽은 엄마가 자기가 죽었다는 사실조차 잊은 채 아기 울음소리에 깨어나 아기를 보살핀다는 내용이다. 그리고 아기가 편안히 잠든 것을 보고서야 엄마는 비로소 다시 죽을 수 있었다.

물론 아기를 붙잡지 못했다는 자책감으로 죽기도 하고, 죽었다 다시 살아나 아기를 병원으로 데리고 달려가는 어머니의 모습에서 삶과 죽음의 경계를 넘어선 지극한 모성을 읽을 수도 있다. 그러나 내가 이 이야기를 통해 부각시키고 싶었던 주제는 모성 자체가 아니라 '삶'과 '죽음', '있음'과 '없음'의 경계에 관해서였다. 그런 의도는 「허공 한줌」이라는 제목을 붙인 것이나, 이야기에 대한 주관적 해석이 담긴 2연에 어느정도 나타나 있다.

이건 그냥 만들어낸 얘기가 아닐지 몰라. 버스를 타고 돌아오면서 나는 비어 있는 손바닥을 가만히 내려다보았어. 텅 비어 있을 때에도 그것은 꽉 차 있곤 했지. 수없이 손을 쥐었다 폈다 하면서 그날밤 참으로 많은 걸 놓아주었어. 허공 한줌까지도 허공에 돌려주려는 듯 말야.

—「허공 한줌」 부분

내가 이 이야기를 인상적으로 듣고 시까지 쓰게 된 것은 아기를 놓친 엄마가 순간적으로 죽을 수도 있다는 사실에 대한 놀라움 때문이었다. 그 죽음은 분명 자식에 대한 사랑의 좌절로 인한 것이지만, 일종의 움켜쥠(執)의 결과이기도 하다. 그렇게 본다면 우리는 얼마나 많은 것들을 움켜쥔 채 살고 있는 것인지. 비어 있는 것처럼 보이는 허공 한줌 속에도 얼마나 많은 감정과 집념이 들어 있는 것인지. 삶과 죽음도 결국 그 움켜쥠과 놓아줌의 다른 말이 아닌지…… 이런 생각의 계기를 그 이야기는 내게 던져주었다. 그런데 이 시조차도 내 시의 모성성을 확인하기 위한 보충자료로 활용되었을 뿐이다.

이제까지 '모성성'을 둘러싼 몇가지 오해에 대해 말했지만, 그렇다고 해서 내 시에 나타난 모성성을 전면적으로 부정하는 것은 아니다. 다만 모성성을 갈등이 없는 무조건적인 사랑으로 미화하거나, 순종과 인내의 여성상으로 묶어두려는 선입견에 대해 몇마디 덧붙이고 싶었을 뿐이다. 나에게 있어 모성성은 선천적인 자질이 아니라 현실의 '불모성'을 견디고 건너가기 위해 가까스로 마련한 일종의 다리 같은 것이다. 그 다리 아래로는 지금도 모든 목숨을 끌어안지 않고는 건널 수 없는 세상의 모순이 사납게 들끓고 있다. 그 아슬아슬한 사랑의 다리를 두 아이의 엄마로서만이 아니라 헐벗은 영혼으로서 건너가는 동안 내 시는 한발 한발 씌어질 것이다. 물론 그 고통의 깊이 속에는 자연히 어머니로서의 몫이 포함되어 있을 것이지만.

소요 속의 침묵

■

장석남 시인과 나눈 이야기

나희덕 사실 침묵에 대해 말하는 것만큼 불가능하고 어리석은 노
릇이 있을까 싶은데…… 침묵, 하면 무엇이 가장 먼저 떠올라
요?

장석남 글쎄, 일단 무거운 말이죠. 침묵. 저는 왠지 저녁 무렵이 떠
올라요. 해가 지고 나서 찾아드는 어스름의 시간대 있잖아요?
딱 몇시부터 몇시라고는 할 수 없지만 한 세상이 다른 세상으로
바뀌는 순간, 그런 게 떠오르네요.

나희덕 그건 내 시집 제목인데…… (웃음) 확실히 저녁이라는 시간
대는 모든 것들이 존재의 자리로 돌아가는 느낌이 들어요. 삶이
죽음을 향해 오체투지하는 시간이라고 할까. 완강한 윤곽을 무
너뜨리고 더 낮고 고요하게 어둠 속에 엎드리는 사물들처럼, 사

람의 마음도 그 낮아짐 속에서 많은 걸 듣게 되죠.

장석남 완벽한 침묵의 상태는 없는 거나 마찬가지일 것이고, 침묵
에 가까운 상태라는 것은 그런 거겠죠. 의미로서의 말보다는,
음…… 심장이 뛴다든가, 살아 있다는 어떤 징후 같은 것. 여러
층위의 의미가 잠재해 있는 상태, 그런 것들을 품고 있지 않다
면 침묵이라고 얘기할 수 없을 거예요. 예를 들어 바위를 보고
침묵한다고 하지는 않잖아요. 그러니까 침묵은 존재들의 낮은
수런거림 같은 상태라고 말할 수 있지 않겠어요?

나희덕 그래요. 흔히 침묵은 말이 정지된 상태, 무언가 결여된 상
태로 생각하기 쉬운데요. 저는 침묵이란 그 속에 활발한 운동성
을 지니고 있고, 그래서 어떻게 보면 비어 있는 것 같지만 꽉 차
있는 것이라고 생각해요. 쉽게 만져지거나 듣고 볼 수 없을 뿐
이지, 부재의 기운들로 가득 차 있는 어떤 충만. 그런 점에서 침
묵은 상당히 적극적인 것이고, 지양보다는 지향에 의해 얻어질
수 있는 게 아닐까 싶어요. 조금 전에 장석남씨가 해가 질 때의
미묘한 변화 속에서 존재가 전혀 다른 존재가 되는 순간을 얘기
했는데, 그처럼 아주 순간적으로나마 삶의 비의를 체득하거나
그에 접근할 수 있는 것도 침묵에 가까운 지점에서 가능할 테니
까요.

장석남 저는 시라는 것이 어느 국면에서 발생하는 것일까 생각해
보곤 하는데…… 역사적으로도 그렇고 한 개인에게 있어서도
그것은 어떤 한 지점에서 불쑥 솟아오른 건 당연히 아닐 테고

긴 세월 동안 어떤 언어상태를 지칭하는 말로 자연스럽게 자리를 잡았을 텐데요. 역사적으로 어떤 언어상태를 공유하면서 시가 형성된 것은 그렇게 오래되지는 않은 것 같아요. 한 몇천년?

나희덕 각 예술이 분화되기 이전의 구술적 형태까지 거슬러올라가면 아주 길겠지만, 문자화된 시의 역사는 그렇지요. 그중에서도 근대시의 역사란 더욱 짧고요.

장석남 그렇죠. 그 이전의 시적 상태라는 것을 뺀다면. 동양 쪽에서는 『시경』을 가장 오래된 시로 보는데, 그것은 수천년에 걸쳐 시 이전의 상태가 조금씩 조금씩 여의도가 생기듯이 퇴적되어온 거란 말이죠. 잠재적인 시적 상태라고 할까, 그런 것들이 어느 순간에 조금씩 갈라져나왔을 텐데, 거기에는 아마 정보적 언어와 그렇지 않은 언어로 나뉘는 분기점 또한 있었을 거예요. 개인에게 있어서 시의 지점 역시 인류의 시의 지점과 별반 다르지 않다고 생각해요. 태어나 살아가는 동안 정보적인 세계와 그렇지 않은 세계가 갈라져나왔을 거란 말이죠. 자연스럽게 이 지점이다,라고 얘기할 수는 없지만, 시간적으로 가두리를 해보자면 분명히 그런 세계가 있을 겁니다. 주제로 다시 돌아가서, 현대사회가 빚어내는 소요와 그 속에서의 침묵, 이 문제 역시 시의 발생지점과 연관되어 있는 것 같아요.

나희덕 그런 점에서 시라는 양식이 다른 장르들과 구별되는 점에 대해 짚고 넘어갈 필요가 있겠지요. 언어를 사용하지만 그 언어의 유용성(장석남씨 표현으로는 정보적 언어)에 충실하게 기여하는 데 그치지 않고, 시는 그 너머의, 또는 언어로 명명되기 이전의 상태를 지향하니까요. 불완전한 언어 속에 그래도 삶의 신비를 드리우려는 의지를 가장 늦게까지 포기하지 않는 아주 우둔한(?) 양식인 셈이지요. 그런 점에서 현대문명과 자본주의, 소음으로 가득 찬 도시, 이런 환경들과 시는 상극이죠. 오늘날 침묵이라는 말이 사어(死語)에 가까워지는 현상도 시적인 상태가 위협당하는 대표적인 사례에 해당하니까. 하지만 세상이 그렇기 때문에 역설적으로 시가 다른 양식이 할 수 없는 소통방식을 보여줄 수도 있지 않을까 싶어요. 그건 바로 침묵을 향한 어떤 통로, 온갖 소음을 뚫고 보일 듯 말 듯한 소로(小路) 같은 거 하나 내는 일일 거라고 생각해요. 그리고 그 통로를 통해서 사람들로 하여금 평소에 보이지 않던 사물의 본질에 조금이라도 다가서도록 할 수 있겠지요.

장석남 애초에 중국의 문자는 표상에 가까워서 그 의미도 여럿이거나 무한한 거였을 거예요. 그리고 글자가 본질에서 크게 떨어지지는 않았다는 의미에서 글자 자체가 하나의 시라고도 할 수 있지요. 말하고 있지만 의미의 층위로 보자면 강제하고 있는 말은 아니죠. 그러나 지금은 모든 말이 정신이나 현실에서 강제하고 있다는 생각이에요. 그 강제 또는 마비를 풀어주는 것이 예술행위이고 시의 의미이기도 하지요. 다시 침묵의 상태로 되돌리려는. 여기서 침묵의 개념이 굉장히 중요한데, 인류에게 언어가 형성되면서 언어가 모든 것을 다 해명할 수 있을 것 같지만 사실은 영원히 해명할 수 없는 부분들이 많아요. 그러니까 언어가 발생함으로써 오히려 언어 이전에는 다 해명될 수 있던 것들이 언어가 의미를 선택적으로 고정화시키면서 다른 의미들을 뒤로 묻어두는 상태가 되는 거죠.

가령, 사랑의 문제라고 합시다, 사랑. 아주 단순하게 남녀간의 사랑도 좋고 모자간의 사랑도 좋고 여의치 않으면 남남간의 사랑도 좋은데, 언어로는 이걸 해명할 수 있는 방법이 없어요. 하여간 좋은데, 좋아졌는데, 이게 뭘까? 도대체 이걸 어떻게 해명하겠어요? 이걸 딱 알면 조정이 될 텐데, 기계를 작동하듯이 그게 안되잖아요. 그래서 그걸 양식화해서 결혼도 하고 이혼도 하고 또 연애만 하기도 하는데, 그런 어떤 것을 탐구하는 방법은 그냥 정보적인 언어의 기능만으로 해결될 수 있는 문제가 아니에요. 그것은 역시 새로운 의미를 발생시킬 수밖에 없어요, 새로운 의미를…… 그것은 각자 고유의 의미를 지닐 수밖에 없는데, 시라는 것은 굉장한 양식상의 모순이죠. 언어를 가지고 언어의 바깥까지도 가야 하니까. 언어의 뒷면을 봐야 하니까. 그런 의미에서 시적 언어의 질서는 새로운 질서죠. 그 새로운 질서의 장이 바로 침묵의 장이라는 거예요. 어떤 종교적인 관념을 가져온다든가 또는 삶의 개념에 대해서 고민한다든가 사랑이 찾아왔을 때 고민한다든가 아니면 민족의 문제, 이웃과의 증오가 발생했을 때, 이런 것들을 새롭게 질서화하기 위해서는 침묵의 장 안으로 들어올 수밖에 없는 거죠. 이때 침묵이라는 것은

74

죽은 상태가 아니고, 사라진 상태도 아니고, 새로운 질서를 발생시키는 어떤 것이지요. 옛날에 자석을 밑에 놓고 책받침 위에 쇳가루를 뿌려서 자장을 발생시켰던 것처럼, 이미지의 그런 자장이라는 거죠, 침묵이. 어떻게 보면 굉장히 팽팽한 긴장상태인데, 그 안에서도 질서를 잡아야 그것이 새로운 삶 속으로 인화가 될 수 있을 거예요. 시라는 것은 그 침묵의 어떤 공간 속으로 사람들을 불러들이는 거죠. 길을, 침묵으로 들어오는 여러 형태의 길들을 비춰주는 거죠. 조금 다르게 말하면, 시는 궁극적인 질문이 찾아오는 사람을 그런 침묵의 상태로 이끌어들이는 것이 아닐까 생각합니다. 시는 각자 자기 속으로 찾아가기 위한 길, 침묵의 상태로 가기 위한 길의 표지판 역할만 하는 거죠. 그 표지판이 지시하는 데까지만 가면 표지판은 필요없는 거니까……

나희덕 그래서 불가에서는 언어를 뗏목에 비유하면서 물을 건너고 나면 그것을 버리고 가라고 말하잖아요. 노장에서도 언어는 통발과도 같은 것이어서 물고기를 잡기 위해 필요한 것이기는 하지만 지나치게 그것에 의존하게 되면 오히려 살아 있는 고기를 죽일 수 있다고 하고요. 중요한 것은 언어로 의미를 포획하되 그것을 살아 있는 채로 잡는 것일 텐데…… 그렇게 언어라는 곡괭이로 침묵의 원석을 캐내기 위한 방식으로 저는 두 가지 극단이 존재한다고 봐요. 지극한 고요 속에서 사물들에 깃들여 있는 목소리들에 귀기울이고 그것을 섬세하게 길어올리는 길이 하나 있는가 하면, 반대로 소란을 소란으로써 뚫고 나가면서 오히려 창조적인 소음을 만드는 길이 있을 거예요. 해체시 같은 경우도 어찌 보면 단순한 소음의 덩어리 같지만, 그것이 궁극적으로 지향하는 것은 무한대의 혼돈으로서의 침묵일 수도 있어요.

장석남 김수영적인 세계라고 할 수 있겠죠.

나희덕 정확하게 기억나지는 않지만 황지우 시인의 첫 시집에도 이런 말이 나와요. 파괴를 양식화함으로써 창출되는 새로운 언어를 통해 접근하려는 목적지는 결국 침묵이라고요. 남아 있는 틈새의 침묵에 낮게 귀기울이는 시도 필요하지만, 그 고요와 침묵을 불가능하게 하는 세상의 소음과 맞서면서 자기만의 불협화음을 만들어내는 싸움도 그에 못지않게 중요하다는 생각이 들어요. 너무 작은 소리나 너무 큰 소리가 똑같이 인간의 가청 범위에 잡히지 않는다는 사실을 생각해보면 그 두 길이 아주 다르지만은 않은 것 같아요. 제 이번 시집의 발문을 보면, 청각 편향이 강하다는 말이 있는데요. 지금 생각해보니 저는 시각적인 이미지도 청각적으로 받아들이고, 일상적으로 잘 들리지 않는 소리들을 표현하려는 데 관심이 많았던 듯해요. 아, 내가 세상에 대해서 보려고 하기보다는 들으려고 하는구나, 뒤늦게 깨달았지요.

장석남 미술관은 잘 다니잖아요.

나희덕 (웃음) 정지된 그림 속에서 숨어 있는 움직임을 찾는 건 좋아하지만, 만화나 영화처럼 그림이 움직이면서 이야기가 전개

되면 오히려 흥미를 잃어요. 하여튼 저의 경우는 시각의 퇴화가 오히려 다른 감각을 예민하게 만드는 것 같아요. 그게 심해지면 심해에 사는 물고기처럼 일종의 불구 상태가 될 수도 있겠죠. 사실 시인들은 자신의 집중방식과 관련된 감각은 예민하지만 나머지 감각들은 퇴화되어가는 불구성을 어느정도는 가지고 있지 않나요? 그런 불구성, 또는 불화라는 게 없이는 한편의 시를 낳기 위한 새로운 체험과 감각을 얻어낼 수 없을 거예요.

장석남 소리에 대해 특별히 관심을 가지게 된 계기 같은 게 있나요?

나희덕 몇년 전 강릉에 있는 소리박물관에 갔었는데, 그곳에서 에디슨이 처음 발명한 축음기부터 오늘날의 오디오까지 그 발달 과정을 한눈에 볼 수 있었어요. 초기의 음반은 원통형이었는데, 소리를 따라 원통 위에 바늘이 미세한 흔적을 남기더군요. 그건 결국 소리가 남긴 상처이겠죠. 그렇게 소리가 지나간 길을 다시 한번 되짚어서 갈 때 축음기의 음이 재생되는 걸 보면서, 우리가 복원해서 듣는 음은 이미 침묵 자체는 아니라는 생각이 들었어요. 어떻게 보면 우리가 쓰는 언어도 축음기를 통한 음의 전달처럼 늘 빗나가고 미끄러지는 것이 아닌가 싶어요.

장석남 의미를 미끄러뜨리지 않는다면 그건 시가 아니죠. 의미를 있는 그대로 쫓아간다면 그건 시의 상태라고 할 수 없을 것이고, 얼마만큼 미끄러뜨리느냐에 따라 시와 산문의 경계가 생겨날 거예요.

나희덕 그런데 장석남씨하고 나의 다른 점은, 나는 의미를 꽤 많이 남겨야 시의 꼴이 이루어지는데, 장석남씨는 의미를 자꾸 배제하면서도 시가 된다는 거예요. 그게 늘 경이롭고 부러운데, 비결이 뭔지…… 영업상 비밀인가? (웃음)

장석남 (웃음) 의미가 많다는 것과 없다는 것은 똑같은 말인데…… 그런 차이는 아마도 체질과 관계가 있겠죠. 나희덕씨 시가 여하튼 종교적인 것을 배제하지 않고 늘 밑에 깔고 있고 인간적인 의미를 저버릴 수 없다는 점에서 역시 피가 굉장히 많이 도는 시다, 그런 생각이 드는데요. 저 같은 경우는 피가 별로 없는 시라고 할 수 있죠, 그런 의미에서는.

나희덕 이슬을 먹고 사니까. (웃음)

장석남 물론 제 삶에 인간적인 피가 없어서 그런 특성을 지니게 된 건 아니에요. 그러나 너무 끔찍한 것, 너무 좋은 것, 너무 행복한 것들은 현실감이 없어서 고개를 돌리게 되지요. 나 같은 경우에는 일부러 그러는 때도 많아요. 그건 일종의 현실도피이기도 한데, 제 생각에는 현실도피의 모양도 우리 사회에 좋은 것 아닌가, 또 있어줘야 하는 것 아닌가 싶어요. 모두가 일괄적으로 한쪽만 바라보면서 살 수 있는 것이 아니니까, 그런 의미에서는 도피적 태도나 성향도 어느정도 기여를 한다고 보는 거죠.

나희덕 저는 장석남씨 시를 현실도피라기보다는 '없는 현실'을 보여주려고 한다고 표현하고 싶어요. 물론 현실의 고민들을 아주 구체적으로, 그리고 정면으로 다루기보다는 그런 것들을 조금씩 비껴감으로써 독특한 의미를 형성하려는 성향은 강하지요.

저는 장석남씨 첫 시집을 특히 좋아하는데, 그 이유는 감추면서 드러내는 데 명수라는 생각이 들기 때문이에요. 그에 비하면 저의 초기시는 체험 자체의 진정성만 있다면 시가 될 수 있다는 순진한 믿음 때문에 언어적으로는 상당히 이완되어 있었지요. 그런 문제점은 저뿐 아니라 8,90년대 민중시 계열의 전반적인 한계이기도 했지만……

장석남 자전적인 얘기를 좀 해보지요. 오늘 주제에 부합하게 갖다 대자면, 내 속에 있는 침묵을 해명하는 데 시집 4권이 들었다는 거예요. 그러니까 일종의 자기치료? 어폐가 있는지 모르지만 이제야 조금 편안해졌다고 할까? 나에 대해서. 문학은 독자를 향하는 것만이 아니라 제일 먼저 자기를 향한 치료행위이기도 하니까. 아주 부끄러운 잡문집까지를 내놓고 시집을 4권 정도 내놓으니까, 끄집어 내버려야 할 것 같은 내 자화상이랄까 그런 것들이 이제는 거의 나왔다, 하는 생각이 들어요. 굳이 회개로서의 문학을 하려고 하는 사람만이 아니라, 문학적인 세계를 동경하거나 문학을 애호하는 사람들에게도 그런 상태는 분명히 있을 거예요. 어떤 시인의 경우는 처음부터 터놓고 시작하는데, 저의 경우는 한부분은 계속 감춰가면서 한부분은 파먹어가면서 왔지요. 그것이 결국은 한쪽은 다 감췄거나 다 파먹었거나 둘 중에 하나를 했다는 생각이 드는 거예요. 여기서 말하는 '나' 속에는 나만 있는 것은 아니니 사회성을 완전히 배제한 나는 아니란 말도 덧붙여야 할 것 같네요.

나희덕 그럼, 앞으로는 어느 쪽으로 갈 예정인데요?

장석남 지금이 개인적으로는 상당한 방랑기라고나 할까, 그런 기간일지도 모르지요. 이제는 가출을 비로소 감행한——정신적으로든 시적으로든——사람의 입장이 된 듯한 생각이 들기도 하고. 그것은 말하자면 아주 공적인 침묵의 장(場)으로 던져졌다는 느낌이지요. 이 장 안에서 어떤 식으로 나와 나 이외의 것과 관계를 맺어갈 것이냐. 굉장히 고단한 문제이긴 하겠는데……사람들이 흔히 뼈를 깎는다는 표현을 쓰지만, 그동안 내가 해왔던 문학이란 그렇게 어렵지만은 않았던 것 같아요. 거기엔 카타르시스도 있고 자기치유적인 것도 있어서…… 뭐 즐겁드만. (웃음) 그러나 이제 새로운 침묵의 장에서 어떤 식의 새로운 질서를, 언어상태를 꾸려나갈 수 있을까. 깊이있고 엄밀하게 세계를 다시 한번 들여다봐야겠다는 생각이 들어요. 나희덕씨의 경우도 짐작해보건대 그런 방황기에 접어든 느낌이 있지 않을까 싶은데……

나희덕 저에게는 자기치료의 과정이 오히려 병을 얻어가는 과정이었던 것 같아요. 무균질의 상태에서 조금씩 병균을 받아들여 내 몸에 키우는, 그래서 그 병과 함께 살아가면서 병든 나 자신과 세상을 뒤늦게서야 이해하게 되었다고 할까요. 제 시에 꽤 완강하게 남아 있던(혹자는 아직도 많이 그렇다고 할지 모르겠지만) 빛의 세계, 그 건강하고 양명한 세계가 어둠에 잠식되어가는 것을 느끼면서 때로는 피하고 싶기도 했지요. 그러나 현실적으로는 피하고 싶어도 문학하는 사람으로서는 통과해야 할 문제라고 느꼈고, 내 문학이 결여하고 있는 부분이 바로 그것이라고 생각했어요. 그래서 빛보다는 어둠 쪽으로, 선보다는 악 쪽으로 스스로를 추동해가려고 했던 의지가 없지 않았지요. 물론 이번 시집에서도 그 양상이 본격화되지는 못했지만, 적어도 그 경계에 서 있다는 느낌은 들어요. 앞으로 어떤 시를 쓸지 간명하게 얘기할 수는 없지만, 세상의 소음이나 먼지를 좀더 적극적으로 받아들이면서 제 시의 단정함이나 안정감을 최대한 뒤흔들 수 있었으면 좋겠어요. 그런 혼돈이야말로 침묵을 벗어난 상태가 아니라 침묵을 더 적극적으로 추구한 상태 아니겠어요?

장석남 그렇게 보니까, 나는 조금씩 조금씩 드러내면서 덮어가는 차원으로 가고 있고, 희덕씨는 조금씩 조금씩 덮어가면서 드러내는 과정을 밟고 있다고 말할 수도 있겠네요.

나희덕 그런데 시란 기본적으로 숨김으로써 의미를 드러내는 양식이기 때문에, 양 방향 모두 그러한 긴장 위에 서 있기는 마찬가지일 거예요.

장석남 그걸 이렇게도 설명할 수 있을 것 같아요. 우리가 컬러풀한 화면과 수묵의 화면을 본다고 할 때, 그 둘은 전혀 다르죠. 얼핏 컬러풀한 화면을 보는 게 훨씬 풍부해 보이지만 사실은 그렇지 않다고요. 그 화면에는 감상자가 끼여들 틈이 거의 없으니까. 그러나 한 빛깔의 농담만으로 이루어진 수묵의 세계에서는 감상자가 끼여들 틈이 굉장히 많아요. 그런 의미에서 삶을 풍부하게 산다는 것을 다시 한번 생각해볼 필요가 있어요. 현대인들이 물질적으로 풍요롭게 산다고 하고 컬러다 멀티다 하지만, 그것이 가공해서 갖다 밀어대는 정보란 다 받아서 소화해내기도 힘든데다 자기가 참여할 틈이 거의 없어요. 그런 문화 속에서 침묵의 역할, 시적인 언어의 역할은 굉장히 풍부하고 창조적인 것이라고 봐요.

나희덕 수묵 얘기가 나와서 말인데, 수묵처럼 단순하고 소박한 삶의 태도에 대한 경도가 90년대 후반부터 꽤 대중적인 호응을 얻고 있는 현상에 대해서는 어떻게 생각하세요? 90년대 시에 나타난 서정성의 회복이나 시원에 대한 동경 등도 그와 멀지 않은 현상일 것이고, '무소유' '비움' '느림' 등의 말이 마치 문명의 대안인 것처럼 새로운 복음으로 자리잡은 것도 비판적으로 검토해보아야 할 문제일 텐데…… 이러한 움직임들은 문명의 무지막지한 속도와 물량으로부터 삶을 돌이키려는 일종의 생존 본능일 수도 있겠지만, 비판적 대응이라기보다는 상업적인 담론에 의해 부추겨진 유행 같다는 느낌도 강하게 들어요. 그런 현상을 바라보면서, 어느정도 대중적 친화력을 지닌 우리의 시가 과연 그 흐름으로부터 얼마나 멀리 있는가, 얼마나 독립적으로 존재하고 있는가, 다시 되묻게 되더군요.

장석남 되묻고 또 되물어보기도 했는데…… 과연 내가 그런 유행을 부지런히 쫓아간 것인가 하고요. 그런데 나는 거기 쫓아간 적 없다고 생각해요. 사실은 많은 사람이 어느 쪽으로 가면 그

쪽을 빨리 떠나야 하고, 그게 문학하는 사람들의 삐딱한 정신이
기도 한데…… 난 제일 불만인 것이 생태 어쩌고 하면서 남의
어깨바람에 휩쓸려 다니는 거예요. 모든 시인은 근본적으로 생
태주의자라고 할 때, 이 말을 다르게 표현하면 침묵을 느낄 수
있는 사람이라는 뜻도 되지 않을까 싶어요. 신적인 세계, 도의
세계라고도 할 수 있는 그 느낌을 개념적인 지식이 아닌 감각으
로 가장 잘 받아들일 수 있는 장이 침묵의 세계이니까. 시는 궁
극적으로 거기서 발생하고 거기로 가는 거라고 생각해요. 그러
한 데까지 천착하지 않고 허영 비슷하게 몰려다니는 시는 신뢰
할 수가 없어요. 그런 의미에서 내 시도 다시 한번 돌아보아야
하겠지만, 그런 식으로 매도하는 것도 그리 기분 좋지는 않더라
고요.

나희덕 비판하려는 뜻에서보다는 동병상련의 고충이 있을 것 같아
서 꺼낸 얘기인데…… 아직도 자연이니 침묵이니 하는 것에서
퍼낼 게 남았느냐고 반문할 때, 서정적인 친화력이라는 게 이제
얼마나 유효할 수 있는가 되물을 때, 장석남씨가 했던 것처럼
반성과 항변의 말이 동시에 떠오르곤 하거든요.

장석남 가령 봉숭아꽃은 봄에 싹이 나고 자라서 꽃을 피우고 씨앗
을 맺고 씨앗을 터뜨리고 스러집니다. 그저 그럴 뿐이죠. 그러
나 그저 그럴 뿐인가. 거기에 다 있다는 생각을 합니다. 그저 그
럴 뿐인 그 뒤에 온 세상이 다 있는 거죠. 도인이 할 얘기를 내
가 하고 있군요. 문제는 우리 삶이죠. 우리 삶은 언어로 그 본질

을 다 드러낼 수는 없죠. 역시 감각으로 뚫어버릴 수밖에는 없어요. 침묵은 그 부분을 응시하게 하는 자장이고 힘이죠. 그 힘이 일상을 사는 모든 사람들 내부에 많든 적든 작용하기 마련인데, 한 사회의 문화적 두께가 두텁다라고 하는 것은 그 힘이 크다는 뜻이 아닌가 싶어요. 그렇다고 시인이 그 문화적 두께를 두텁게 해야 할 막중한 책무를 져야 한다는 계몽적 차원의 얘기는 아닙니다. 한사람이 뚫고 나가면 뒷사람이 그 구멍으로 따라서 나올 수 있는 것이지 동시에 벽을 없애기 위해 힘을 모으자는 얘기는 가능하지도 않을뿐더러, 벽이 사라진 세계가 모든 사람에게 다 좋은 세계라는 보장도 없어요. 그건 정치가 하는 일이죠. 정치는 한사람씩 순서를 정해서 가는 게 아닐뿐더러 한사람도 가보지 않은 세계를 같이 가자는 거예요. 그러나 예술이란 한사람이 먼저 뚫고 나가서 그 구멍이 생길 뿐, 강제로 그 구멍을 뚫고 오라고 하지 않지요. 가라고 하지도 않고요. 들여다보아 좋으면 오는 거고 모르면 할 수 없고. 그 노릇이 외로워도 끝까지 해보자는 사람들이 예술가가 아닌가. 모순이면서 순리인 것이 시이고, 그것은 또한 침묵을 향해 무한히 열려 있는 것이겠지요.

나희덕 오늘의 이야기도 언어와 침묵이라는 두 말 사이에 두서없는 자장을 그리다가 결국 시로 돌아왔군요. 자, 이제 그만 침묵에 관한 말의 자리를 접도록 하지요.

자연은 어떻게 풍경이 되는가

1. 번역어로서의 '자연'

문학에서 '자연'은 매우 오래되고 익숙한 소재이자 관념 중 하나다. 그런데 막상 '자연'이 무엇인가 되묻게 될 때, 그 말이 쓰이는 역사적 맥락과 의미는 너무도 다양해서 어느 하나로 규정하기가 쉽지 않다. 더욱이 '자연'이 자생적인 말이 아니라 'nature'의 번역어라는 점을 감안할 때 그 속에는 이미 복잡한 문화적 결락(缺落)이 들어와 있다고 할 수 있다. 거칠게 정리해보면, '자연'은 구체적인 자연물을 가리키기도 하고, 자연환경 전체를 아우르는 말로 쓰이기도 한다. 그리고 객관적인 대상으로서의 자연뿐 아니라 '스스로 그러하다'는 한자가 의미하듯 본원적인 존재방식을 가리키는 말로, 또는 '인공'이나 '세속' 등의 상대적 개념으로 쓰이기도 한다.

그런데 흥미로운 것은 자연을 즐겨 다루어온 동양시에서 정작 '자연시'라는 명칭이 없었고, 뒤늦게야 서양의 'nature poetry'를 번역해서 썼다는 사실이다. 김종길(金宗吉)은 「자연, 시, 동아시아 전통」(『경계를 넘어 글쓰기』, 민음사 2001)에서 그 이유를 이렇게 설명한다. 동양에서 시라면 으레 자연시를 떠올릴 만큼 자연시가 압도적이었기 때문에 변별적 명칭이 따로 필요없었다는 것이다. 일리있는 설명이지만, 더 근본적인 해명을 위해서는 동양에서 '자연'이란 무엇인가를 새삼 묻지 않을 수 없다. 아울러 동양의 시에 나타난 '자연'이 서양의 시에 나타난 '자연'과 어떻게 다른가를 비교해보아야 한다. 서양에서는 일찍이 자연을 즉물적으로 파악하고 사실적으로 묘사하려는 경향이 강한 편이었다. 반면 동양에서 자연을 객관적인 실체로 바라보며 주체로서의 자의식을 가지게 된 것은 근대에 와서의 일이다. 그렇게 자연과의 '거리'를 뚜렷하게 인식하고 난 뒤에야 비로소 '자연시'라는 명칭이 생겨났던 셈이다.

'자연시'뿐 아니라 회화의 '산수화'라는 명칭에서도 비슷한 전도가 나타난다. 동양에서는 자연 속에서 정신을 수양하고 자연 경물을 통해 자신의 인격과 사상을 전달하는 것이 오래 전부터 보편화되어왔다. 하지만 '산수화'의 명칭과 기원을 살펴보면 그 말 역시 그리 오래되지 않았음에 놀라게 된다. 일본에서 산수화가 그려진 것은 꽤 오래된 일이지만 정작 그 그림을 가리키는 명칭은 근대에 들어와서야 생겨났던 것이다. '산수화'라는 명칭은 메이지 시대 근대화를 주도한 페놀로사(E. F. Fenollosa)에 의해 처음 회화용어로 자리잡았다고 한다.

그 당시 '산수화'는 그려진 대상이 산수(山水), 즉 자연이라는 의미일 뿐 특정한 양식이나 범주를 한정하는 말은 아니었던 것 같다. 그렇다 해도 '산수화'에는 예로부터 철인이나 현자들이 이상향으로 여겨온 형이상학적 모델이 선험적으로 전제되어 있었다. 자연히 '산수화'에 그려진 자연은 현실 속의 풍경을 있는 그대로 '사생(寫生)'하는 것과는 달리 관념적인 성향이 두드러진 편이었다. 설령 실제적인 자연물이나 풍광을 그렸다 해도 회화적 관습에 따라 유형화된 명소(名所)들에서 완전히 자유로울 수는 없었다.

한시적 전통을 근간으로 한 동양시에서 '자연'을 다루는 방식도 크게 다르지 않았다. 그것이 전원이든 산수든 자연과 합일된 은일(隱逸)의 정신을 바탕으로 일정한 유형의 관념과 표현이 주를 이루어왔다. 그리고 자연물 자체보다는 시인의 마음속에 있는 '언지(言志)'를 드러내는 게 일차적인 목표였다. 구체적이고 사실적인 묘사보다 자연에 관한 관용적 표현이 자주 나타나는 것도 그래서이다. 이때의 자연은 개인에 의해 감각적으로 발견된 자연이 아니라 '추상적 관념'에 가깝다.

이렇게 자연과의 합일을 지향하며 관념적 세계로서의 자연을 일구어온 동양시에 비하면, 서양시에서는 '자연'을 합일이나 친화의 대상보다 투쟁의 대상으로 여기는 태도가 우세했다. 동서양의 차이는 문학작품의 소재를 선택하는 데서도 드러난다. 동양시에는 '산'이 많이 등장하고 서양시에는 '바다'가 많이 등장하는 것을 단순히 우연이라고만 말할 수 있을까. 이는 지리적 조건이나 문화적 관심에 따라 생겨난 소재의 차이만이 아니라 자연관의 근본적인 차이를 보여주는 대목이다. 호메로스의 서사시 『일리아드』나 『오디세이아』는 영웅적 주인공이 바다로 나가 온갖 시련을 겪고 귀환하는 '서사적' 구조를 갖고 있었다. 그에 비해 동양시에 나타난 산의 이미지는 높은 정신의 표상이나 이상향에 대한 지향을 드러내는 '서정적' 산물이었다.

유약우(劉若愚)는 『중국시학』(이장우 옮김, 명문당 1994)에서 '자연'에 대한 중국 시인들의 태도를 두 가지 정도로 요약한다. 첫째, 중국 시인들에게 자연은 서구의 낭만주의자들과 같이 창조주의 구체적 현시(顯示)가 아니라, '스스로 그러한 것'으로서 중립적 실재에 가깝다. 자연이 숭앙의 대상도 투쟁의 대상도 아니었기에 인간의 존재는 만물의 무한한 순환의 일부로 인식될 수 있었다는 것이다. 둘째, 중국 시인들의 작품 속에서 자연은 개인의 특정한 시각으로 조감되는 것이 아니라 언제나 영원하고 보편적인 것으로 나타난다는 점이다. 여기서 시인의 존재는 자연의 전체적인 묘사 뒤로 물러나 있다. 이러한 동양의 자연관 속에서는 서양에서와 같은 '낭만주의적 주체'도 '미메씨스적 시선'도 생겨나기 어려웠을 것이다.

그러나 앞에서 말한 서양의 해양시와 동양의 산중시의 차이점을 동서양시 전반에 일괄적으로 적용할 수는 없으며, 더욱이 '근대'로 들어서면서 동서양의 자연관이 지닌 간극은 상당히 좁혀진다. 한국시에 나타난 자연의 모습이나 그에 대한 태도 역시 근대에 이르러 근본적인 변화를 겪게 된다. 그 변화를 단적으로 말한다면, '관념으로서의 자연'이 아니라 '있는 그대로의 자연'을 포착하고 묘사하려는 '시선'의 탄생이다. 물론 개인적인 형태로 분화된 것은 아니더라도 자연을 바라보는 '시선'은 근대 이전에도 있어왔다. 그렇지만 자연과 인간이 더이상 합일될 수 없는 존재라는 인식 속에서 자연을 대상화하면서 생겨나는 '거리'의 발견은 이전의 자연관과는 상당히 다른 점이라고 할 수 있다. '자연'이 '풍경'으로 새롭게 발견되는 것도 그 '거리'를 통해 가능해진다.

근대적 주체의 시선에 의해 '자연'이 '풍경' 자체로서 발견되는 사례로 동양시에서 '바다'의 등장을 들 수 있다. 사실 섬나라인 일본이나 삼면이 바다로 둘러싸인 한국에서 바다에 관한 시가 근대 이전까지 거의 씌어지지 않았다는 것은 시사하는 바가 크다. 그것은 동양시에 그려진 자연이 실제로 눈에 보이는 모습을 객관적으로 재현해내기보다 한시적 전통 속에서 형성된 자연이라는 관념을 주로 답습해왔기 때문이다. 내륙 중심의 한문학의 토양 속에 '바다'가 들어설 자리가 별로 없었기 때문에 한문학의 영향권 내에 있던 동양시에서 오랫동안 '바다'는 발견되지 못했던 것이다.

그렇다면 한국시에서 '바다'가 본격적으로 등장하기 시작한 것은 언제부터일까. 우선 최남선(崔南善)의 신체시 「海에게서 少年

에게」를 떠올릴 수 있다. 그러나 이 시에서 '바다'는 구습을 타파하고 개화된 세계로 나아가려는 태도나 의지를 관념적으로 표출하는 매개에 지나지 않는다. 바다가 좀더 구체적 이미지를 얻고 개인적 발견의 대상이 되는 것은 김기림, 임화, 정지용, 이용악 등의 바다 시편들에 와서다. 이들은 일본 유학을 다녀오면서 '현해탄'이라는 구체적인 바다를 경험하고, 그 바다를 통해 근대적 문물을 경험하게 된다.

아무도 그에게 水深을 일러준 일이 없기에
흰 나비는 도무지 바다가 무섭지 않다.

청무우밭인가 해서 내려갔다가는
어린 날개가 물결에 절어서
공주처럼 지쳐서 돌아온다.

삼월달 바다가 꽃이 피지 않아서 서거픈
나비 허리에 새파란 초생달이 시리다.

—김기림 「바다와 나비」 전문

이 시에는 동경으로 유학을 떠나는 지식인의 내면이 거대한 바다 위를 날고 있는 나비의 움직임을 통해 감각적으로 그려지고 있다. 특히 3연의 감각적인 표현이나, 객관적인 풍경을 그리는 것 같으면서도 그 안에 근대적 내면을 투영시키는 기법은 '자연'을 다루는 이전의 방식과는 매우 다르다.

김기림의 시에 나타난 바다와 나비의 '거리'가 시사하는 것처럼, 모더니티의 경험은 그들로 하여금 '문명'에 대한 선망을 느끼게 함과 동시에 '자연'과 합일될 수 없는 근대적 자아에 대한 자각을 갖게 하였다. 전근대로부터의 단순한 이탈이 아니라 문명과 자연에 대한 동시적 선망과 모순을 느끼게 되었다는 것, 그 '양면성'이야말로 자연에 대한 근대 시인의 태도라고 할 수 있다. 이제 그 '거리'의 자각과 심화, 복원을 보여주는 몇편의 시를 통해 '풍경'의 의미를 탐색해보도록 하자.

2. 근대적 시선과 풍경의 발견

앞에서 '자연'이나 '자연시'가 근대에 생겨난 번역어라는 말을 했는데, '풍경'이라는 말 역시 그리 오랜 연원을 지닌 말은 아니다. 옥스포드 영어대사전에 '풍경'(landscape)이라는 말이 처음 등장한 시기는 17세기라고 한다. 이 사실은 '풍경'이라는 말의 역사가 300년도 채 안된 근대 이후의 일임을 말해준다. 물론 이보다 훨씬 이전의 중국 한시에서 '풍경'이라는 말이 쓰이는 경우가 있기는 하다. 예를 들어 두보(杜甫)의 한시 「강남봉이구년(江南逢李龜年)」에도 '풍경'이라는 말이 등장한다. 그러나 이 시에서 '풍경'

은 인간사에 대한 시인의 감회를 드러내기 위해 끌어온 자연적 배
경 정도로 쓰이고 있을 뿐이다.

　岐王宅裏尋常見　崔九堂前幾度聞
　正是江南好風景　落花時節又逢君

　岐王님 宅에서 항상 그대를 보았고 / 崔九님 마루에서 노래 몇번 들었
소.
　지금 이 江南은 한창 風景 좋은데 / 꽃 떨어지는 이때에 또 그대 만났
구려.

　이 시를 지을 무렵 두보는 떠돌던 신세였고, 당대의 가수였던
이구년 역시 현종(玄宗)의 총애를 받다가 유락(流落)해서 강남에
살고 있었다. 따라서 결구에 나오는 "落花"는 실제로 꽃이 지는
모습이면서 동시에 두 사람의 몰락한 신세를 비유한 것이기도 하
다. 그렇다면 3구에 나오는 "風景"은 독립된 심미적 대상이라기보
다는 결구와의 대비를 위해 동원된 자연적 배경 정도라고 보아야
할 것이다. 이처럼 무상한 인간의 운명을 영속적인 자연의 모습과
대조시키는 방식은 한시에서 흔히 볼 수 있다. 풍경에 대한 구체
적인 묘사가 단 한줄도 나오지 않는다는 점 또한 근대적 의미의
풍경과는 근본적으로 다른 특성이다.
　그렇다면 근대적 내면에 의해 '발견된 풍경'이란 어떤 것인가.

이 문제를 풀기 위해서 먼저 회화에서 '풍경화'가 출현하는 과정을 참조할 만하다. 예로부터 '시화일여(詩畵一如)'라는 말이 통용되어왔듯이, 회화에서의 변화는 이미지의 형식인 시에도 시사하는 바가 적지 않다. 서양 회화에서 '풍경화'가 출현한 시기는 근대이후로서, '풍경'이라는 말이 생겨난 것도 이 무렵이다. 그 이전에도 그림 속에 풍경적 요소가 들어 있기는 했지만, 주로 종교적 관념을 보조하는 역할 정도였다. 그러다가 균질적이고 익명적인 공간에 대한 객관적 묘사가 행해지면서 '풍경'은 비로소 독자적인 그림의 주인이 될 수 있었다.

'풍경화'의 출현은 '원근법'의 도입과도 밀접한 관련이 있다. 르네쌍스기에 본격적으로 시작된 원근법은 고정된 한 점을 시야의 중심으로 삼고 그 점에서 생겨나는 시각적 피라미드의 여러 점들을 하나의 화면에 정착시키는 방법을 말한다. 이런 원근법적 사유가 가능할 수 있었던 것은 17세기 과학혁명의 영향에 따라 어떤 대상이나 공간도 등가적인 원리로 파악할 수 있으며 객관적으로 재현해낼 수 있다는 신념이 생겨났기 때문이다. 따라서 원근법은 단일한 시선, 즉 시간적으로나 공간적으로 고정되어 있는 '주체'를 전제로 한다. 이렇게 하나의 시선에 의해 구성된 원근법은 그림 속의 풍경을 더욱 사실적으로 느끼게 한다. 그러나 그 속에는 '주체의 시선'이 은밀하게 감추어져 있다.

사실 회화나 문학에서 인간의 생각과 감정이 완전히 배제된 중립적인 공간이라는 게 과연 존재할 수 있을까. 그 점에서 예술은 자연과학과 길을 분명하게 달리한다. 예를 들어 화가가 풍경을 그릴 때, 그는 자연물에 대한 충실한 개념을 일으키는 것과 동시에 그것을 감상하는 사람으로 하여금 자신이 그 풍경을 바라보았을 때의 생각과 감정을 이해하게 하려고 노력한다. 이처럼 근대 예술에는 현실이나 대상을 재현하려는 '미메씨스적 태도'와 심미적 주체의 감정과 관념을 표현하려는 '낭만주의적 태도'가 결합되어 있다. "풍경은 마음의 상태"라는 아미엘(H. F. Amiel)의 말은 실제적 풍경 속에 이미 내면의 풍경이 들어 있음을 시사한다.

또한 "풍경이라는 것은 조망되는 자연측에 존재하는 것이 아니라, 조망하는 인간측에 존재하는 것이다. 조망하는 인간이 없다면 풍경이라는 것은 존재하지 않는다"(이효덕 『표상공간의 근대』, 박성관 옮김, 소명출판 2002, 52면 각주 10번 참조)는 이께다 야사부로오(池田彌三郞)의 말도 '풍경'이라는 말에 전제되어 있는 개별적 '주체'의 존재를 상기시킨다. 같은 풍경을 동시에 보고도 그것을 느끼고 표현하는 바가 각각 다른 것은 대상에 대한 심미적 인상이 다르기 때문이다. 그러므로 '풍경'이란 외부에 존재하는 '객관적 실체'가 아니라 보는 주체에 의해 선택된 '심미적 인상'에 가깝다고 할 수 있다. 객관적인 풍경을 묘사한 것처럼 보이는 시도 사실은 그 속에 일정한 주체의 시선을 숨기고 있기 마련이다.

늦은 저녁때 오는 눈발은 말집 호롱불 밑에 붐비다

늦은 저녁때 오는 눈발은 조랑말 발굽 밑에 붐비다

늦은 저녁때 오는 눈발은 여물 써는 소리에 붐비다

늦은 저녁때 오는 눈발은 변두리 빈터만 다니며 붐비다.

—박용래 「저녁눈」 전문

이 시는 간결하고 운율적인 언어로 저녁눈이 내리는 풍경을 묘사하고 있다. 시인은 풍경에 대한 주관이나 감상은 철저하게 배제한 채 마치 네 장의 그림을 차례차례 보여주는 것처럼 객관적 묘사로 일관하고 있다. 한행으로 이루어진 각 연은 공통적으로 "늦은 저녁때 오는 눈발은"으로 시작해서 "붐비다"라는 동사로 끝을 맺는다. 각 행에서 변이되는 부분은 저녁 눈발이 붐비는 공간에 국한된다. 그런데 얼핏 객관적 묘사처럼 보이는 이 시의 이미지들이 과연 중립적이고 등가적인 질서로 연결되어 있는가는 다시 따져보아야 할 문제이다. 물론 눈이 내리는 것은 일정한 범위 안에서 균질적인 자연현상이다. 그러나 시인의 시선이 포착해서 묘사하는 공간이란 '자의적 선택'에 의한 것이다.

우선 큰 흐름부터 살펴보면, 1연부터 3연까지 말집 내부에 머물러 있던 '시선'이 4연에서는 말집을 벗어나 변두리 빈터로 떠도는 것으로 설정되어 있다. 1, 2, 3연에서는 마치 카메라가 줌인(zoom-in)하는 것처럼 더 구석진 곳으로 시선이 이동한다. 먼저 저녁 무렵 말집에 밝혀진 호롱불에 유인된 시선은 어두운 "조랑말 발굽 밑"까지 이끌렸다가 "여물 써는 소리"라는 청각적 심상과 결합하게 된다. 눈에 보이지 않는 '소리'까지 시인은 '본다'. 그러다 다시 마지막 연에서는 "변두리 빈터"로 시선이 확장되면서 원경이 제시된다. 이러한 원근법적 비약만 보더라도 이 시의 이미지가 '발견된 풍경들'의 새로운 조합임을 알 수 있다.

이 시에서 또하나 주목할 점은 4연의 "변두리 빈터만 다니며"에서 '~만'이라는 조사가 쓰이고 있다는 사실이다. 1, 2, 3연에서는 '~에'라는 조사를 써서 시적 대상을 구체적으로 한정하고 있는 것에 비해, 4연에서는 막연하게 "변두리 빈터"라고 되어 있어 시야를 열어놓고 있는 것처럼 보인다. 그러나 선택과 배제의 뜻을 지닌 '~만'이라는 조사는 시인의 시선이 하나로 응집된 것은 아니지만 일정한 기준이나 취향을 반영하고 있다는 느낌을 동시에 갖게 한다. 그래서 4연은 한 행으로 되어 있지만 여러 개의 이미지를 내포한 시행으로 볼 수 있다. 각 연의 공통적 서술어인 "붐비다"가 1, 2, 3연에서는 연결형처럼 보이고, 4연에서는 종결형처럼 보이는 이유도 그런 함축성을 4연에 부여해주었기 때문이다.

이처럼 시는 눈에 보이는 풍경뿐 아니라 보이지 않는 풍경까지도 행간에 거느림으로써 '풍경의 깊이'를 획득한다. "변두리 빈터"는 바로 시인 박용래(朴龍來)가 바깥에서 발견한 풍경이자 안에서 발견한 풍경이다. 카라따니 코오진(柄俗行人) 표현을 빌리면, '풍경의 깊이'는 곧 '내면의 깊이'이기도 하다.

3. 한국 현대시에서 발견된 풍경

근대 초기 자연에 대한 새로운 인식의 단초를 김소월(金素月)에게서 읽어내는 것은 상당히 보편화된 견해라고 할 수 있다. 특히 「山有花」에 대한 해석에서 '저만치'라는 부사어를 어떻게 볼 것인가에 따라 소월의 자연관 및 근대에 대한 태도는 다양하게 이해되어왔다.

山에는 꽃픠네
꽃이픠네
갈 봄 녀름업시
꽃이픠네

山에
山에
픠는꽃은
저만치 혼자서 픠여잇네

山에서우는 적은새요
꽃이죠와
山에서

사노라네

山에는 꽃지네
꽃이지네
갈 봄 녀름업시
꽃이지네

—「山有花」 전문

　근대적 자아의 자연관이 투영된 것으로 이 시를 먼저 주목한 사람은 김동리(金東里)였다. 그는 「청산과의 거리」에서 '저만치'라는 부사어를 "인간과 청산과의 거리"라고 설명했다. 그러나 '저만치'가 자연 또는 신에 대해 인간이 가지는 향수의 거리를 의미한다는 것 이상의 충분한 해명이 이루어지지는 못했다. 오히려 그러한 '발견'이 자연이나 보편적 존재에 대한 충분한 인식보다는 무의식적 직관에 의해 이루어졌을 뿐이라며 「山有花」의 탁월함을 소월시의 예외적인 성취로 평가하였다. 이러한 평가는 「山有花」와 소월의 다른 시들과의 유기적 연관성을 부정한다는 점에서 적절치 못한 감이 있지만, 소월을 비롯한 근대 시인들에게 있어서 '자연'의 문제를 환기시켰다는 의의는 인정할 수 있겠다.
　그후로 "저만치 혼자서 픠여잇네"라는 구절은 인간세계 바깥에 픠어난 꽃의 실존을 보여줌으로써 양자의 '거리'에 대한 근대적 인식을 보여주는 시행으로 이해되어왔다. 이 시에서 자연은 스스로 피고 지는 순환적 질서를 지닌 '꽃'과, 그 꽃이 좋아 산에서 함께 사는 '새'로 표상된다. 그러나 인간은 그러한 자연으로부터 떨어져나와 그것을 바라볼 뿐이다. 앞에서 주체와 객체 사이의 '거리'가 '풍경의 발견'을 가능케 했다고 말했는데, 이 시에서의 '저만치'는 바로 그러한 '미적 거리'에 해당한다.

'저만치'를 '자연'과 '인간'의 거리가 아니라, 김소월 시의 핵심적인 주제이기도 한 '나'와 '님'의 거리, 또는 '삶'과 '죽음'의 거리로 보는 견해도 있다. 그러나 그런 주제들이 정면으로 다루어지는 시들에 비해 이 시에서는 절박한 비애가 덜 느껴지며, 자연과 합일될 수 없는 '애수'가 희미하게 드리워져 있는 정도이다. 또, '저만치'라는 부사는 추상적인 거리감보다는 구체적인 한 지점으로부터 공간적으로 떨어져 있는 상태나 정황을 가리키는 말이며, 이 시의 종결형이 현재진행형으로 일관하고 있다는 것도 시의 배면에 설정된 시인의 구체적인 입지점을 말해준다. 이런 특징들은 이전의 한국시에서 발견할 수 없었던 새로운 시선과 원근법적 구도라고 할 수 있다.

예를 들어 근대 이전에 자연을 즐겨 노래한 조선시대의 강호가사 중 윤선도(尹善道)의 「어부사시사」를 보면, 「山有花」와 유사하게 "강촌의 온갖 꽃이 먼빛이 더욱 됴타"는 구절이 나온다. 그런데 여기서 멀리 핀 꽃의 빛깔이 더 좋다고 한 것은 대상에 대한 핍진한 묘사보다는 묘연(杳然)한 세계에 대한 동경을 선호하는 동양의 미학적 태도를 반영한 것으로 보인다. 은일(隱逸)의 도(道)

를 노래한 강호가사류에서 '자연'은 세속과의 거리를 담보해주는 듯하지만, 그 속에는 입신공명에 대한 선망이 깃들여 있는 경우가 많았다. 동양의 시전통에서 자연에 대한 그러한 양면성을 읽어내기는 그리 어렵지 않다. 그렇다면 「어부사시사」에서 "강촌의 온갖 꽃"은 인간과 단절된 존재라기보다는 멀고 아득하기 때문에 분별하지 않아도 좋은 자연의 아름다움을 말한 게 아닐까. 그에 비해 「山有花」에서 꽃은 "저만치 혼자서 픠여잇"지만, 그 고독과 단절로 인하여 오히려 더 뚜렷하게 각인된다. 이때의 고독은 자연의 고유한 존재방식이라기보다는 시인의 고독이 자연물에 투영된 결과이다.

이렇게 김소월이라는 '근대적 내면'에 의해 발견된 '자연과의 거리'가 인식론적 직관에 머물러 있었다면, 정지용에 이르러 그러한 인식은 현대적인 발성법을 얻어 일정한 '미학적 태도'로까지 확장된다. 물론 모더니스트적 성향이 강한 정지용의 초기시와 동양적 전통에 친연한 후기시를 비교해보면 자연을 다루는 방식이 매우 다르다는 느낌이 들기도 한다. 그러나 「바다」 연작에 나타난 구체적인 묘사나 감각적 이미지는 이전의 현대시에서 볼 수 없었던 '사생적(寫生的)' 태도를 반영하며, 이러한 시어의 혁신은 산수시(山水詩)에 가까운 것처럼 보이는 후기시에서도 일관되게 추구되는 것을 볼 수 있다. 그의 후기시를 자연과 전통에의 단순한 회귀로만 볼 수 없는 이유도 여기에 있다. 다음은 정지용의 후기시 중 한편이다.

돌에
그늘이 차고,

따로 몰리는
소소리 바람.

앞 섰거니 하야
꼬리 치날리여 세우고,

종종 다리 깟칠한
山새 걸음거리.

여울 지여,
수척한 흰 물살,

갈갈히
손가락 펴고,

멎은 듯
새삼 돋는 비ㅅ낯

붉은 닢 닢

소란히 밟고 간다.

—「비」 전문

「山有花」에서 '저만치'라는 부사어가 자연으로부터 떨어져나온 시인의 모습을 간접적으로나마 보여주었다면, 정지용의 시에서는 그 거리감이 교묘한 방식으로 숨겨진다. 그의 시에 풍경을 바라보는 '나'가 잘 등장하지 않는 것은 시인이 '자연의 바깥'이 아니라 '풍경의 바깥'에 서 있음을 의미한다. 그러면서도 풍경이 더욱 생생하게 전달되는 이유는 그가 '감각'의 길을 발견했기 때문이다. 감각은 주관적인 감상이나 관념을 제어하면서 풍경을 풍경 자체로 있게 한다. 그러므로 그에게 감각은 풍경을 발견하는 '도구'에 그치지 않고 고유한 '형식'이나 '태도'라고까지 말할 수 있다.

이 시에서도 시인은 감추어져 있고, 철저히 '시선'으로서 존재한다. 따라서 시를 읽는 사람은 풍경을 '전달'받는 게 아니라 바로 그 시선으로 풍경을 직접 '경험'하게 된다. 시인이 풍경의 바깥에 있음으로 해서 독자는 오히려 풍경의 내부로 이끌려 들어오게 되는 것이다. 실제로 이 시를 읽고 있으면 비가 내리기 직전에 자연물들이 민감하게 움직이고 변화하는 모습이 손에 만져질 듯 그려진다. 그렇다면 이 선도(鮮度) 높은 이미지를 단지 뛰어난 이미지스트가 보여주는 사실적인 묘사로만 볼 것인가. 아니면 간접화된 방식으로나마 이미지들을 착색하고 있는 정신이나 관념을 거기서 읽어낼 것인가.

이러한 논란의 촛점이 되는 단어가 바로 5연에 나오는 "수척한"이라는 형용사다. 정지용의 「비」를 중심으로 전개된 최동호와 장경렬의 논쟁에서도 이 형용사에 대한 해석은 핵심적인 문제이다. "수척한"이 "흰 물살"을 적절하게 수식하고 있고 사실성에 있어서도 문제가 없다고 보는 견해가 있는가 하면, 이 표현이 정경교융(情景交融)의 긴장을 놓침으로써 감정이 노출된 것이라는 비판도 있다.

그러나 이 시에서 "수척한"을 자연 묘사인 동시에 정지용의 내면 묘사로 본다 해서 이 시의 미학적 성취가 부정되는 것은 아니다. 그 어느 쪽으로 보든지 이 논쟁이 역설적으로 증거하는 바는, 정지용이 이렇게 단어 하나가 논란이 될 정도로 '풍경'에 직접 개입하는 것을 절제했다는 사실이다. 그리고 이러한 엄격성이 동양적 정경(情景)의 시학에서 비롯된 것이든 서구적 이미지스트로서의 면모이든 자연에 대한 '거리'를 독자적인 미학으로까지 발전시킬 수 있었던 힘이었을 것이다.

4. 주체의 전도와 풍경의 깊이

근대적 내면이 자연과의 거리를 자각하면서 '자연'을 '풍경'으로서 발견해냈다면, 그 이후의 근대시의 행보는 그 거리에서 생겨난 단절감을 실존적으로 심화시켜온 과정이라고도 말할 수 있다. 자연과의 '거리'를 발견하기 시작했던 근대 초기부터 현재까지는 백년 가까운 시간이 가로놓여 있다. 이제 시인이 발견해야 할 자연은 전통적인 관념에서는 벗어났으나 심각한 파괴를 겪으면서 더이상 사실적 재현의 대상으로 풍요롭게 남아 있지 못하다. 그리고 정신의 무궁한 원천을 제공하기에도 그 신비의 베일이 찢겨져 버렸다.

그럼에도 불구하고 이 테크노피아의 복판에서 여전히 '자연'을 통해 삶의 질서와 우주의 섭리를 발견하는 서정시들이 씌어지고 있는 것은 무슨 이유일까. 그것은 자연의 훼손이 한층 심각해진 90년대 이후 오히려 '생태시'가 융성하는 현상을 통해 어느정도 해명될 수 있을 것 같다. 이러한 현상은 아마도 자연과 인간 사이의 복원 불가능한 '거리'의 폭력성이 오히려 그것의 회복을 더 절실하게 구하도록 만들기 때문일 것이다. 과거와 같은 낭만적 자연은 아니지만 현대의 자연이 걸친 남루를 응시하면서 그를 통해 자신의 내면을 깊이있게 탐구하는 시들 속에서 그 '거리'의 폭력성은 순간적이나마 치유되고 복원된다.

그러나 이 글에서는 정교한 언어로 자연을 노래하는 서정시들보다는 풍경에 대한 인식의 변화를 뚜렷하게 보여주는 시들에 주목하려고 한다. 그 시들은 자연을 바라보는 근대적 시선과 거기에 깃들여 있는 인간중심주의에 대한 반성을 전면적으로 제기하고 있다. 회화에서 형태나 리얼리티에 대한 회의가 추상화를 촉진시

켰던 것처럼, 시에 있어서 '있는 그대로의 풍경'에 대한 회의는 주체 또는 이성에 대한 반성으로 이어진다. 이제 문제의 중심은 '풍경' 자체가 아니라 풍경을 바라보는 주체인 '나'는 누구인가에 있다. 이 질문은 시선의 주체인 '나'조차 대상화시켜 풍경 속의 일부로 바라보게 만든다. 그러면서 나타나는 현상이 바로 '주체의 전도'이다. 그것은 내가 풍경이나 사물을 보고 있는 게 아니라 풍경이나 사물이 나를 보고 있는 상태를 말한다.

그런데 역설적이게도 '주체의 전도'가 일어나면서 오히려 '풍경'과 '나' 사이의 거리는 무화되기 시작한다. 메를로뽕띠(M. Merleau-Ponty)가 「눈과 마음」에서 "내가 그것을 본다고 말하기보다는 그것에 의해(by) 혹은 그것과 더불어(with) 본다"(『현상학과 예술』, 오병남 옮김, 서광사 1983, 294면)고 했던 것처럼 '외적인 것'과 '내적인 것'의 경계 역시 불분명해진다. 이제 '나'는 '풍경' 속에 있고, '풍경'은 '내' 속에 있다.

다음 시는 이러한 주체의 전도가 '풍경'과 '나'의 만남을 얼마나 역동적으로 이루어내는가를 잘 보여준다.

풍경이 나를 거닌다
내가 밤의 풍경을 쓰다듬는다
이렇게 비 오는 오늘밤, 풍경이 침대 위에서 돌아눕는다
풍경은 왜 거기 있지 않고 여기 있는가
소름 돋아 우둘투둘한 풍경

두 팔로 껴안아도 여전히 온몸 떨리는 풍경

왜 풍경은 몸속으로 들어와 고통이 되고 싶은 걸까?

비 쏟아져 들어오는 지하도를 옆구리쯤에 품은 풍경

그 지하도 밖으로 나오자

녹슨 철골들이 산발한 채 상한 젖꼭지에서 붉은 물을 뚝뚝 흘리는

그 아래 입을 쓱 닦은 깨진 유리병이

피를 뚝뚝 흘리는 밤의 풍경

그곳, 우산도 없이 내가 서 있는 밤의 풍경

내가 베개에 얼굴을 파묻자

멀리 보이지 않는 관악산이 비켜서고 새로운 풍경이 나타난다

풍경에게도 깊이가 있나봐요

나날이 풍경이 깊어져요 명치끝을 파고들어요

호흡이 바뀔 때마다 풍경은 바뀌고

안개가 피어오르고 내 방이 녹아서 강물에 떠내려가요

왜 고통이 몸 밖으로 나가면

한낱 고물집하장이 되어버리는 걸까요?

안에서 밖으로 내뿜어지는 풍경 속

나는 어째서 녹물을 칙칙 뱉는 짓다 만 우정병원 콘크리트에

기대고 서 있는지 비는 철썩철썩 내 뺨을 갈기고 있는지

조금만 몸을 움직여도 바뀌어버리는 예민한 풍경의 살갗

그래, 이제 그만 풍경의 문을 닫아걸자

행복했어요 멀리서 바라보기엔

그러나 가까이 다가서면 참혹했어요

비 오는 밤의 풍경이 내 두 팔 안에서

나 없이도 울고, 나 없이도 헐떡거린다

비 오는 밤, 풍경의 한복판

온몸의 피가 밀려왔다가 밀려가는 그곳

귀머거리 여자처럼 큰소리로 울며 내가 지나갔지요

언제나 한장의 표면밖에 가진 것이 없는 풍경

그런데, 도대체 이 풍경의 출구는 어디예요?

— 김혜순 「풍경 중독자」 전문

이 시에서는 내가 풍경을 바라보는 게 아니라 "풍경이 나를 거 닌다". 풍경이 고정된 회화적 이미지가 아니라 역동적인 실체처럼 살아 움직이며 나를 움직인다는 것, 이러한 전도야말로 풍경에 대 한 전통적인 태도에서의 가장 근원적인 이탈이라고 할 수 있다. 이제 시인은 일정한 거리를 두고 눈에 들어오는 풍경을 묘사하는 게 아니라, 이미 자기 몸속에 들어와버린 풍경을 살아낸다.

이때 풍경과의 만남은 더이상 시각적인 현상이 아니다. 풍경 자 체가 하나의 생명체처럼 살아 움직이고, 시인은 바로 곁에, 아니 자신의 몸속에 들어와 요동치는 "예민한 풍경의 살갗"을 만짐으 로써 풍경의 실체를 파악한다. 풍경이 내면으로 더 깊이 들어올수 록, 시인이 그 풍경 속으로 더 깊이 들어갈수록, 풍경에는 '깊이' 가 생겨난다. 그 깊이를 얻기 위해 시인이 치러내야 하는 것은 자

신의 분열된 내면을 바라보아야 하는 '고통'이다. 그래서 "행복했
어요 멀리서 바라보기엔/그러나 가까이 다가서면 참혹했어요"라
고 시인은 말한다. 또는 고통스럽게 묻는다. "풍경은 왜 거기 있지
않고 여기 있는가" "왜 풍경은 몸속으로 들어와 고통이 되고 싶은
걸까요?"라고.

이렇게 풍경의 출구를 찾지 못하고 풍경 속에 갇혀 그 풍경을
살아낼 수밖에 없을 때, 시인은 더이상 풍경을 즐기는 자도 묘사
하는 자도 아니다. 그는 "피를 뚝뚝 흘리는 밤의 풍경"을 앓고 있
는 '풍경 중독자'이다. 여기에 이르러 풍경은 재발견된다. 아니,
풍경에 의해 '나'는 재발견된다.

5. 지워짐으로써 완성되는 풍경

한국시에 축적된 '풍경의 깊이'는 마침내 '풍경의 소멸'로 나아
가고 있다. 사실적인 풍경을 그린 시가 아니라 풍경에 대한 인식
자체를 보여주는 시들이 적지 않게 씌어지는 것도 그런 징후 중
하나이다. 앞에서 말한 주체의 전도가 근대적 시선에 대한 반성에
서 비롯되었다고 한다면, 주체의 소멸은 그보다 더 극단적인 반성
의 방식이라고 할 수 있다. 풍경도 사라지고, 풍경을 바라보던 주
체도 사라지는 것. 이 지점은 바로 처음 풍경을 발견하던 그곳의
대칭점에 해당한다. 근대시 초기에 '거리'에 대한 자각이 자연을

객관화하고 묘사의 실물감을 높이는 쪽으로 작용했다면, 최근 시에서 '거리'에 대한 자각은 '자연의 재현'을 거의 포기하고 '자연자체'에 도달하기 위한 관념적 치열성을 높이는 쪽으로 작용하고 있다.

그럼, 관념으로서의 자연에서 간신히 독립해나와 있는 그대로의 자연을 발견한 현대시가 이제 와서 다시 관념으로 퇴행한다는 것인가. 그것은 아니다. 여기서 말하는 관념적 치열성이란 전근대의 선험적 개념이나 관습과는 매우 다른 것이다. 그것은 개별적 감각에 의해 풍경을 발견하되 그 감각과 언어에 덧씌워진 선입견과 관념의 더께마저도 벗겨내려는 싸움을 의미한다. 그렇게 형태를 지우고 존재를 비우는 것만이 풍경의 투명성에 도달하는 길이다. 좀더 정확하게 말하자면 실존적 치열성으로 자연과 언어에 대한 '거리'를 동시에 뛰어넘으려는 시도라고 해야 할 것이다. 철학에서 해체론이 그 이전의 철학 전반에 대해 회의하는 것처럼, 풍경을 지우는 행위는 부단히 살아 있는 풍경에 닿으려는 부정적 의지의 소산이다.

까마귀들은 어떤 논에는 내리고
어떤 논에는 내리지 않는다
까마귀들의 뒤로 저녁 공기가 빠르게 이동한다
왼편 골짜기에서 어스름이 달리듯이 내리고
시간들이 부딪치면서 부서지고

어떤 시간들은 문을 닫고 침묵 속으로 들어간다

침묵 속으로 강물 소리 멀리 들린다

나는 강물 소리를 들으려고 귀를 모은다

나는 유리창에 얼굴을 대고 귀기울인다

이제 경운기는 없다 개 한마리도 없다

어둠이 내린 들녘에는 검은 침묵이 장력을 얻어

물결처럼 넘실대면서 금강 쪽으로 흘러가기 시작한다

금강이 검게 빛난다

— 최하림 「호탄리 詩篇」 부분

이 시가 실려 있는 최하림(崔夏林)의 『풍경 뒤의 풍경』(문학과지
성사 2001)은 시집 제목부터가 풍경에 대한 탐구의 집중도와 방향
의 일단을 말해주고 있는 듯하다. 이 시집의 적지 않은 시에서 보
는 주체인 '나'는 이미 모습을 감추었다. 그러나 그것은 풍경의 암
전(暗電)이 아니라 새로운 풍경의 발전(發電)을 위한 조건일 뿐이
다. '나'가 사라진 자리에서 온갖 자연과 사물들이 눈을 뜨기 시작
한다. "마애불도 오늘은 눈을 감고 돌 속으로/들어가 돌의 눈으
로 검은/물을 봅니다"(「마애불이 돌 속으로」)와 같은 구절에서도, 제
대로 보기 위해서는 오히려 눈을 감아야 한다는 역설이 드러난다.
이처럼 그는 감각의 길을 따라가되 감각 너머에 도달하려는 의지
를 버리지 않는다. 풍경 자체를 직접 만지고 재현하는 데 힘을 기
울이기보다는, 풍경을 간접화하는 반성적 매개인 '유리창' 너머의

'어둠'과 '침묵'에 귀를 기울이는 이유도 여기에 있다.

시인은 풍경을 굳이 포착하려고도 해석하려고도 하지 않는다. 그저 시간이 들려주는 미세한 파동을 따라 풍경 속으로 걸어들어가 "적멸의 소리"를 듣고 있다. 그리고 눈에 보이는 풍경을 실감 있게 묘사해나가기보다는 하나씩 지워나감으로써 풍경을 완성하려고 한다. 메를로뽕띠가 쎄잔느의 그림에 대해 "아무것도 아닌 것의 광경이 됨으로써 무엇의 광경이 되고 있다"(『현상학과 예술』 325면)고 한 것은 회화에만 국한된 이야기가 아니다. '가시적인 것'의 본질은 오히려 그 뒤에 가려진, 또는 부재(不在)로서 현존(現存)하고 있는 '비가시적인 것' 속에 들어 있다는 통찰은 풍경을 시적 언어로 옮겨오는 과정에도 필요하다.

강의 물을 따라가며 안개가 일었다
안개를 따라가며 강이 사라졌다 강의
물 밖으로 오래전에 나온
돌들까지 안개를 따라 사라졌다
돌밭을 지나 초지를 지나 둑에까지
올라온 안개가 망초를 지우더니
곧 나의 하체를 지웠다
하체 없는 나의 상체가
허공에 떠 있었다
나는 이미 지워진 두 손으로

지워진 하체를 툭 툭 쳤다

지상에서 보이지 않는 존재가

강변에서 툭 툭 소리를 냈다

──오규원 「안개」 전문

오규원(吳圭原)은 언어에 부과된 인간적 관념과 선입견을 걷어
내고 '날〔生〕이미지'에 대한 지속적인 탐구를 보여준 시인이다.
그가 말하는 '날이미지'란 사물 자체, 풍경 자체에 도달하려는 투
명한 시선의 극점이다. 그러기에 그는 의미를 구축하는 것이 아니
라 끊임없이 해체해나간다. 위의 시에서 완강하게 자리를 지키고
있던 강과 돌들과 망초 등 눈앞의 풍경은 안개에 의해 차례차례
지워진다. '나' 역시 안개를 보고 있는 동시에 안개에 의해 지워지
고 있다. 그렇게 풍경과 주체가 다 지워진 뒤에야 비로소 "지상에
서 보이지 않는 존재"가 그 모습을 드러낸다. 하나의 풍경이 사라
지고 난 자리에 새로운 풍경이 생겨나는 것이다.

그러나 이 시의 의도를 충분히 이해하고 난 뒤에도 여전히 한가
지 질문은 남는다. 그럼, 안개에 의해 풍경이 지워지고 '나'가 지
워지는 모습을 보고 있는, 그리고 그 과정을 기술하는 주체는 누
구인가. 풍경에 관한 메타적인 시들이 그 의식의 첨예함에도 불구
하고 마지막에 봉착하는 문제는 이것이다. 엄밀하게 말해 이 시에
서 풍경은 '소멸'되는 것이 아니라 다른 방식으로 '구축'되고 있
다. 다만, 지워짐으로써 완성되는 풍경의 희박한 가능성을 열어놓

고 있을 뿐이다. 어느 정도는 주체 환원적일 수밖에 없는 서정시의 속성을 염두에 둘 때, 시인이 시도하는 주체의 소멸은 끝내 완성될 수 없는 과제처럼 보이기도 한다.

'자연'이 '풍경'으로 발견되기 시작한 이래, '풍경'이라는 말의 두께는 이미 '자연'이라는 울타리를 넘어 상당히 이질적인 시선들을 더해왔다. 그리하여 풍경이 사라진 곳에서 풍경을 발견해야 하는 지점에까지 이르렀다. 하지만 "낯선 지형이 풍경이 될 때까지 날개를 젓는 새"(허만하 「길이 끝난 곳에서 길은 시작한다—정방폭포」)처럼 시인의 시선은 '없는 풍경'의 길을 부단히 열어가야 한다. 이런 위태로운 경계에 있는 시들은 우리로 하여금 '본다는 것은 무엇인가'라는 질문을 던지게 한다.

이 질문과 관련해서 릴케(R. M. Rilke)의 『말테의 수기』의 한대목이 떠오른다. 낯선 도시에 도착한 주인공은 서두에서 이렇게 말한다. "나는 보는 법을 배우고 있다. 왜 그런지는 모르지만 모든 것이 내 안 깊숙이 들어와서, 여느때 같으면 끝이었던 곳에 머물지 않고 더 깊은 곳으로 들어간다. 지금까지는 모르고 있었던 내면을 지금 나는 가지고 있다. 이제 모든 것이 그 속으로 들어간다. 거기에서 무슨 일이 일어나는지 나는 모른다."(『말테의 수기』, 김용민 옮김, 책세상 2000, 11면)

말테의 이 예감어린 고백처럼, 시인의 눈은 새로운 풍경 앞에서 매순간 보는 법을 다시 배우지 않으면 안된다.

생태적인 것과 여성적인 것, 그리고 시

　90년대 이후의 시들이 독자적인 지형도를 그려 보이지 못하고
있다는 우려에도 불구하고, 생태주의와 여성성에 대한 탐구가 그
밑그림을 이루는 중요한 성과임을 부정하기는 어렵다. 그리고 이
러한 주변적 가치들의 복권은 그동안 거대담론에 가려져온 다양
한 가능성을 발굴하고 새로운 시적 주체에 대한 모색을 가능케 했
다고 평가할 수 있다. 특히 생태주의와 여성주의는 이성과 남성
중심의 근대에 대한 근본적인 문제제기일 뿐 아니라 그에 대한 대
안적 성격을 지닌다는 점에서 주목할 만하다. 최근 활발해지기 시
작한 에코페미니즘의 이론화작업을 보더라도 두 관점이 실천적
필요에 의해 결합할 뿐 아니라 자연과 세계에 대한 태도를 공유하
고 있음을 알 수 있다.

물론 시에 있어서 양자의 자각적 결합을 보여주는 예는 아직 풍부하다고 할 수 없다. 그러나 진정한 생태시가 여성적 가치에 대한 존중을 담고 있고, 진정한 여성시가 대상과 언어에 대해 생태적인 관계를 맺고 있는 접점을 확인하기란 그리 어렵지 않다. 이것은 자연에 대한 파괴와 여성에 대한 억압이 같은 맥락에서 진행되어온 까닭도 있겠지만, 시적 언어가 존재하는 방식 자체가 어떤 장르보다도 생태적이고 여성적이기 때문일 것이다. 그러므로 시라는 양식이 구현할 수 있는 생태적인 것과 여성적인 것의 의미를 천착해보는 것은 시의 현재적 역할과 존재방식에 대한 반성적 질문이 될 수도 있다.

　그런데 생태담론과 페미니즘담론의 활발한 유통, 또는 생태시나 여성시의 양적 증가가 반드시 우리 사회와 문학의 근본적인 전환을 보장해주는 것은 아니다. "'생태적'이라는 접두어가 붙은 것들의 일시적인 유행이 뿜어내는 악취가 도처에서 진동한다"는 신랄한 비판이 생태학자인 머리 북친(Murray Bookchin)의 입에서 나올 만큼 생태주의의 번성이 또다른 역작용을 낳은 것도 사실이다. 시에서도 범박한 소재주의나 새로운 유행에 편승한 문학상품이 양산되었으며, 직설적인 주장을 반복하거나 담론의 단순한 적용에 머무른 시들 또한 적지 않았다. 그 당위적 요청의 긴박성을 감안하더라도 그 시들이 보여주는 시적 언어로서의 취약성은 부차적인 결함 이상의 문제로 여겨진다. 또한 '환경시' '생명시' '생태시' 등 장르의 명칭조차 통일되어 있지 못한 실정에서 어떤 작

품을 기계적으로 생태시의 범주 속에 귀속시켜버릴 경우 그 작품
이 내장하고 있는 미학적 특질의 복합성은 사상(捨象)되기 십상
이다.

이러한 사정은 '여성시'를 논할 때도 마찬가지여서 그 분류나
가치평가의 기준이 페미니즘의 갈래만큼이나 각양각색이다. 그
다양한 입장과 전개 과정을 변별하며 생태시와 여성시 전반을 포
괄할 수는 없고, 이 글에서는 '생태시'나 '여성시'라는 이미 범주
화된 장르 개념보다 '생태적' '여성적'이라는 말의 의미를 중심으
로 논의를 풀어가려고 한다.

1. 나는 이제 그 눈의 순결을 의심하네

'생태적'이란 말의 핵심을 이루는 것은 자연이다. 생태주의는
우리에게 자연을 이용하고 지배하던 태도로부터 벗어나 자신이
자연의 일부이며 만물이 유기적으로 연결되어 있음을 발견하라고
권유한다. 또 거대한 그물망과도 같은 자연의 순환적 질서를 되찾
기 위한 실존적 노력을 강조하기도 한다. 생태적 상상력과는 달리
역사적 상상력은 자연 해방보다 인간 해방을 강조하고 그것이 실
현될 미래의 한 싯점을 기다린다. 이렇게 생태적 상상력과 역사적
상상력은 자연에 대한 태도에 있어 사뭇 대조적이다.

그런데 문제는 우리가 현재 겪고 있는 생태계의 전면적인 위기

나 세계사적 상황이 그 두 가지 상상력 모두를 위축시키거나 불가능하게 만들고 있다는 점이다. "봄이 갱생과 부활의 장르가 될 수 없다는 것은 분명 현대 시인의 상징체계에 들이닥친 일대 재난"(도정일 『시인은 숲으로 가지 못한다』, 민음사 1994, 25면)이라는 진단은 현대 시인들이 겪고 있는 고충을 압축적으로 보여준다. 이제 봄은 더이상 역사의 해방도 자연의 부활도 의미하지 않는다. 또 눈은 더이상 순결의 상징이 되지 못한다.

> 자연은 때로 저렇듯 소나무로 퍼렇게 눈을 뒤집어쓰고
> 서 있네.
> 나는 이제 그 눈의 순결을 의심하네.
>
> ──이하석 「소나무」 전문

그러나 "시인은 숲으로 가지 못한다"는 전언에도 불구하고, 시인은 아직 숲으로 갈 수 있다고, 가고 있다고 말하기도 한다.

> 이제 시인은 숲으로 가지 못한다지만
> 아직도 숲속 골짜기에는
> 산 절로 물 절로 하는 호수들이 있긴 있는
> 것이다. 마을 뒷산 속에 있는
> 그 중 하나를 나는 황혼 무렵이면 찾는데
> 늘 산영이 잠겨 푸르게 물들어버린

호수 위로 우선 밀잠자리며 실잠자리들

편대 지어 날아오르고

아무런 욕심이 없어야만 열릴 것 같은

깊고 그윽하고 투명한 숲속의 호수는

물 위에서 제 몸을 잽싸게 튀기는

소금쟁이로도 잔물결 가득 일으킨다.

                    —고재종「여름 다저녁 때의 초록 호수」부분

   위의 두 시에 기대어 다소 거칠게 말해본다면, 오늘날의 생태시
는 '의심'과 '낭만성' 사이에 있다. 물론 시인의 관심이나 개성에
따라 다양한 층위가 있을 수 있겠지만, 생태에 대한 시적 관심은
대체로 이 두 가지 경향으로 수렴된다고 볼 수 있다. 한편에서는
문명에 의해 여지없이 파괴된 자연 앞에서 느끼는 공포와 의심이,
다른 한편에서는 남아 있는 자연의 생명력에 대한 믿음과 낭만성
이 공존하고 있는 것이다.

   이러한 '의심'과 '낭만성'의 거리를 젊은 시인들에게서 찾아보
자면, "바람 부는 날이면 압구정동에 가야 한다"고 말하는 유하와
"바람 부는 날이면 한계령에 가야 한다"고 말하는 박용하를 들 수
있다. "욕망의 통조림 공장"인 압구정동이 도시문명에 대한 비판
을 담고 있다면, 나무들이 "몸 벗고 두 팔 들고 이백 킬로미터 행
군하는" 한계령은 생명의 시원(始原)에 대한 동경을 보여준다. 유
하의 경우에는 '압구정동'과 '하나대'라는 대조적인 공간이 한 내

면 속에 중첩되어 나타나면서 해체와 서정이 서로 길항하는 모습을 보여준다. 이러한 모순은 유하뿐 아니라 문명의 편리에 깃들어 살면서 생태적 양식으로서의 시를 쓰는 시인들이라면 누구나 피해가기 어려운 문제일 것이다.

그런데 근래의 생태시들을 보면 어느 한쪽으로 경사된 채 단순해지는 경향이 없지 않다. 자신의 실존에 잠재된 다양한 생태적 감각을 덮어둔 채 논리적인 차원에서만 전개되는 문명비판시들이나, 생명의 질서를 위협하는 세력 또는 구조에 대해서는 방관하면서 자연을 미화하고 또다른 관념으로 신비화하는 생명시들이나, 현실의 총체적인 위기를 대변하고 극복하는 데 일면적이기는 마찬가지다. 원래 생태주의가 근대적 계몽성에 대한 반성에서 시작되었음에도 불구하고, 오늘날의 생태시가 언어적 방식에서 여전히 계몽적 한계로부터 자유롭지 못한 인상을 주는 것도 그런 피상성에서 비롯된다.

앞서 인용한 "나는 이제 그 눈의 순결을 의심하네"라는 구절이 훼손된 자연에 대한 아픈 자각을 보여준다면, 이제는 생태시 속에 나타난 자연의 순결성에 대해서도 회의해보아야 할 때가 아닌가 싶다. 이러한 회의는 그동안 생태 문제와 관련된 시적 노력과 성과를 무효화하기보다는 좀더 근본화하기 위한 것이다. 훼손된 자연이 여전히 우리에게 의미를 가질 수 있다면, 그것은 위장된 미화보다는 상실의 감각에 대한 깊은 일깨움을 통해서일 것이다. 그러기 위해서는 자연을 묘사하고 재현하는 데 그치지 않고 '의심'

과 '낭만성' 사이의 긴장을 견디며 '자연으로서의 시'를 창조하려는 노력이 필요하다.

2. 새는 날아다니는 자요 나무는 서 있는 자

그럼 '자연으로서의 시'를 창조한다는 것은 어떤 의미일까. 시속에 들어온 자연이 이미 자연 자체가 될 수 없음은 자명한 사실이다. 이진우는 「문화로서의 자연」이라는 글에서 우리가 '자연'이라고 부르는 것이 실은 '문화'에 가까운 개념이라고 하면서, 이제는 지배의 대상도 신비의 대상도 아닌 문화적으로 해석된 자연에 대해 '다른' 방식으로 관계를 맺어야 한다고 말한다. 여기서 '다른' 방식이란 우선 인간중심주의를 벗어나 자연의 시각에서 문제를 바라보아야 함을 의미한다. 이는 시의 내용뿐 아니라 언술방식에도 해당되는 말이다. 다음 시는 인간을 만물의 척도로 여겨온 근대문명의 오만한 편견을 경쾌하게 전복시킨다.

새는 날아다니는 자요
나무는 서 있는 자이며
물고기는 헤엄치는 자이다
세상 만물 중에 실로
자 아닌 게 어디 있으랴

벌레는 기어다니는 자요

짐승들은 털난 자이며

물은 흐르는 자이다

스스로 자인 줄 모르니

참 좋은 자요

스스론 잴 줄을 모르니

더없는 자이다

— 정현종 「자[尺]」 부분

　자연의 질서는 저마다의 본성에 충실하면서도 서로를 억압하지 않는 다양한 척도를 지니고 있다. 그리고 스스로가 척도임을 의식하지 않을 때 오히려 "참 좋은 자"가 된다. 시가 근본적으로 생태적인 것은 바로 그러한 공존과 생동의 상태를 가장 가깝게 구현할 수 있는 장르이기 때문이다.

　이렇게 사물의 경계가 지워지고 안팎의 구별이 없어지는 순간 열리게 되는 끝없는 역동의 상태를 정현종은 '인공자연'이라고 부른다. "시는 언어라기보다 그냥 하나의 생동이다. 그의 살은 제 살이 아니라 만물의 살이요, 그의 피는 자신의 피가 아니라 만물의 피이며, 그의 몸 안팎의 분비물은 자기의 것이라기보다는 만물의 것"이라는 그의 말은 진정한 시가 지향하고 누려야 할 어떤 지복의 순간을 가리킨다.

　그러나 한편의 시가 시인이 매순간 감행하는 '천지창조'의 공간이 되기 위해서는 얼마나 전존재와 감각을 동원한 언어적 기투가 필요한 것인가. 또한 '인공자연'을 지향하는 시의 언어란 역설적으로 말하자면 자연과의 얼마나 큰 거리감을 전제로 한 것인가. 그럼에도 불구하고 그러한 절망과 충일을 동시에 겪어내는 '인공자연'으로서의 시는 관념적 충만감으로만 채워진 '유사자연'보다는 '자연'에 가깝다. 아니, 그 '인공성'이 지닌 존재의 깊이를 통해 시는 순간적으로나마 '자연'이 될 수 있다.

그렇다면 인간과 자연이 혼연일체를 이루고 있는 것처럼 보이는 시들이라 하더라도 그 역동성이 내밀한 생동의 상태에서 나온 것인지 아니면 자가발전한 도취에서 비롯된 것인지 따져볼 필요가 있다. 만일 실재감을 점점 잃어가면서 관념에 가까워지는 자연을 인위적으로 재현해놓은 것이라면 그 시는 또하나의 '가상현실' 외에 무엇이겠는가. 그러한 가상현실의 생생한 실감을 높이기 위해 동원된 과도한 수사는 사물들이 지닌 본래적 질서를 드러내기보다는 서정적 자아의 감정에 의해 일방적으로 채색된 시어들을 양산할 위험까지 지니고 있다.

따라서 자연의 생명력을 노래하고 생태적 관심을 표방하고 있다 하더라도 사물과 관계맺는 방식이 생태적이지 못하면 자연에 대한 또다른 대상화로 빠질 가능성은 늘 열려 있다. 시적 주체는 자신의 감정으로 대상을 '지배'하고 영토화하기보다는 생겨나는 의미망에 부단히 틈을 냄으로써 대상을 '해방'시켜야 한다. 자연과의 합일을 보여주겠다는 의지와 욕망, 그것이 오히려 살아 있는 자연이나 있는 그대로의 사물을 만나는 데 걸림돌이 될 수도 있다. 차라리 자연과의 완전한 합일이 불가능하다는 사실에 대한 겸허한 절망이 생명의 광휘가 사라진 시대에 역설적으로 생명에 대한 개안을 가능케 하는 것은 아닐까.

3. 우주적 감기의 시작이다

자연에서 생명의 광휘가 사라졌다는 것은 예술작품에 있어 '아우라'(Aura)의 상실과도 관련이 있다. 발터 벤야민(Walter Benjamin)은 기술복제시대의 예술작품뿐 아니라 현대인의 존재방식이나 지각작용 전반에 걸쳐 아우라가 상실되어간다고 보았다. 그는 「기술복제시대의 예술작품」에서 '아우라'를 "아무리 가까이 있더라도 어떤 먼 것의 일회적 나타남"(『발터 벤야민의 문예이론』, 반성완 옮김, 민음사 1994, 25면)이라고 정의내린다. 그러면서 그는, 어느 여름날 쉬고 있는 사람이 문득 자신을 향해 그림자를 던지고 있는 지평선의 산맥이나 나뭇가지를 바라보는 동안 그 산과 나뭇가지가 숨을 쉬고 있다는 느낌을 받게 되는 상태를 예로 든다.

그러나 기술적 사유가 지배하는 현대사회에서는 모든 것이 중력에 의해 움직이고 측정 가능한 대상이 되기 때문에 자연적 대상의 아우라가 현현하는 일은 거의 불가능하게 되었다. 더욱이 현대의 대중은 사물을 공간적으로나 시간적으로 자신에게 가까이 끌어들이려는 욕구와 더불어 복제를 통해 사물의 일회성을 극복하려는 성향을 지니고 있다. 이렇게 사물을 자기 방식대로 지배하려고 한다면 사물에 귀기울임으로써 그 고유한 본성을 느끼는 일은 점점 어려워질 수밖에 없다. 그나마 사물과 함께 호흡함으로써 일회적인 아우라를 포착할 수 있는 가능성이 가장 많이 남겨져 있는 영역이 시일 것이다.

며칠 전부터 날씨가 쌀쌀하기 시작하더니 맞은편 석조 건물이 먼 잿빛 하늘 속으로 빨려들어가면서, 한순간 땅덩이 전체가 번쩍 들어올려졌다가 다시 내려온다 이 가벼움 속에는 무언가 불편한 것이 있다 중심과 질서에 대한 배반, 그럴 때 나는 으슬으슬 추워지기 시작한다 싸늘한 공기와 내 살갗이 통정하는 것이다 식어가는 등골이 굳어가는 대지와 교신하는 것이다 우주적 감기의 시작이다
— 이성복 「높은 나무 흰 꽃들은 燈을 세우고 31」 전문

이 시는 분명 일상적이고 현실적인 공간에서 시작되지만, 확고하게 서 있던 석조건물이 갑자기 "먼 잿빛 하늘 속으로 빨려들어가면서" 현실적 공간에 균열이 생긴다. 그러면서 "땅덩이 전체가 번쩍 들어올려졌다가 다시 내려"오는데, 이는 중력의 법칙이 여지없이 깨어진 공간으로의 전이를 의미한다. 이때 가까운 사물은 멀어지고 무거운 사물은 그 무게를 잃어버리게 된다. 그러한 현기증을 느끼며 시인은 "이 가벼움 속에는 무언가 불편한 것이 있다"고

말한다. 여기에는 우리의 삶을 획일화시키는 중심과 이성적 질서에 대한 배반 없이는 사물과의 새로운 교섭이 불가능하다는 의미가 함축되어 있다. 이성적 질서와 기술적 사유에 비추어본다면 전도(顚倒)나 착란(錯亂)에 불과할 이런 체험이 시에 있어서는 오히려 만물과 "내 살갗이 통정하는" 계기가 될 수 있다. 이 시뿐 아니라 이성복(李晟馥)의 많은 시들이 대상에 대한 논리적 사유나 '주장'을 내세우기보다 독특한 분위기 속에서 사물과 내밀하게 만나는 '감각'의 직접성을 보여준다.

그런데 사물과의 이러한 교감이 가능해지기 위해서는 자신을 부단히 비우는 일종의 '방념(放念)'이 필요하다. 하이데거가 말하는 '방념'이란 "모든 사물이 만나는 자유공간의 개방성에 자신을 열어놓고 맡기는 것"을 의미한다. 그것은 자신의 언어로 사물을 장악하는 것이 아니라 사물이 스스로 말을 걸어올 때까지 기다리는 '수동성'에 가깝다. 비록 생태적인 소재나 주제를 직접 다루지 않더라도 사물에 대한 이러한 태도는 이성복의 시가 근본적으로 생태적 상상력에 기반을 두고 있음을 잘 보여준다.

이 시에서 시인이 아우라의 숨을 쉬는 순간 느끼는 것은 '추위'에 가까운 감각이다. 이러한 떨림은 단순히 쌀쌀한 날씨에서 비롯된 현상이 아니다. 그것은 자기가 지배할 수 없고 이해할 수 없는 대상을 인지할 때 가지게 되는 원초적인 두려움이며, 사물에 대한 고정관념을 내던지면서 비로소 접근하게 되는 사물의 깊이에 대한 발견이다. 그 존재론적 떨림을 느끼게 되는 순간을 가리켜 시인은 "우주적 감기의 시작"이라고 부른다. 마치 정지용이 「春雪」에서 멀리 눈 쌓인 산을 바라보며 "문 열자 선뜻! / 먼 산이 이마에 차라"라고 노래했던 것처럼.

4. 내 등엔 역사가 없다

앞에서 생태적 지향을 지닌 시들조차 계몽적 한계로부터 그다지 자유롭지 못하다고 말한 바 있다. 그런데 90년대 들어 근대적 의식의 견고한 외피를 뚫고 내려가 자신의 무의식 속에서 새로운 현실을 발굴해낸 여성 시인들의 활동은 그 한계를 넘어설 새로운 가능성을 보여준다. 일찍이 70년대에 바리데기 설화나 무가의 가락을 도입해 죽음에 대한 인식을 보여준 강은교의 「비리데기의 旅行노래」나 「黃昏曲調」 연작이 여성성의 탐색과 무관할 수 없고, 80년대에 좀더 직설적인 방식으로 여성해방을 노래했던 고정희의 「여성사연구」 연작 또한 가부장제에 대한 통렬한 비판을 수행했다고 할 수 있다. 그런 바탕 위에서 이루어진 여성시의 개화(開花)는 시대적인 변화도 한몫을 했겠지만, 무엇보다도 여성적 정체성을 당위적이고 추상적인 차원이 아니라 구체적인 자기탐구와 연결시킬 수 있었기 때문이다. 그리고 그것을 표현하는 언술방식에 대한 새로운 자각 또한 여성적 글쓰기의 독자성을 확보할 수 있게 한 요인이었다.

내 등은 휘어져 있다, 내 등엔 역사가 없다

나는 고개를 수그린다, 내 모가지엔 세계가 없다

내 등엔 역사의 한줄기 뼈가 새겨지지 않았고

내 모가지는 세계의 한 모형을 세우지 못했다

그래서 나는 두말할 나위 없이, 이 물렁한 삶의 순살에 한그릇 질
게 반죽되었다

— 이선영 「자화상」 부분

남성들처럼 "역사의 한줄기 뼈"나 "세계의 한 모형"을 세우지
못했지만, 이제 굽은 등과 수그린 고개가 여성들에게 더이상 순응
의 표지일 수만은 없다. "내 등엔 역사가 없다"는 자각과 더불어
한그릇 질게 반죽된 "이 물렁한 삶의 순살"은 여성 시인들이 살아
있는 자화상을 빚어낸 질료였던 셈이다. 이러한 시의 육체성은 이
념적 언어로는 밝기 어려운 상상력의 회로와 다양한 타자들이 공
존하는 생태적 공간을 가능하게 하였다. 여성 시인들에게 있어
'생태적' 특성은 의식적인 것이라기보다는 거의 '생래적'이라 할
만한 대목이 있는데, 이는 자신이 자연과 하나라는 사실이 '관념'
뿐 아니라 '몸'의 감각을 통해 직접적으로 체험되기 때문이다.

이처럼 '여성'과 '자연'을 동일시하는 태도는 그 연원이 매우 오
래된 것으로서, 가부장적 입장뿐 아니라 그것을 비판하며 여성적
정체성을 추구하는 입장에서도 두루 나타나고 있다. 프랜씨스 베

이컨(Francis Bacon)은 자연을 '처녀'에 비유하면서 그 자궁 안의 쓸모있는 것들을 캐내기 위해 과학이라는 '연장'을 깊숙이 넣어야 한다고 주장했다. 이 비유에서처럼 여성과 자연을 지배와 착취의 대상으로 여기게 된 데에는 근대 과학혁명의 영향이 매우 크다.

그에 반해 에코페미니즘은 서구의 발전 개념과 가부장제가 여성―자연의 '식민화'를 통해 이루어져왔음을 비판하고, 그 이분법적 사고에 의해 끌어내려진 여성적 가치의 회복을 모색한다. 이네스트라 킹(Ynestra King)은 '자연 혐오'의 가장 깊은 형태가 '여성 혐오'라고 말하면서 "여성 혐오와 자연 증오의 연관된 뿌리를 보여주는 사회 지배를 철저히 분석하지 않고서는 생태학은 하나의 추상적 개념으로 남아 있을 수밖에 없다"고 역설한다. 그와 동시에 그녀는 페미니즘을 향해서도 "살아 있는 것들의 상호의존을 내세우는 생태학적 관점이 빠져 있다면 페미니즘은 실체가 없는 이론"이라고 함으로써 '생태주의'와 '페미니즘'의 상호관련성을 강조하고 있다.

그런데 시에 있어서 '생태적'인 것과 '여성적'인 것의 만남은 단순히 이념적 결합만으로 해결되지 않는다는 데 어려움이 있다. 시인의 '몸' 자체가 '생태적 공간'이 될 때야 비로소 그것은 가능해진다.

    나는 지금 두 손을 들고 서 있는 거라
    뜨거운 폭탄을 안고 있는 거라

부동자세로 두 눈 부릅뜨고 노려보고 있는 거라 빳빳한 수염털 사
이로 노랑 이그르한 빨강 아니 불타는 초록의 호랑이 눈깔을

햇빛은 광광 내리퍼붓고
아스팔트 너무나 고요한 비명 속에서

노려보고 있었던 거라, 증조할머니 비탈밭에서 호랑이를 만나, 결
국 집안을 일으킨 건 여자들인 거라, 머리가 지글거리고 돌밭이 지
글거리고, 호랑이 눈깔 타들어가다 못해 슬몃 뒤돌아 가버렸던 거
라, 그래 전재산이었던 엇송아지를 지켰고, 할머니 눈물 논밭에 굴
러 싹이 나고 잎이 나고

　　　　　　　　　　　　　　──최정례 「햇빛 속에 호랑이」 부분

이 시에서 화자는 뜨거운 햇빛을 받으며 아스팔트 위에 서 있
다. 신호등이 바뀌기를 기다리는 짧은 시간 동안 그 햇빛의 "고요
한 비명"은 그녀를 비롯해 모든 여성들이 안고 살아온 "뜨거운 폭
탄"으로, 신호등의 불빛은 "불타는 호랑이 눈깔"로 변한다. 그러
면서 도시에서의 일순간은 구비적 상상력이라는 이스트 덕분에
밀가루 반죽처럼 한없이 늘어나 여성의 오랜 역사를 끌어안는다.
　앞에 인용한 이성복의 시가 '공간적 전도'를 통해 우주적 질서
를 감지하는 순간을 보여준다면, 이 시에서는 '공간의 혼용'과 '시

간의 순환'이 함께 일어난다. 그리고 앞의 시에서는 그러한 체험이 방넘을 통해 우연히 임하는 어떤 것에 가까웠다면, 이 시에서는 한결 의식적이다. 뜨거운 햇빛을 온몸으로 견디며 "부동자세로 두 눈 부릅뜨고 노려보고 있는" 화자의 몸을 매개로 문명적 공간과 원시적 공간이, 현재와 과거가 소통하고 있는 것이다.

시인은 여성에게 끊임없이 팔과 다리를 내놓으라고, 머리통 염통 콩팥까지 다 내놓으라고 강요해온 그 희생과 능욕의 역사에 대해 목소리 높여 비판하지는 않는다. 다만 구비적인 이야기의 구조와 어법을 통해 고통스러운 현실을 해학적으로 전달하고 있을 뿐이다. "결국 집안을 일으킨 건 여자들"이라고 말하고 있지만 그것이 직설적이고 배타적인 주장으로 들리지 않는 것은 대상을 끌어안는 포용력과 다층적인 의미망에 힘입어서일 것이다.

비단 이 시뿐 아니라 많은 여성 시인들의 시에서 '풍경'이나 '자연'은 그 자체로 묘사되지 않는다. 존재 전체가 그 움직이는 대상들 속으로 들어가 그 '내면'을 읽어내고, 거기에 자신들의 '기억'을 적어넣는다. 그 기억들은 현실적인 삶에서 나오기도 하고, 무의식 깊숙한 곳에서 흘러나오기도 한다. 그것은 아주 '개인적'인 기억이기도 하고, 하나의 사물 속에 오랫동안 깃들여온 '집단적'인 역사이기도 하다. 이렇게 '시적 주체'를 끊임없이 분산·해체하면서 나아가는 '시적 육체'에는 이미 안팎의 구별도, 주체와 대상의 분리도 찾아보기 어렵다. 그래서 꿈과 현실이 중첩되어 나타나거나, 과거와 미래가 현재의 공간 속에 자연스럽게 공존할 수도 있다. 이렇게 하나의 사물에서 다른 사물로 옮겨가는 '환유적(換喩的)' 과정 자체가 여성 시인들에게는 '자연으로서의 시'이다.

5. 떠도는 환유의 목소리들

'환유적 글쓰기'를 가장 적극적으로 보여준 시인으로 김승희와 김혜순을 들 수 있다. 김승희(金勝熙)의 「떠도는 환유」 연작은 삶 속에 부유하는 다양한 목소리들을 그대로 들려준다. 원관념과 보조관념이 하나로 겹쳐지는 '은유'와는 달리 '환유'의 목소리들은 계속 미끄러지면서 존재를 휘돈다. 그 부유(浮遊)하는 소리들을 밖으로 나가게 해주는 것이 시인의 임무라 여기며, 그녀는 "갇혀 떠도는 먼지처럼/생 비슷한 것들을 이루고 있"는 그것들을 향해 "무어라고 불러야 좋을까" 고민한다. 어느 해변가 "찜통 같은 똥통 위의 좁다란 현세/그 두 널빤지에/간신히 양다리를 걸치고 서서/박꽃처럼 뿌우옇게 꽃피어오르며/희미한 벽보 속에서/나를 찾는/몽타주된 전생의 소리를."(「떠도는 환유 4」)

이런 '탈중심화'의 욕망이 좀더 분명한 문명비판의 목소리를 띠고 나타난 것이 「유목을 위하여」 연작이다. 이 연작에서도 확인되듯이 김승희는 문명이나 가부장제에 대한 비판을 통해 생태적 지향을 구체화한다. 그런가 하면 김혜순(金惠順)은 문체의 전복을 통해 언어 자체에 생태적인 질서를 부여하고자 한다. 김승희의 시

가 은유와 환유를 혼합해 쓰면서 메씨지의 전달에 주력한다면, 김
혜순의 시는 소재나 내용보다 환유적인 말하기 방식 자체를 여성
성의 존재론적 근거로 삼아 남성적 언어질서를 해체·전복시킨
다. 김혜순은 시에서 환유적 정황들을 주로 구사하는 것과 은유적
이미지를 주로 구사하는 것은 "단순히 어떤 수사를 즐겨 쓰느냐
하는 차이가 아니라, 세계관의 차이를 극명하게 드러내는 것"(「여
성성, 모성, 환유」, 『문학사상』 1999년 12월호)이라고 말한다.

백마리 여치가 한꺼번에 우는 소리
내 자전거 바퀴가 치르르치르르 도는 소리
보랏빛 가을 찬바람이 정미소에 실려온 나락들처럼
바퀴살 아래에서 자꾸만 빻아지는 소리
처녀 엄마의 눈물만 받아먹고 살다가
유모차에 실려 먼 나라로 입양 가는
아가의 뺨보다 더 차가운 한송이 구름이
하늘에서 내려와 내 손등을 덮어주고 가네요
그 작은 구름에게선 천년 동안 아직도
아가인 그 사람의 냄새가 나네요
내 자전거 바퀴는 골목의 모퉁이를 만날 때마다
둥글게 둥글게 길을 깎아내고 있어요
그럴 때마다 나 돌아온 고향 마을만큼
큰 사과가 소리없이 깎이고 있네요

구멍가게 노망든 할머니가 평상에 앉아

그렇게 큰 사과를 숟가락으로 파내서

잇몸으로 오물오물 잘도 잡수시네요.

── 김혜순 「잘 익은 사과」 전문

　이 시의 앞부분에서 들려오는 다양한 소리들은 전통 서정시의
문법에서 볼 때는 필연적 질서도 없이 배열된 환상들의 조합처럼
보일 수도 있다. 그러나 인과적인 관계 없이도 그 소리들은 무질
서하게 부유하기보다는 서로 접촉하면서 친연성을 지니게 된다.
시인이 부여한 의미에 의해서가 아니라 스스로의 살아 있음에 의
해서.

　이렇게 김혜순의 시는 단일한 서정적 자아가 의미를 보태고 쌓
아가는 과정이 아니라 시적 주체의 자리를 대상에게 내어줌으로
써 의미가 해체되고 분산되는 과정을 겪는다. 위 시에서 존재를
태운 자전거 바퀴가 "둥글게 둥글게 길을 깎아내고" 있을 때마다
그녀는 그만큼 고향에 가까워지고 있는 셈이다. 고향에서 "구멍가
게 노망든 할머니가 평상에 앉아/그렇게 큰 사과를 숟가락으로
파내서/잇몸으로 오물오물 잘도 잡수시"는 모습은 대지의 어머
니 가이아(Gaia)를 연상시킨다. 이 지점에서 김혜순의 시는 생태
적인 세계와 자연스럽게 만난다.

　이제까지 여성시와 생태주의의 친연성을 주로 '환유적 글쓰기'
의 가능성을 중심으로 살펴보았지만, 그것은 여성시의 풍요로운

지반 중 일부일 뿐이다. 문체적인 자각이나 실험성 대신에 좀더 현실적인 맥락에서 삶의 구체적인 문제들을 진솔하게 담아냄으로써 물화된 세계를 극복할 생명력을 불러일으키는 시인들도 적지 않다. 강은교, 천양희, 최승자, 김정란, 황인숙, 김경미, 양애경, 조은, 허수경, 박라연, 이진명, 김선우 등의 시세계는 여성성에만 국한되지 않는 다양한 스펙트럼을 형성하고 있다.

이들의 시세계를 몇개의 수식어로 한정할 수 없듯이 여성적 정체성을 찾아나가는 방식은 매우 다양하며 심지어 대립적이기까지 할 때도 있다. 예를 들어 여성이 생물학적인 특성상 남성보다 자연의 질서에 더 가깝다고 보는 견해와 그것을 생물학적 본질주의라고 비판하면서 남성과 여성의 차이를 문화적 · 사회적 특성에서 찾는 입장이 있는가 하면, 모성적 원리로서 조화와 균형, 보살핌의 태도를 강조하는 입장과 그것을 남성이데올로기에 대한 순응적 태도로 치부해버리는 입장이 있다. 또 전세계적인 환경파괴 및 성차별, 인종차별, 계층차별 등을 동일한 궤도에서 바라보며 사회적 실천에 노력을 기울이는 쪽이 있는가 하면, 내면의 변화에 촛점을 두고 새로운 영성의 발견이나 여성적 글쓰기의 전략을 개발하는 데 주력하는 쪽도 있다.

이와같은 '다양성'은 여성시나 여성운동에서 때로는 전략적인 불편함으로 작용하기도 하지만, 오히려 생산적인 가능성을 그만큼 많이 가지고 있는 것이라고도 볼 수 있다. 내 안에 무수한 내가 살고 있는 불편함은 단일한 힘 아래 무수한 존재가 잊혀지는 편안

함보다 더 생태적이다. 그러므로 "산다는 것은 언제나／그렇게도 많은 나를 데리고／선인장이 양쪽으로 빽빽하게 심겨진／가시통로의 좁은 길을／우왕좌왕 찔리면서 걸어간다는 것"(김승희 「떠도는 환유 3」)이라는 전언처럼, 병든 나무들 사이로 걸어가는 혼돈과 통증을 단순화시키지 않고 온몸으로 겪어내려는 모든 시를 어찌 진정한 의미에서 '생태적'이고 '여성적'이라고 말할 수 없겠는가.

전통, 거대한 뿌리의 발견

1. 한가닥의 백금선

'전통'에 대한 논의를 할 때마다 엘리어트(T. S. Eliot)의 전통론은 긍정적이든 부정적이든 으레 그 밑불이 되어왔다. 전통은 상속되는 것이 아니라 획득되는 것이라는 오래된 명제 역시 그로부터 발원한 것이다. 엘리어트는 그의 전통론에서 시인의 정신을 한가닥의 '백금선'에 비유한 바 있다. 산소와 아황산가스가 들어 있는 용기에 실처럼 가느다란 백금선을 넣으면 황산이 만들어지는데, 이러한 화학반응은 백금이라는 촉매가 있을 때만 가능하다. 그런데 재미있는 것은 그렇게 만들어진 황산이 백금의 흔적을 전혀 갖고 있지 않으며 백금 역시 어떠한 변화도 입지 않는다는 사실이다.

이 '백금선'의 비유는, 시인이 어떤 '개성'을 가졌는가보다는 시인이 다양한 경험과 감정을 결합시켜 새로운 복합체로서의 시를 만드는 데 어떤 '매개체'가 될 수 있는가에 촛점을 두고 있다. 그래서 엘리어트는 「전통과 개인의 재능」에서 "한 예술가의 진보란 끊임없는 자기희생이요, 끊임없는 개성의 몰각 과정"이라고 말하기도 했다. 여기서 개성의 몰각 과정이란 전통의 흐름 속에서 자신이 서 있는 위치를 끊임없이 자각하는 '역사의식'과도 크게 다르지 않다.

그런데 엘리어트가 말하는 전통이 얼핏 초시간적이며 비개성적인 질서인 것처럼 보이지만, 그 역시 역사적 과정 속에서 형성된 일정한 이데올로기적인 입장을 전제로 한 것이기는 마찬가지였다. 엘리어트는 중산계급의 자유주의 이데올로기를 비판하고 귀족주의에 기반을 둔 유기체적 질서를 복원하기 위해 '몰개성론'을 주장했던 것이다.

엘리어트의 이러한 이데올로기적인 한계를 비판한 테리 이글턴(Terry Eagleton)에 의하면 "이 자의적인 구조물(전통)은 역설적으로 다시 절대적 권위를 지닌 힘을 부여받는다. (…) '전통'이라는 비좁은 공간에 있는 기존의 고전들은 신참에게 자리를 만들어주기 위해 그 위치들을 겸손하게 재편성하며 그 결과 다른 모습을 띠게 된다. 그러나 이 신참은 적어도 입장 허가를 얻기 위해서는 원칙적으로 처음부터 '전통' 내에 어떤 식으로든 포함되어 있었어야 하기 때문에 신참의 편입은 '전통'의 중심적 가치들을 확립하는 데 봉사"(『문학이론입문』, 김명환 외 옮김, 창작과비평사 1986, 55면)할 수밖에 없다는 것이다. 그러면서 이글턴은 엘리어트의 이런 방식의 권위 옹호가 정치적 영역에서의 '보수성'으로 귀결된다고 비판한다. '전통'에 대한 어떤 견해도 초역사적인 권위를 지닐 수 없으며 각기 일정한 이념적 지향을 가진 주체에 의해 성립되고 형성된다는 사실을 여기서도 확인할 수 있다.

그럼에도 불구하고 우리나라에서 50년대와 60년대에 걸쳐 진행된 '전통 논의'를 보면, 엘리어트의 '전통' 개념이 거의 절대적인 영향을 미치고 있음을 볼 수 있다. 물론 전통 계승을 주장하는 입장이나 전통 단절을 주장하는 입장 모두 전통을 과거 유산의 단순한 퇴적이 아니라 현재와 부단히 교섭하면서 형성되는 '현재적인 과거'로 인식하고 있었다는 점에서 그 긍정적 영향이 없지 않다. 그러나 엘리어트의 전통론을 영미 비평 전체의 이데올로기적인 지형도 속에서 파악한 것이 아니라 '살아 있는 전통'이라는 말 자체의 역동성만을 추상화시켜 받아들이고 있음으로 인해 5·60년대의 전통 논의는 추상적 공전을 크게 넘어서지 못했다.

어쩌면 '전통'에 대한 논의란 이미 그 개념 자체에 추상화의 위험을 내포하고 있는지도 모른다. 에드워드 실즈(Edward A. Shils)는 『전통──변하는 것과 변하지 않는 것』(김병서·신현순 옮김, 민음사 1992)에서 "전통이란 과거로부터 현재로 전래되거나 물려받은 모든 것을 뜻한다. 전통은 물질적 물체, 모든 종류의 사물에 관한 신념, 사람이나 사건에 대한 영상, 관행, 제도 등을 모두 포함하는 것"이라고 전통을 정의한 바 있다. 실즈의 이러한 정의는 전통을 모든 것을 아우르는 초가치적인 범주로 설정하고 있을 뿐 아니라, 그것이 가시적이든 비가시적이든 마치 강력한 실체를 가진 것으로 전제하고 있다.

그러나 홉스봄(E. Hobsbawm)은 일정한 목적을 위해 인위적으로 발명되었으면서도 불변성의 권위를 부여받게 된 '전통' (tradition)을 가변적이면서 상징적 기능을 별로 지니고 있지 않은 '관습'(custom)이나 '관례'(convention)와 구별해야 한다고 보았다. 그리고 과거와의 연관성을 반복을 통해 형식화하고 의례화한 전통에 대해서는 그것이 형성된 '기원'이나 '과정'을 비판적으로 재고해보아야 한다고 주장했다(*The Invention of Tradition*, Cambridge University Press 1984, 2~3면). 그는 또한 "수많은 정치제도나 이데올로기적인 움직임이나 집단들——적어도 민족주의의 형태로——은 유례없이 반(半)허구적인 조작을 통해 역사적인 연속성을 넘어선 일종의 고대적인 과거를 창안해내어 심지어는 역사적 연속성까지도 새롭게 고안해냈다는 사실"을 지적하면서, 국가나 국기 같은 표상조차도 실은 근대에 이르러 국가를 의인화하기 위해 '만들어진' 새로운 상징이자 이미지에 불과하다고 말했다. 결국 '전통'이란 일종의 '역사적 상상물'이며, 특히 근대가 자신의 시대와 그 이전을 통합하는 하나의 이미지로서 만들어낸 산물이라는 것이다.

전통에 대한 홉스봄의 이러한 시각은 그동안 전통이 누려온 절대적 권위를 깨뜨리는 데 도움을 줄 뿐만 아니라, 특정한 전통이 생겨나게 된 역사적 상황을 고려하며 문제를 객관적이고 상대적으로 인식할 수 있게 해준다. 그뿐 아니라 특정한 집단이나 권력의 이데올로기적 목적에 의해 인위적으로 '발명된(invented) 전통'들을 구별해냄으로써 그에 대한 비판까지도 가능하게 해준다.

'전통'에 대한 이러한 비판적 작업은 비단 역사학이나 사회학에 국한된 것이 아니다. 문학에 있어서도 이전의 문학적 전통에 대한 근원적인 비판이 이루어지지 않고서 새로운 작품의 탄생을 기대하기는 어렵다. 따라서 이미 확고하게 자리잡은 전통뿐 아니라 당대의 전통으로 자리잡으려고 하는 수많은 이데올로기와 문학적 입장들에 대해서도 끊임없이 그 정당성과 문학적 효용을 문제삼지 않으면 안된다.

이 글에서 김수영(金洙暎)의 시를 통해 전통의 문제를 살펴보려고 하는 것은, 한국 현대시사에서 김수영만큼 전통과 전면적인 대결을 보여준 시인도 드물기 때문이다. 그래서 그의 시세계를 이야기할 때 '반전통적'이라는 수식어가 자주 등장하곤 하지만, 그것이 자칫 김수영의 시를 단순화시켜버릴 수도 있다. '전통'에 대한 김수영의 인식과 태도는 그런 단선적인 수사로는 포괄할 수 없을 만큼 복합적인 것이었으며, 특히 후기로 갈수록 전통에 대한 태도가 확연하게 변화하는 것을 볼 수 있다. 실제로 김수영의 시세계는 그가 시인으로서 느낀 전통에 대한 억압과 그로부터의 해방을 한편의 드라마처럼 보여주고 있다.

김수영 시인의 전통에 대한 태도에는 크게 두 가지 요인이 함께 작용하고 있다고 볼 수 있다. 첫째는, 막연하게나마 이전의 문학 전통이 부과한 심리적 억압기제와 그에 대한 반작용이 일어나고 있는 시인의 내면적 정황이다. 둘째는, 그가 시를 쓰면서 대면했던 50년대와 60년대의 현실적 조건 내지 역사적 상황이다. 물론 김수영의 시세계에서 이 양자가 맞부딪치면서 이루어지는 변화와 발전의 과정이 전통이라는 문제로만 귀결되는 것은 아니다. 그러나 김수영의 근대성에 대한 인식은 전통의 문제와 밀접하게 맞물려 있으며, 초기시에 두드러지게 나타난 반전통적 태도는 모더니티의 확보와 밀접한 연관이 있다고 볼 수 있다.

한편 4·19 이후 역사적 체험을 통해 얻게 되는 전통에 대한 재발견은 초기시에 나타난 전통의 정의 자체를 수정하게 만든다. 그가 한국 현대사 속에서 발견한 "巨大한 뿌리"란 전통으로의 회귀가 아니라, 스스로 고착된 전통 속에 군림하기를 거부하는 데서 얻어진 시적 진실에 가깝다. 당대의 역사적 현실에 충실하면서도 그에 대한 생각을 도그마화하거나 추상화하지 않는 균형감각과 자기갱신의 동력, 그것이야말로 김수영의 시를 한국시의 거대한 뿌리 중 하나로 자리잡게 한 힘이었다.

2. 도립(倒立)한 아버지의 얼굴

앞에서 엘리어트의 전통론이 지닌 이데올로기적 한계에 대해

지적한 바 있지만, 그 개념이 김수영의 시정신을 설명하는 데 전혀 무용한 것은 아니다. 김수영은 역설적이게도 개성의 끊임없는 몰각을 통해 한국시사에서 가장 '강력한 개성'을 부여받은 시인이며, 누구보다도 반전통적인 태도를 취함으로써 '새로운 전통'을 창조하려는 의식을 뚜렷하게 가진 시인이었기 때문이다. 즉 그의 시는 불변적이고 몰개성적인 촉매로서의 '백금선'이 아니라, 스스로 변화하면서 생성된 새로운 '황산'으로서 백금선의 좁은 비유를 뛰어넘고 있는 것이다.

그런데 김수영의 초기시에 두드러지게 나타나는 전통에 대한 강한 반발과 '부정'은 그가 그만큼 전통의 힘을 강하게 의식하고 있었고 그에 대한 '억압'을 느끼고 있었다는 증거이기도 하다. 물론 전통의 낡음이나 불완전성을 자각하고 교정하려는 것은 그 전통의 존재에 대한 일단의 긍정을 전제로.하지 않으면 안된다. 더욱이 자연과학이나 신학적 전통에서 새로운 입장은 그 이전의 전통에 대한 전면적인 부정일 수도 있지만, 문학에서의 혁신은 새롭게 씌어진 작품이 기존의 작품들에 첨가되는 양상으로 나타나게 된다. 하나의 작품이 그 이전의 다른 작품들을 대치하거나 완전히 소멸시킬 수는 없기 때문이다. 아무런 전통에도 기대지 않고서 작가가 될 수 없다는 사실은 상식에 가깝다.

그러나 기본적인 기술의 습득이 이루어진 이후에는 작가에게 전통은 계승해야 할 자산이기보다는 벗어나고 넘어서야 할 극복 대상으로 여겨진다. 특히 이전의 전통이 어떤 규범적 모형을 강요하거나 새로운 창조를 억압할 경우에는 그 저항이 더욱 강력해지기 마련이다. 또한 전통에 대한 '부정'의 치열성 자체가 곧 작가의 '새로움'을 보증해주는 경우도 적지 않다.

전통에 대한 이러한 딜레마는 김수영 시인뿐 아니라 거의 모든 작가들이 통과해야 할 문제일 것이다. '전통'이라고 부르기 전에 이미 자신 속에 들어와 있는, 부정하려고 할수록 더욱 강하게 부각되는 전통의 강고한 영향력으로부터 창조력을 독립시키는 일——그 과제에 대한 억압이 김수영의 초기시에 있어서는 아버지 세대의 '전도(顚倒)'를 통해 나타나는 것을 볼 수 있다.

돌아가신 아버지의 寫眞에는

眼鏡이 걸려 있고

내가 떳떳이 내다볼 수 없는 現實처럼

그의 눈은 깊이 파지어서

그래도 그것은

돌아가신 그날의 푸른 눈은 아니요

나의 飢餓처럼 그는 서서 나를 보고

나는 모오든 사람을 또한

나의 妻를 避하여

그의 얼굴을 숨어 보는 것이요

——「아버지의 寫眞」 부분

김수영의 초기시에 등장하는 아버지는 이미 돌아가신, 사진으로만 남아 있는 아버지다. 아버지는 사진 속에 서서 깊이 파진 눈으로 그를 보고 있고, 그 역시 아버지를 보고 있다. 그러나 그는 아버지의 사진을 모든 사람, 심지어 아내에게조차 들키지 않게 '숨어서' 본다. 그러한 버릇은 조바심을 낳고, 그 조바심마저 습관이 되어버린 그의 삶 속에 아버지의 사진은 더이상 "또하나의 팔이 될 수 없"다. 그래서 그는 아버지의 역사를 "時計의 열두시같이 再次는 다시 보지 않을 遍歷의 歷史"라고 부르지만, 시계바늘이 돌아서 결국 다시 열두시를 가리키듯이 그는 "아버지의 얼굴을 숨어 보는 버릇"을 버리지는 못한다. 그만큼 아버지로 대변되는 전통의 억압은 그의 내면 속에 끈질기게 이어져 내려오고 있는 것이다.

이 시에서 아버지라는 존재를 '전통'이라는 말로 완전히 대체시키기는 어렵겠지만, 앞선 세대와 지나간 역사에 대한 그의 태도나 무의식을 엿보기에는 충분하다. 그는 과거의 역사나 전통에 대해 부정적인 감정을 지니고 있으면서도 동시에 과거를 의식하는 일로부터 완전히 자유롭지 못하다. 그는 끊임없이 아버지의 사진을 의식하고 있고 그 사진 속에서 안경 너머로 자신을 바라보는 아버지의 눈빛에 대해 관찰하고 있다. "나의 飢餓" 같은 삶을 바라보는, 또는 되비추어보는 거울로서 지나간 역사 또는 전통을 의식하고 있는 것이다.

또 「이〔虱〕」라는 시에서는 아버지가 도립(倒立)해 있다. "나는 한번도 이〔虱〕를 보지 못한" 것처럼 "나는 한번도 아버지의／수염을 바로는 보지／못하였다"고 시인은 고백한다. 그러고는 "어두운 옷 속에서만／사람을 부르고 사람을 울"리는 이〔虱〕를 밖으로 불러내기 위해 "新聞을 펴라"고 말한다. 이것은 이〔虱〕처럼 숨어 있던 '어제'를 '오늘' 위로 걸어나오게 하려는, 현재 속으로 과거를 새롭게 불러내려는 의미로 볼 수 있다. 그가 「孔子의 生活難」에서 "동무여 이제 나는 바로 보마"라고 했을 때, '바로 보기' 위해서는 이러한 "倒立한 나의 아버지의／얼굴과 나"의 관계에 대한 인식이 먼저 필요했던 것이다. 그러므로 김수영의 초기시에서 '아버지'란 존재는 단순히 부정되어야 할 대상만은 아니다. 무언가 불편하고 전도(顚倒)되어 있는 듯하지만 그래도 그것에 대한 응시로부터 벗어나기 어려운 상태라고 할 수 있다.

또한 '아버지'를 생부(生父)가 아닌 '예술적 부친'으로 생각해 볼 수도 있겠다. 그렇게 본다면 아버지를 바라보는 일에 대한 조바심 내지 불안은, 해롤드 블룸(Harold Bloom)의 용어를 빌리면 '시적 영향에 대한 불안'에 가깝다. 김수영의 초기시에서 보이는 시적 관습에 대한 거부나 의도적으로 사용된 난해한 표현 등은 '시적 자유'의 행사인 동시에 한편으로는 '시적 영향에 대한 불안'을 강하게 반증하고 있다고도 볼 수 있다. 특히 유종호의 지적처럼 "短詩的 완벽성(또는 소품적 완성)의 거부"(「시의 자유와 관습의 굴레」)는 그의 고유한 개성이라기보다는 김소월이나 김영랑, 서정주 등으로 이어지는 "표준형 한국시들이 누리고 있는 절제와 압축의 단시형 미학에서 멀어지려는"'의도적 거절'이었다. 그러한 반전통적 태도가 역설적으로 근대시의 흐름 속에서 김수영의 독자적 위치를 만들어주었다는 사실은 블룸의 다음 견해를 상기시킨다.

> 시적 영향——그것은 강력하고 권위있는 두 시인에 관계될 때 선배시인에 대한 오독(誤讀), 다시 말하면 사실상 필연적으로 잘못된 해석인 창조적 수정행위에 의해서 언제나 계속되어왔다. 문예부흥 이래 서구시의 핵심 전통을 말하게 되는 실속있는 시적 영향의 역사는 불안 및 자구책에서 비롯되는 풍자의 역사, 왜곡의 역사, 그것 없이는 그러한 근대시가 존재할 수 없었던 예상 밖의 의도적인 수정주의의 역사이다. (『시적 영향에 대한 불안』, 윤호병 옮김, 고려원 1991, 38면)

이러한 '창조적 왜곡'의 역사는 서구시에만 해당되는 것이 아니라 우리 근대시의 전개 과정에서도 유효한 일면을 지닌다. 사실 모든 창조는 의도적이든 의도적이지 않든 앞선 텍스트들에 대한 '오독'에서 비롯되는 것이다. 그런데 창조성이 강한 시인일수록 시적 영향에 대한 불안을 강하게 느끼기 때문에 오독 또는 왜곡의 폭이 더욱 커지는 것이다. 이처럼 궤도를 이탈하지 않고는 새로운 궤도를 그릴 수 없는 근대 시인의 운명을 김수영은 일찍부터 자각하고 있었던 듯하다.

토끼는 입으로 새끼를 뱉으다

토끼는 태어날 때부터
뛰는 訓練을 받는 그러한 運命에 있었다
그는 어미의 입에서 誕生과 同時에 墮落을 宣告받는 것이다

　　　　　　　　　　　　　　　　　　　　—「토끼」 부분

　이 시에 나오는 토끼와도 같이, 입으로 새끼를 뱉어내야 하는
근대 시인은 태어날 때부터 뛰는 훈련을 받아야 하는 운명으로서,
'탄생'과 동시에 '타락'을 선고받은 존재라고 할 수 있다. 또한
"영원히 나 자신을 고쳐가야 할 운명"(「달나라의 장난」), 즉 끊임없
는 자기갱신이라는 형벌에 처해진 존재이다. 그러므로 초기 김수
영에게 있어서 강하게 나타나는 반전통적 경향은 단순한 전통의
부정이 아니라 끊임없는 자기갱신을 통해 새로운 전통을 창조하
려는 의지에서 비롯된다고 볼 수 있다. 물론 새로운 전통이란 절
대적인 권위를 통해 스스로를 고착시키는 것이 아니라 자기부정
의 동력을 내장하고 있는 시세계의 창조를 의미한다.
　이러한 자기갱신의 의지는 시뿐 아니라 김수영의 시론에서도
뚜렷하게 드러난다. 예를 들어 "歸納과 演繹, 內包와 外延, 庇護와
무비호, 유심론과 유물론, 과거와 미래, 남과 북, 시와 반시의 대
극의 긴장, 무한한 순환, 圓周의 확대, 곡예와 곡예의 혈투, 뮤리
엘 스파크와 스프트니크의 싸움, 릴케와 브레히트의 싸움, 앨비와

보즈네센스끼의 싸움, 더 큰 싸움, 더 큰 싸움, 더, 더, 더 큰 싸움…… 반시론의 반어"(「反詩論」) 등이 그 싸움의 구체적인 명세서에 해당한다고 볼 수 있다. '더, 더, 더, 더……'에 의해 끝내 종결되지 않고 갱신되는 이 싸움은 단순한 순환이 아니라 양 극단 사이를 오가는 '진자(佯子)운동'처럼 원주를 계속 확장시켜가며 새로운 궤도를 그려내는 순환을 보여준다.

그에 따라 김수영의 시세계는 시적 영향에 대한 불안에서 비롯된 일탈이나 자기비하, 반장엄화, 금욕적 고독 등을 벗어나 점차 독자적인 세계를 구축한다. 그러나 김수영의 시적 변화를 블룸의 도식처럼 '수정'을 통한 또다른 전통에의 '편입' 과정으로 동일시하는 것은 곤란하다. 블룸의 개념은 한 작가가 전대의 문학적 전통에 대해 취하게 되는 창조적 무의식을 설명하는 데는 유용하지만, '전통' 자체를 다시 절대화함으로써 엘리어트나 실즈의 전통론으로부터 근본적으로 벗어나 있지 못하기 때문이다.

3. 거대한 뿌리의 발견

지금까지 김수영의 시가 앞선 전통에 대응하며 스스로를 변화시켜가는 내적 동력에 대해 살펴보았다면, 이제는 외부의 현실적 조건들과 역사적 상황이 그의 시에 어떤 영향을 미쳤는가에 대해 살펴보고자 한다. 김수영 시에서 결정적인 변화의 계기를 제공한

사건으로 '4·19'를 꼽는 데는 그리 이견이 없어 보인다. 4·19가 그의 역사인식에 얼마나 엄청난 영향을 미쳤으며 그가 느낀 흥분이 어느 정도였는지는 당시 『민족일보』에 실렸던 「저 하늘이 열릴 때」라는 다음 글에도 잘 나타나 있다. 이 글은 월북한 시인 김병욱에게 쓴 편지 형식으로 되어 있다.

사실 4·19 때에 나는 하늘과 땅 사이에서 '통일'을 느꼈소. 이 '느꼈다'는 것은 정말 느껴본 일이 없는 사람이면 그 위대성을 모를 것이오. 그때는 정말 '남'도 '북'도 없고 '미국'도 '소련'도 아무 두려울 것이 없습디다. 하늘과 땅 사이가 온통 '자유 독립' 그것뿐입디다. 헐벗고 굶주린 사람들이 그처럼 아름다워 보일 수가 있습디까! 나의 온몸에는 티끌만한 허위도 없습디다. 그러니까 나의 몸은 전부가 바로 '주장'입디다. '자유'입디다.

이 글에는 4·19가 안겨준 역사적 확신과 격앙된 감정이 한치의 의심이나 망설임도 없이 토로되고 있다. 이 짧은 한 단락의 글 속에 "하늘과 땅" "통일" "정말" "위대성" "아무" "온통" "온몸" "티끌만한 허위" "전부" "주장" "자유" 등과 같은 추상어와 극단적인 표현들이 등장한다는 것은, 그가 그만큼 현실과의 객관적 거리를 냉정하게 유지하고 있지 못함을 말해준다. 이 시기에 씌어진 「우선 그놈의 사진을 떼어서 밑씻개로 하자」 「가다오 나가다오」 「中庸에 대하여」 등의 시 역시 '격문'에 가까운 직설적 표현들로 이루어져 있다. 이를 통해 짐작할 수 있는 것은 그가 4·19 당시에는 지극히 민족주의적인 흥분에 휩싸여 민족 문제의 실체를 정확하게 파악하지 못하고 있었다는 사실이다. 당대의 전통으로 자리잡기 시작한 민족주의 이데올로기를 일종의 당위로 받아들이고 있었기 때문이다. 그러나 그로부터 8년 뒤에 씌어진 다음 글은 그 시간의 경과가 문학적 성숙을 가져오고 현실 인식의 당위성을 벗어나게 해주었음을 보여준다.

> 우리 시단의 참여시의 후진성은, 이미 가슴 속에서 통일된 남북의 통일선언을 소리 높이 외치지 못하고 있는 데에 있다. 이것은 우리의 참여시의 종점이 아니라 시발점이다. 나는 천년 후의 우주탐험을 그린 미래의 과학소설의 서평 같은 것을 외국잡지에서 읽을 때처럼 불안할 때가 없다. 이런 때처럼 우리들의 문화적 쇄국주의가 저주스러울 때가 없다 (…) 우리의 詩의 과거는 성서와 불경과 그 이전에까지도 곧잘 소급되지만, 미래는 기껏 남북통일에서 그치고 있다. 그 후에 무엇이 올 것이냐를 모른다. 그러니까 편협한 민족주의의 둘레바퀴 속에서 벗어나지를 못한다. 우리의 미래에도 과학을 놓아야 한다. (「反詩論」, 『김수영전집 2』, 민음사 1981, 263~64면)

이 글에서 말하는 '통일선언'은 앞의 글에 나오는 관념적 구호와는 그 차원이 확연하게 다르다. 앞의 문맥과 연결시켜보자면, 김수영은 시에 있어 남과 북의 '통일'이 "시가 도봉산 밑의 豚舍

옆의 날카롭게 닳은 부삽날의 반어"가 될 때 이루어진다고 말한
다. 시적 진실이란 어떤 '이념적' 구호를 내세우는 것보다 지극히
'일상적' 차원에서의 반어적 긴장을 유지할 때 가능한 일임을 깨
닫게 된 것이다. 김수영은 다른 글에서, 문학을 비롯한 문화에 민
족주의를 독단적으로 적용하려고 하는 시도 자체가 얼마나 실생
활이나 문화의 질서를 왜곡시키는가에 대해 경고하기도 했다.

　　우리들의 실생활이나 문화의 밑바닥의 精密鏡으로 보면 민족주
　　의는 문화에는 적용되어서는 아니 된다. 언어의 변화는 생활의 변화
　　요, 그 생활은 민중의 생활을 말하는 것이다. 민중의 생활이 바뀌면
　　자연히 언어가 바뀐다. 전자가 主요, 후자가 從이다. 민족주의를 문
　　화에 독단적으로 적용하려고 드는 것은, 종을 가지고 주를 바꾸어보
　　려는 우둔한 소행이다. (「가장 아름다운 우리말 열 개」, 같은 책 282면)

이와 비슷한 맥락에서 김수영은 당시의 참여시가 지닌 문화적
쇄국주의나 편협한 민족주의의 편향을 과감하게 비판하고 있다.
그래서 때로 김수영의 이 발언은 철저하지 못한 민족의식의 근거
로 인용되곤 한다. 그러나 이러한 그의 인식은 민족 현실에 대한
무책임한 태도에서 비롯된 것이 아니라, 분단 현실을 좀더 크고
객관적인 시야에서 볼 필요가 있다는 주장이면서 민족이라는 관
념을 비역사적으로 절대시함으로써 민족을 물신화하는 경향에 대
한 균형 잡힌 비판으로 보아야 할 것이다. 먼저 인용한 글에서 "하

늘과 땅 사이에서 '통일'을 느꼈소" 했던 말과 "(우리 시의) 미래
는 기껏 남북통일에서 그치고 있다"는 말, 그 확신과 회의의 거리
야말로 그가 8년 동안 역사의 실패를 끈질기게 내면화함으로써
얻어낸 현실인식의 단면이라고 할 수 있다.

　그의 전통에 대한 '재발견' 역시 이런 도정에서 이루어진다. 그
러한 전환을 극적으로 보여준 시가 바로 「巨大한 뿌리」라고 볼 수
있다. 김수영이 이 시를 쓰게 된 계기는 이사벨라 버드 비숍
(Isabella Bird Bishop)의 『한국과 그 이웃나라들』(1898)을 통해
1890년대 한국의 풍물과 풍경을 만나게 되면서였다. 영국인으로
서 비숍 여사가 서울이라는 도시의 풍속에 대해 느꼈을 낯설음만
큼이나 비숍을 통해 만나게 된 과거의 전통이 김수영에게는 낯설
게 느껴졌을 것이다. 물론 여기서 '전통'이란 홉스봄의 용어로 말
하자면 'tradition'보다는 'custom'이나 'convention'에 가깝다.
그러나 그렇다 하더라도 제국주의의 식민지 탐구기관이라 할 수
있는 영국왕립지학협회(英國王立地學協會) 회원인 비숍을 통해
자국의 과거 전통을 확인하고 인식하게 되는 '아이러니'는 우리나
라의 근대성에 대한 의식이 근본적으로 안고 있는 '이중적' 한계
를 환기시키기도 한다. 그런데 그 아이러니가 오히려 김수영으로
하여금 전통과 민중에 대한 인식의 '전환'을 경험하게 하는 것이
아닌가.

　　傳統은 아무리 더러운 傳統이라도 좋다 나는 光化門

네거리에서 시구문의 진창을 연상하고 寅煥네
처갓집 옆의 지금은 埋立한 개울에서 아낙네들이
양잿물 솥에 불을 지피며 빨래하던 시절을 생각하고
이 우울한 시대를 패러다이스처럼 생각한다
버드 비숍女史를 안 뒤부터는 썩어빠진 대한민국이
괴롭지 않다 오히려 황송하다 歷史는 아무리
더러운 歷史라도 좋다
진창은 아무리 더러운 진창이라도 좋다
나에게 놋주발보다도 더 쨍쨍 울리는 追憶이
있는 한 人間은 영원하고 사랑도 그렇다

비숍女史와 연애를 하고 있는 동안에는 進步主義者와
社會主義者는 네에미 씹이다 統一도 中立도 개좆이다
隱密도 深奧도 學究도 體面도 因習도 治安局
으로 가라 東洋拓植會社, 日本領事館, 大韓民國官吏,
아이스크림은 미국놈 좆대강이나 빨아라 그러나
요강, 망건, 장죽, 種苗商, 장전, 구리개 약방, 신전,
피혁점, 곰보, 애꾸, 애 못 낳는 여자, 無識쟁이,
이 모든 無數한 反動이 좋다
이 땅에 발을 붙이기 위해서는
——第三人道橋의 물 속에 박은 鐵筋기둥도 내가 내 땅에
박는 거대한 뿌리에 비하면 좀벌레의 솜털

내가 내 땅에 박는 거대한 뿌리에 비하면

──「巨大한 뿌리」 부분

　이 시에서 김수영은 새로운 역사와 문화를 꽃피우기 위한 싹을 "요강, 망건, 장죽, 種苗商, 장전, 구리개 약방, 신전, 피혁점" 등의 전통적인 습속과 "곰보, 애꾸, 애 못 낳는 여자, 無識쟁이" 등의 소외된 계층에서 찾고 있다. 그는 과연 새로운 역사가 태어나는 장소를 지나간 역사 속에서 찾을 수밖에 없다고 말하고 싶은 것일까. 그리고 아무리 낡고 병든 전통이라 할지라도 그것을 새롭게 살려낼 힘 역시 그 전통 안에 있다고 말하고 있는 것일까. 그렇다면 그의 이러한 변모가 앞에서 말한 엘리어트의 전통 개념으로부터 얼마나 자유로울 수 있는가 반문해보지 않을 수 없다.

　그러나 전통적인 습속과 소외된 계층에 대한 이러한 옹호가 4·19의 좌절을 겪어내면서 얻어진 깊은 통찰 위에서 나온 것이라는 점을 상기한다면, 이것을 전통으로의 단순한 '회귀'라고 보기는 어렵다. 여기서 말하는 '전통'이란 확고불변한 권위를 누려온 전통이라기보다는 그와 반대로 오랫동안 전통이라고 받아들여질 수 없었던 것들, 그 일상의 복원에 목적을 두고 있다고 보아야 할 것이다.

　이 시는 흔히 '전통의 재발견'의 사례로 인용되어왔다. 그러나 그렇게만 보기에는 시의 문맥 속에 너무나 많은 문제들이 얽혀 있고, '전통'이라는 말의 피상적 의미에 집착하지 않는다면 사뭇 다르게 읽힐 가능성을 지니고 있다. 이 시를 '반전통적'인 태도에서 전통에 대한 '긍정'으로 변화하는 분기점으로만 읽을 것이 아니라, 더러운 전통까지도 끌어안을 만큼 '민중'들의 삶에 밀착해 들어가 그것을 '역사'로 인식하게 되는 한 극점으로 읽는 것도 그 한 독법이 될 수 있지 않을까.

　　'참여파'의 신진들의 과오는 무엇인가. 이들의 사회참여의식은 너무나 투박한 민족주의에 근거를 두고 있다. 미국의 세력에 대한 욕이라든가, 권력자에 대한 욕이라든가, 일제시대에 꿈꾸었던 것과 같은 단순한 민족적 자립의 비전만으로는 오늘의 복잡한 상황에 놓여 있는 독자의 감성에 영향을 줄 수는 없다. 단순한 외부의 정치세력의 변경만으로 현대인의 영혼이 구제될 수 없다는 것은 세계의 상식으로 되어 있다. 현대의 예술이나 현대시의 출발점은 여기에 있다. 그런데 우리의 젊은 시가 상대로 하고 있는 민중──혹은 민중이란 개념──은 위태롭기 짝이 없다. 이것은 세계의 일환으로서의 한국인이 아니라 우물 속에 빠진 한국인 같다. 시대착오의 한국인, 혹은 시대착오의 렌즈로 들여다본 미생물적 한국인이다. 이것은 두말할 것도 없이 바라보는──즉 작가가 바라보는──군중이고, 작가의 안에 살고 있는 군중이 아니기 때문에 그렇게 되는 것이다. 이것은 작가와 함께 앞을 향해 세차게 달리고 있는 군중이 아니라, 작가는 달리지 않고 군중만 달리게 하는 遊離에서 생기는 현상인 것이다. 오늘의 민중을 대변하는 시는 민중을 바라보는 시가 아니다. (「변한 것

과 변하지 않은 것」, 같은 책 247면)

김수영은 이 글에서 우리나라가 협소한 민족주의적 전통에서
벗어나 민족 문제를 세계사의 흐름 속에서 파악해야 하며, 예술의
문제 역시 인간의 본원적인 감성에까지 호소하기 위해서는 단순
한 비전의 제시만으로는 부족하다는 사실을 뼈아프게 지적하고
있다. 현실과 문학에 대한 이러한 중층적인 시각을 고려해본다면,
「巨大한 뿌리」에 나타난 전통의 발견은 단순한 국수주의적인 주
장이나 과거로의 회귀로 해석될 수 없다. 그것은 차라리 민중들의
육화된 삶의 '발견'과 그에 대한 '사랑'에 가깝다고 보아야 할 것
이다. 민중을 이상화하면서 막연한 역사의 주체로 내세우는 데 그
치지 않고 자신의 누추함과 민중의 누추함을 하나로 느끼는 순간
이 될 때 비로소 "이 우울한 시대를 패러다이스로 생각"할 수도
있게 된다. 이처럼 자신이 발견한 전통과 역사가 비록 "무수한 반
동"으로 이루어진 "더러운 진창"이라 할지라도 그 더러움을 인정
하고 끌어안는 일. 그것이야말로 전통에 대한 어떤 비판보다도 가
장 먼저 이루어져야 할, 그러나 가장 어려운 작업이 아닐까 싶다.

저기 우리 그림자 가네

■

정현종의 시

"세계는 생각하는 데 지쳐 모든 그림자를 묻어버렸다."

정현종(鄭玄宗)의 시집『세상의 나무들』(문학과지성사 1995)에는
자서(自序) 대신 알라마 프라부의 이 말이 인용되어 있다. 이 말
은 세계가 다시 깨어나기 위해서는 잃어버린 자신의 그림자를 되
찾아야 한다는 의미도 된다. 생각은 없고 확신만 남아 있는, 환영
은 사라지고 물질만 그 물질성을 과시하고 있는 시대에 이 말의
무게는 한결 무겁게 느껴진다. 시인은 바로 세계가 묻어버린 '그
림자'를 발굴하는 사람이다.

이 정의를 받아들인다면, 정현종의 시를 읽는 일은 그가 발굴한
세계의 그림자들을 만나는 일이기도 하다. 그가 일찍이 "보이는
건 보이지 않는 것의 그림자/들리는 건 안 들리는 것의 그림자/

그리움의 그림자/ 있지만 없고 없지만 있는/ 아 그리움의 그림자"
(「그리움의 그림자」, 『고통의 축제』, 민음사 1974)라고 노래했던 것처럼,
그에게 그림자란 부재(不在)하는 것들에 대한 그리움의 표상이
다. 또는 보이는 것들이 거느리고 있기 마련인 보이지 않는 심연
을 나타내는 말이기도 하다. 그러나 세계는 이미 너무 많은 그림
자를 잃어버렸다.

> 끝없는 물질이 능청스럽게 드러내고 있는
> 물질이 치열하고 철면피하게 기억하고 있는
> 죽음.
> 내 귀에 밝게 와서 닿는
> 눈에 들어와서 어지럽게 흐르는
> 저 물질의 꼬불꼬불한 끝없는 迷路들,
> 아무것도 그리워하지 않으려고 애쓰는
> 능청스런 치열한 철면피한 물질!
>
> ─「철면피한 물질」(같은 책) 전문

　정현종에게 그림자를 갖지 않은 것, 따라서 아무것도 그리워하
지 않는 것은 다만 '물질'에 지나지 않는다. 그것은 살아 있는 게
아니다. 죽음만을 기억하고 있고 죽음만을 능청스럽게 드러내고
있는 '철면피한 물질'에 불과하다. 그러나 그 물질성을 뚫고 나오
려는 움직임이 아주 없는 것은 아니다. "귀에 밝게 와서 닿는/ 눈

에 들어와서 어지럽게 흐르는/저 물질의 꼬불꼬불한 迷路들"처럼, 철면피한 물질 속에 무언가 꿈틀거리며 흐르고 있다. 죽음의 세계에 깃들어 있는 생명의 그림자, 그 일렁이는 기미들의 발굴이야말로 시인의 일인 것이다.

정현종의 시에서 그림자가 긍정적인 의미를 가지는 것은 그것이 물질성을 넘어서는 생명의 증거이자 동력으로 작용하고 있기 때문이다. 아마도 굳어지고 고착화된 것들에 대한 거의 생래적인 거부감이 그로 하여금 그림자에 주목하도록 만들었을 것이다. 실제로 그의 시에서 '그림자'는 어떤 심리학적 용어로 환원될 수 없는 다양한 의미망을 펼치며 변화하고 있다. 그림자에 대한 정의가 그의 시에 여럿 나오지만, 그것도 실은 '끝내 정의할 수 없음'의 고백에 가깝다. 따라서 그가 보여주는 그림자를 한마디로 정의하거나 설명하는 것이야말로 그림자의 속성에 반하는 일이 될 수도 있다.

심리학에서는 '그림자'를 집단무의식으로 설명하기도 하고, 자아의 이면에 '파충류의 꼬리'와도 같이 숨겨져 있는 인격의 어두운 부분으로 이해하기도 한다. 그러나 흔히 부정적이고 열등한 것으로 여겨지는 그림자 속에는 창조적인 열정이나 에너지가 잠재해 있어서, 인격의 분화를 경험하고 그것을 완성시켜가는 과정에서 그림자와의 대면은 필수적이기까지 하다.

니체의 『인간적인, 너무나 인간적인』에도 방랑자와 그의 그림자가 대화를 나누는 장면이 나온다. 방랑자는 그림자가 들려주는 통찰에 감탄하면서 "아아, 그대들 그림자가 우리들보다 '더 나은 인간'임을 이제야 깨닫겠네" 하고 경의를 표한다. 이것은 지금까지 그림자를 망각하거나 폄하해온 데 대한 반성이면서 "다시금 가장 가까운 사물의 좋은 이웃이 되려고 한다는 맹세"이기도 하다. '그림자의 복권'은 인간이 자신을 포함한 모든 사물들과 진정한 관계를 맺게 됨을 의미한다. 그런데 니체(F. Nietsche)는 그러기 위한 조건으로 '이성'의 활동이 정지되어야 한다고 말한다. 합리성의 눈과 귀로는 온갖 사물들이 나타내는 그림자를 볼 수도 들을 수도 없다. 빛을 사랑하는 만큼 그림자를 사랑하게 될 때, 비로소 그림자는 말을 걸어오는 것이다.

❧

기도가 시작됐고 나는 눈을 뜨고 있는데
잠자리 한마리가 내 오른쪽 가슴에 와서 앉는다.
이런 시간에 날개 달린 게
가슴에 와서 앉으니
왜 그게 네 혼이라고 여기지 않겠느냐!
(저세상과 통화하는 시간은 짧지 않았는데 그동안 그놈은 참 조용히도 앉아 있다가 끝나자 날아갔다)

청명 가을날에 네 죽음이 또 두루 맑게 해
둘러앉아 떡과 삶은 밤을 먹는 사람들이 모두

투명한 나머지 헛것으로 보였다.

살은 없고 사람 모습의 공기
살은 없고 사람 모습의 햇빛
가을빛에 타 하얗게 사윈 재……
                    ──「亡者의 시간──가을날 김현 무덤에 가서」 부분

　　이 시말고도 시집 『한 꽃송이』(문학과지성사 1992)에는 친구인 김
현의 병과 죽음을 전후로 씌어진 시들이 여러 편 들어 있다. 이 시
들에서는 『사랑할 시간이 많지 않다』(세계사 1989)에서 보이던 죽
음의 시대에 대한 가위눌림 대신 죽음을 실존적으로 받아들임으
로 생겨난 관조가 읽힌다. 그림자라는 말이 직접 나타나지는 않지
만 그의 뒤를 따라다니는 죽음의 그림자는 삶과 죽음의 경계에 대
해 부단히 생각하게 한다. 예컨대 겨울산을 내려오면서 병상에 있
는 친구의 얼굴이 자꾸 어른거려 뒤를 돌아본다든가(「겨울산」), 인
용된 시에서처럼 친구의 무덤에 가서 오른쪽 가슴에 와 앉은 잠자
리 한마리와 말없는 대화를 나누는 체험은 부재하는 존재에 대한
그리움이 만들어낸 '그림자'와의 만남이라고 해야 할 것이다.
　　이때 "亡者가 천지에 퍼뜨리는 허전함은/시간이 흐를수록 깊
어지고 넓어지는 법"이어서, 친구가 세상을 떠난 지 석달 만에 무
덤을 찾은 사람들의 마음은 청명 가을날의 햇빛처럼 한결 맑아져
있는 모습이다. 그 갠 마음 위로 잠자리 한마리 날아와 말을 건넨

다. 잠자리는 죽은 이의 혼이 잠시나마 지상에 머물기 위해 빌린 몸으로서, 이세상과 저세상을 연결하는, 또는 그 구분을 무화시키는 매개인 셈이다. 잠자리의 형체는 바로 형체를 잃어버린 망자(亡者)의 '그림자'일지도 모른다(잠자리 날개의 가볍고 검고 투명한 모습은 얼마나 그림자의 그것과 닮아 있는가!).

잠자리와 통화를 하는 동안 시인은 "亡者의 시간" 속으로 안내된다. 자신 역시 '그림자'가 되는 것이다. "둘러앉아 떡과 삶은 밤을 먹는 사람들이 모두/투명한 나머지 헛것으로 보"이는 것은 그 때문이다. 그는 "살은 없고 사람 모습의 공기와 햇빛"만이 가을빛에 재처럼 남아 있는 것을 본다. 그 시간의 향기로움을 "衆香國 근처의 공기"라고 한 것은 이승과 저승, 삶과 죽음이 서로 소통하고 있음을 느꼈기 때문일 것이다. 헛것을 통한 '영원성'의 체험, 그것은 죽음의 그림자가 삶에 베푸는 "좋은 선물"과도 같다.

삶과 죽음, 생명과 물질, 보이는 것과 보이지 않는 것, 이러한 이분법적인 경계를 허무는 존재로서 나타났던 '그림자'가 『세상의 나무들』 이후의 시들에서는 더 집중적으로 탐구될 뿐 아니라 그 '유동성'이 한층 강화된 인상을 받게 된다. 그리고 그림자가 '지각의 대상'이나 실체로 등장하기보다는 '지각의 방식' 자체를 보여주는 쪽으로 기능할 때가 많다. 즉 시적인 대상이 포착되는 순간의 아우라와 그 동적인 에너지를 어떻게 보존하느냐의 문제와 '그림자'가 연결되어 있다는 것이다. 후기시로 갈수록 그림자가 흔들림이나 '움직임'과 깊은 상관관계를 가지게 되는 것도 그와 무관하지 않다.

움직이는 건
거룩하다
삶과 죽음이 같이 움직이기 때문이다
욕망과 그 그림자―슬픔이
같이 움직이기 때문이다
나와 한없이 가까운 내 마음
나에게서 한없이 먼 내 마음이
같이 움직이기 때문이다
　　　　―「몸이 움직인다」(『갈증이며 샘물인』, 문학과지성사 1999) 부분

이제 '그림자'는 '몸'과 함께 움직인다. 바깥도 끝이 없고 안도 끝이 없으므로 "안팎이 같이 움직이며／깊어지고 넓어진다." 그래서 움직이는 건 거룩하다고 말할 수 있는 것이다. 「한 정신이 움직인다」(『세상의 나무들』)에 나오는 그의 표현을 빌리자면, 마음의 음영인 "이 표정, 이 움직임은 닫혀 있지 않다. 제 속에 갇혀 있지 않다. 그 표정과 움직임은 무한 바깥(타자)과 스스로의 내적 깊이를 향해 한없이 열려 있고 겸손히 듣고 있음으로써 생기는 섬세한 진

동을 그 주위에 무슨 아지랑이처럼 잔잔히 퍼뜨린다."

> 장례식에 참석한 사람들의 그림자가 물에 비쳤다.
> 나는 그 물을 액자에 넣어 마음에 걸어놓았다.
> 바라볼 때마다 그림자들은 물결에 흔들렸다.
> 그리고 나는 그림자들보다 더 흔들렸다.
>
> ──「그림자」(『세상의 나무들』) 전문

　이 시에서 '죽음'의 이미지는 흔들리는 물결과 거기에 비쳐 함께 흔들리는 사람들의 그림자로 그려지고 있다. 물에 비친 그림자를 액자처럼 걸어놓은 마음은 그 그림자들보다 더 흔들린다. 이 흔들리는 죽음의 이미지는 초기시에서의 "끝없는 물질이 능청스럽게 드러내고 있는/물질이 치열하고 철면피하게 기억하고 있는/죽음"과는 사뭇 다르다. '물'이 그 흔들림을 통해 베푸는 죽음에의 몽상은 우리의 존재를 아주 깊이, 그리고 아주 멀리까지 운반한다. 이때 물은 매우 고요하면서도 그 속에 동적인 '파장'을 간직한 채 오랜 시간을 견디고 있다.
　그런가 하면 '그림자'와의 만남이 돌연한 부딪침의 순간에 이루어지는 경우도 있다. 사실 몸은 그림자로부터 한순간도 벗어난 적이 없지만, 놀랍게도 자신의 그림자를 발견하고 그것이 거기 있었다는 것을 깨닫는 순간은 그리 자주 찾아오지 않는다. 왜냐하면 그림자는 몸과 너무 가까이 있고 항상 함께 움직이기 때문이다.

몸이 걸으면 그림자도 따라 걷고, 몸이 앉으면 그림자도 따라 앉으며, 몸이 잠들면 그림자도 누워서 잠이 든다. 그러나 몸이 움직일 때 그 '움직임' 속에 그토록 많은 삶과 죽음, 욕망이 따라서 움직이고 있다는 것을 미처 깨닫지 못할 때가 많다. 어느날, 그림자가 눈앞에 돌연 모습을 드러내거나 말을 걸어올 때, 그 '익숙한 낯섦'에 압도된 몸은 걸음을 멈추지 않을 수 없다.

　어느 여름날 밤 지리산 추성계곡 한 민박집 마당에 켜놓은 밝은
전등에 환히 드러난, 산길 내느라고 자른 산 흙벽에 비친 내 거대한
그림자에 나는 놀란 적이 있다.
　그도 그럴 것이, 순간 그 그림자는 이미 흙벽에 각인된 化石이었
으며, 그리하여, 法悅이었는지 좀 어지러우면서, 나는 화석이 된 내
그림자의 깊음 속으로 빠져들어갔다. 그러면서
　속으로 가만히 부르짖었다——스며라 그림자!
　　　　　　　　　　——「스며라 그림자」(『세상의 나무들』) 부분

시인이 자신의 거대한 그림자와 조우하게 된 것은 깊은 산속에 서였고 그리고 한밤중이었다. "잘린 산 흙벽에 비친, 확대되어 거대한"(「스며라 그림자」 2연) 그림자는 아마 민박집 마당에 켜놓은 전등 불빛에 의해 생겨난 게 아닐까 싶다. 그 깊은 산의 짙은 어둠속에서 전등 불빛은 얼마나 밝았을 것인가. "갖은 부나비떼와 곤충떼가 난무하는" 전등 불빛은 살아 있는 것들의 온갖 움직임을 한

폭의 '만다라'처럼 그려 보인다.

'나'라는 존재가 그 빛에 투시되는 순간 흙벽에 나타난 그림자, 그 '깊음' 속으로 빠져들어가면서 '나'는 가만히 부르짖는다. "스며라 그림자!"라고. 흙벽에 비친 '그림자의 화석' 속으로 스며들어가, '환영(幻影)'이 '실재(實在)'가 될 때까지 그의 두렵고도 향기로운 몰입은 계속된다. '스민다'는 말이 갖는 유동성의 어감과 융합의 이미지는 자연스럽게 그림자와 몸을, 그림자와 흙벽을 하나로 결합시킨다. 이렇게 그림자와 하나되는 순간을 그는 "법열(法悅)"이라고 부른다. 법열의 순간은 찰나에 불과하지만 그 속엔 "향기로운 無"라 불림직한 것들이 깃들여 있다. 이는 앞에서 삶과 죽음이 만나는 망자(亡者)의 시간을 시인이 "衆香國 근처의 공기"라고 불렀던 것과 유사하다. 그 시간의 단층 속에 포착되는 순간 그림자는 영원히 거기 새겨진 "화석 그림자"가 되는 것이다. 「날개 그림자」(『세상의 나무들』)라는 시에서 창밖으로 날아가는 새의 커다란 그림자가 "가슴 깊이/化石이 되어 선명한/날개를/그 화석-날개/그 그림자-상처를" 발굴하며 지나가는 것 역시 '화석-그림자'의 체험에 해당한다.

그러나 움직임은 화석이 되는 순간 더이상 움직임이 아니게 된다. 모든 움직임은 매순간 '경화(硬化)'의 위험성을 내포하고 있다. 정현종 시에 두드러진 특징으로 '움직임'에 대한 경도를 들 수 있는데, 이는 그가 굳어짐의 위험성과 폐해를 누구보다도 경계하는 시인임을 반증한다. 그 예로, 시집 『갈증이며 샘물인』에 나오

170

는 「시간은 두려움에 싸여 있다」를 생각해볼 만하다. 그는 기지개를 켜는 순간 그 움직임이 "空氣層에서 化石이 되는 걸 본다." 시간 속에서 화석화되는 운명을 비껴갈 수 있는 존재는 없다. 그에게 '시간'이 두렵게 느껴지는 이유는, "시간이란 다름아니라/저지른 일과 저지를 일의 연속/채워진 욕망과 채워야 할 욕망의 그림자이기 때문이다." 시간에 대한 두려움 속에서 그는 그림자를 이렇게 부른다. "지상의 온갖 동물과 온갖 비유들을 반죽해서 만든/최초의 유일한 괴물——그림자"라고.

　이처럼 복합적인 그림자의 형상에 비하면, 그가 초기시에서 "보이는 건 보이지 않는 것의 그림자/들리는 건 안 들리는 것의 그림자"라고 했을 때의 양면성은 단순하게 느껴지기까지 한다. 그것은 그림자의 운동성과도 관계가 있다. '그림자'가 끊임없이 움직인다는 것은 그것이 '시간' 속에 놓여 있다는 것을 의미하는 동시에 경화와 퇴색의 위험으로부터 부단히 도망하지 않으면 안된다는 운명에 놓여 있음을 의미한다. 그러나 '움직임'은 그냥 사라지는 것이 아니라 그 움직임이 깃들였던 몸과 마음에 그림자가 되어 쌓인다. 세월의 켜를 형성한 그림자, 그것은 시간의 단층 속에 들어 있는 화석 그림자 위에 덧입혀진 "천년의 청태 낀 그림자"인 것이다. 정현종의 시에서 '그림자'가 갈수록 중층적이 되는 것은 그만큼의 '시간'이 누적된 결과라고 할 수 있다.

　　우리의 그림자를 살찌운 건 저

우리의 운명인 되풀이다.

사랑의 되풀이, 미움의 되풀이,

밥의 되풀이, 계란 프라이,

태양 아래 잘 익고 바래고 부서지는

손길과 발길의 순식간——천년의 청태 낀

그림자……

아침마다 먹는 삶은 계란이 행여나

새벽닭 울음 소리에 물들어 있다면

다름아닌 내 영혼의 노른자위이리.

되풀이는 시간의 노른자위이리(!)

오, 시간의 노른자위인 그림자,

작은 것들의 심연이여.

——「일상의 빛」(『갈증이며 샘물인』) 부분

시인은 이 시에서 "어떤 그림자는/ 시간 속에 뿌려진 씨앗"이라고 말한다. '그림자라는 씨앗'은 시간 속에서 발아되어 시간의 힘에 의해 길러지고 시간으로 돌아간다. 마치 우리의 삶이 "태양 아래 잘 익고 바래고 부서지"듯이. 그래서 그의 말대로 "그림자는, 실은, 씨앗이며 땅이며 농부"이기도 하다. "그림자에 의한, 그림자를 위한, 그림자의 삶"——그러기에 "우리의 그림자를 살찌운 건 저/ 우리의 운명인 되풀이"라고 말할 수 있는 것이다.

여기서 '되풀이'란 단순한 반복이 아니다. 되풀이야말로 "시간의 노른자위"라고 시인은 힘주어 말한다. 더욱이 우리의 되풀이되는 일상이 '시간'을 거슬러올라가 '시원'에 가닿을 수 있다면, 그리하여 "아침마다 먹는 삶은 계란이 행여나/새벽닭 울음 소리에 물들어 있다면", 그것은 바로 "시간의 노른자위인 그림자"를 일상의 빛 속에 기르는 일이 될 것이다. 그 '일상의 빛' 속에 깃들여 있는 "작은 것들의 심연"에 도달하기 위해 시인은 얼마나 많은 '그림자'들을 일구어온 것일까.

괴테는 세상을 떠나면서 마지막으로 "빛을! 좀더 빛을!" 하고 외쳤다고 한다. 그 외침은 죽는 순간까지도 거대한 정신의 거울로서 세계에 대한 반향을 포기하지 않으려는 의지의 표현처럼 들린다. 그러나 한편으로는 임종의 순간 자신의 곁에 있는 죽음의 그림자를 좀더 잘 보기 위해서 그렇게 외쳤는지도 모른다.

정현종의 시를 읽으면서 유난히 '그림자'에 관심을 가지게 된 것은 그 그림자를 만들어내고 있는 '정신의 빛'을 제대로 잘 보고 싶은 생각에서였다. 그러나 그의 시에 일렁이고 있는 무수한 그림자들은 순식간에 지나간 그림자이면서 동시에 "천년의 청태 낀 그림자"여서 그 '심연'에 좀처럼 다가서기가 어렵다. 다만, 날아가는 새를 향해 그가 말했듯이, 저만치 스쳐가는 그것을 향해 "저기 우리 그림자 가네"라고 중얼거릴 수 있을 뿐.

불귀와 미귀의 거리

■

김지하의 시

'생명'이라는 말이 아직은 낯선 추상명사처럼 들리던 80년대 중반, 나는 대학 1학년이었다. 그 추상어를 발음하는 일에는 어떤 종류의 용기가 필요했던 시절이었다. 김지하 시인이 오랜 감옥생활 끝에 이 추상어를 들고 복귀했을 때, 세상의 반응은 뜨거웠지만 그리 호의적이지만은 않았다.

내가 다니던 국문과 안에 '생명'이라는 모임이 있었다. 윤형근, 김기섭이라는 두 선배(거의 김지하교의 신도에 가까웠던)에 이끌려 '생명'이란 제호의 팸플릿을 만들기도 했고, 김지하 시인 강연회를 따라간 적도 있다. 그것이 내게는 유일한 대면의 기억이다. 물론 그 많은 청중들 속에서 경이에 찬 눈동자로 그를 지켜보았을 뿐이지만.

김지하의 시집을 함께 읽고 동학과 민중신학 등에 관해 공부를 했던 그 모임은 마치 전쟁터에 잠시 돋아난 풀과도 같은 것이었다. 계급혁명이 아닌 다른 방식의 변혁을 모색하는 것 자체가 전혀 존중받을 수 없는 풍토였기 때문이다. '구조적인 악'의 척결이라는 급박한 과제 앞에 '방법적 악'에 대한 우리의 고민은 왜소하고 비겁해 보이기까지 했다. 그러나 그 왜소함 속에는 삶의 방향을 결정짓는 중요한 씨앗 같은 게 들어 있었다. 그중 몇은 한살림이나 생협 쪽의 일을 지금까지 계속하고 있고, 사상이나 운동보다 문학에 관심이 있던 나는 결국 시를 쓰게 되었다. 김지하는 그때 우리에게 뿌려진 첫 씨앗이었다. 그 씨앗이 발아하는 방식과 시기는 각기 달랐지만, 그런 우리를 막연하게나마 묶고 있던 끈이 바로 '생명'이라는 말이었다.

　15년이 지난 지금 '생명'이라는 말이 우리에게 던져주는 무게와 실감은 결코 추상적이지 않다. 오히려 너무 많이 오르내려 상투어에 가깝다는 느낌마저 드는 이 말은, 이제 우리 시대의 병리적 현상들과 근본적으로 대면해나가려는 노력들을 포괄하는 말이 되었다. 이데올로기가 되지 않으려는 이데올로기의 역할을 그 말 하나가 힘겹게 짊어지고 있는 시대가 아닌가 싶다. 어떤 말이 지닌 생명력은 시대가 그것을 절실하게 요구하거나, 또는 심각하게 결여하고 있을 때 비로소 추상성을 벗어나 구체적 생명력을 얻게 되는 경우가 많다. '생명'이란 말의 생명력이 역설적이게도 생명 파괴나 생태계 파괴가 심해질수록, 그리고 그 파괴의 심각성에 대한 인식이 절실해질수록 그 울림을 증폭시켜온 것도 그래서일 것이다.

'생명'이란 말의 발전사와 그 맥을 같이해온 김지하의 시에 대해 내가 가장 관심을 가지는 문제는, '사상적 궤적'과 '문학적 궤적'이 어떤 관계를 맺으며 나아가는가 하는 것이다. 사상의 동반자로서 시의 운명은 그리 행복해 보이지만은 않는다. 그러나 김지하는 그 문제를 고통스럽게 끌어안고 온몸으로 감당해온 매우 드문 예에 해당한다. 그 전방위적 싸움을 포괄해서 말할 능력이 내게는 없다. 다만 김지하의 서정시들의 변모 과정을 '불귀(不歸)'와 '미귀(未歸)'의 거리 속에서 더듬어보려고 한다.

생명사상 이후 김지하의 시적 변모에 대해 가해진 비판은 대체로 관념적이고 추상적이 되었다는 것, 초기시들이 보여주었던 사회적·역사적 핍진성이 약화되었다는 것으로 요약할 수 있다. 그런데 이런 단선적인 평가 뒤에는 시란 반드시 구체적이고 현실적이어야 한다는 뿌리깊은 신념이 깔려 있다. 시에 있어서 추상성이란 치명적인 요소라고, 추상성과 역사성은 공존할 수 없는 것이라고 여겨온 리얼리즘적 관습에 나 자신도 얼마간 젖어 있었다. 그러나 앞에서 '생명'이란 말의 예를 들었던 것처럼, 추상적인 것과 구체적인 것은 원래부터 구분되어 있는 것이 아니라 어떤 현실과 문화적 문맥 속에 놓이느냐에 따라 추상적이 되기도 하고 구체적이 되기도 한다. 따라서 같은 시도 어떤 시대적 배경과 만나느냐에 따라 사뭇 다르게 읽힐 수 있고, '추상성'의 정도는 그에 따라 민감하게 가감되는 것이다.

나는 「黃土」나 「빈 산」보다 「애린」을 먼저 읽은 세대이다. 변모 이후의 김지하를 먼저 만났다는 사실은 그의 작품을 '변화'의 측면보다는 '일관성'의 측면에서 바라볼 수 있게 해준다. 복사판 『黃土』(한얼문고 1970)를 뒤늦게 구해 읽으면서 새삼 놀란 것은, 이토록 '추상적'인 시가 어떻게 그토록 강렬한 '정치적' 무기가 될 수 있었는가 하는 점이었다. 그 속에는 당대 현실에 대한 사실적인 묘사나 민중의 구체적인 모습보다는 한계상황에 놓인 한 인간의 몸부림, 형이상학적 지향, 백열(白熱)의 정신이 빛나고 있을 뿐이었다. 스스로를 연소시켜 그 불꽃으로 세계를 사르지 않고는 견딜 수 없었던 정신의 열기. 그 긴장이 만들어내는 초의지적 공간에는 개인과 사회와 역사가 중첩되어 나타나고, 현실과 환상과 기억이 뒤섞여 나타나기도 한다. 그런 중첩과 혼성으로 인해 구체적인 정황은 불투명해지곤 한다. 그러니까 그의 초기시가 강한 정치적 호소력을 발휘할 수 있었던 것은 현실의 세목에 충실한 구체성을 갖추었거나 구호적인 선동성을 가졌기 때문이 아니다. 그보다는 정치적 탄압에 맞서 싸우는 동안 단련되고 동시에 상처입은 정신이 보여준 '실존적 치열성' 자체에 힘입은 것이라고 볼 수 있다.

어떤 것과도 타협할 수 없는 '극단'의 정신은 선명한 색채 이미지로 나타나기도 한다. 그래서인지 그의 시에는 중간색이 거의 없다. 새하얀 옷과 붉은 피, 검은 산과 하얀 방, 푸른 하늘과 흰 구름, 그에게 있어 색채는 항상 최상급의 형태로 나타난다. 그것들은 서로 풀어지고 합쳐져서 주황색이나 분홍색이나 회색을 만드는 경우가 없다. 그에게 있어 중간색은 대립하는 세계의 역동적 운동이기를 그치고 고착화된 임시적 결과물에 불과하기 때문이다. 대조적인 색채들은 시 속에서 극명하게 부딪치거나 순간적으로 합쳐져 다시 최상급의 빛, 불꽃으로 태어난다. 성민엽(成民燁)은 그것을 '빛과 어둠의 새로운 합금'이라고 불렀다.

지금도 너는 반짝이느냐
성자동 언덕의 눈
아득한 뱃길 푸른 물구비 구비 위에
하얗게 날카롭게
너는 타느냐

산 채로
산 채로 묻힌 붉은 흙을 헤치고
등에 칼을 꽂은 채 바다로 열린 푸른 눈
썩은 보리와 갈라진 논바닥이 거기서 외치고
거기서 나의 비탄은 새파란
불꽃으로 변한다 너는 타느냐
　　　　　　　　　——「성자동 언덕의 눈」(『黃土』) 부분

색채의 부딪침뿐 아니라 시행과 시행, 단어와 단어가 맞부딪치면서 만들어내는 독특한 '가락' 또한 김지하 시에서 강한 흡인력을 갖게 하는 요소이다. 그것은 음수율이나 음보율의 리듬을 넘어서 정신의 '긴장'이 가시화된 형태라고 할 수 있다. 그는 말의 일상적인 흐름을 의도적으로 뒤바꾸거나 끊어놓거나 반복함으로써 음성적 분절을 교란시킨다. 또, 주어나 서술어보다는 주변부적인 말들, 부사어나 관형어, 조사나 대명사 등을 활달하게 살려내어 그 말들을 중심으로 새로운 의미론적 분절을 만들어낸다. 그리고 음성적 분절과 의미론적 분절은 다시 불일치를 일으키면서 서로를 끌어당기는 길항작용을 함으로써 팽팽한 긴장을 만들어낸다.

새로운 문체와 형식에 대한 김지하의 탐구는 서정시뿐 아니라 담시 등 다른 양식을 통해서 더욱 본격화된다. 바로 이 점이 당시 서술어 중심의 저항시들(어떤 행위의 당위성만이 반복적으로 강조되던)과 김지하의 시가 매우 다른 자리에 서 있었음을 말해주고 있다.

그런데 김지하 시에 나오는 '부사어'를 눈여겨 살펴보면, 그것이 가락의 형성에만 기여하고 있는 것이 아니라 현실의식의 단면을 명료하게 드러내고 있음을 알 수 있다. 예를 들어 초기시에서 빈번하게 사용되는 부사어 '끝끝내'와 '아직도'는 처절한 '불귀(不歸)'의 의식을 대변하는 시어라고 할 수 있다.

나를

여기에 묶는 것은 무엇이냐

뜨거운 햇발 아래 하얗게 빛날 뿐

고여 흐르지 않는 둠벙 속에 깊이 숨어

끝끝내 나를 여기에 묶는 것은 무엇이냐

—「山亭里 日記」(『타는 목마름으로』, 창작과비평사 1982) 부분

못 돌아가리

일어섰다도

벽 위의 붉은 피 옛 비명들처럼

소스라쳐 소스라쳐 일어섰다도 한번

잠들고 나면 끝끝내

아아 거친 길

나그네로 두번 다시는

—「不歸」(같은 책) 부분

두 시에서 '나'는 묶여 있다. "깨어 있지도 잠들지도 않은" 채 가위눌려 있다. 그러나 '끝끝내'라는 말 속에는 그 가위눌림과 그 밑모를 어지러움으로부터 벗어나 나그네길로 돌아가야 한다는 안간힘 같은 게 들어 있다. 나그네길로 돌아간다는 말은 끝끝내 어디로도 돌아가지 않겠다는 뜻이다. 돌아가지 않는 것이 그의 길인 것이다.

'불귀'에 관해서는 이미 임우기의 글 「미당 시에 대하여」(『그늘에 대하여』, 강 1996)에서 미당과 소월과 김지하를 비교하면서 분석된 바 있다. 그는 미당 시가 근본적으로 '회귀'의 철학 위에 생성된 것으로 "영원성으로 돌아간 해탈의 경지를 누리고 있는지도 모르겠으나, 중생적 삶의 아픔과는 거리가 먼 安住의 세계"라고 비판하였다. 그에 반해 소월의 '불귀'의 정신은 노상의 나그네로서의 삶과 세속적 일상을 마다하지 않았으며, 더 나아가 김지하에 대해서는 "'不歸'는 1970년대의 '절망감 속의 고투'를 표현하고 있는데 비해, 1990년대의 김지하의 '未歸'는 환고향과 해탈을 스스로 유보하는 태도, 즉 절망적인 현실에 자청하여 참여함으로써 '현실 세계' 자체를 해탈시키고자 하는 적극적인 의지를 표현한다"며 높이 평가하였다.

그러나 미당의 『질마재 神話』 같은 경우를 떠올려본다면, 거기 등장하는 인물들은 어김없는 중생들이다. 그는 그 현세적 중생들 속에서 영원성을 찾으려 했으며, 그 인물들에게 한이나 삶의 갈등이 결여되었다기보다는 그것을 드러내는 방식이 우회적일 따름이었다. 그런 점에서 미당을 탐미적 아름다움만을 추구한 언어적 기술자로 보는 것은 그의 시세계에 대한 온당한 평가일 수 없다.

새삼스럽게 미당 시를 옹호하거나, 막스 베버(Max Weber)의 표현처럼 "정신 없는 전문가, 가슴 없는 향락자"를 정당화하려는 것은 아니다. 미당의 이야기를 꺼낸 것은 김지하의 후기시 속에 과연 『질마재 神話』만큼의 생생한 중생의 모습이 살아 있는가 하는 의문이 들었기 때문이다. 그것은 김지하의 사상적 지향성과 시가 어떻게 상응하며 얼마나 '화육(和肉)'을 이루는가의 문제와도 통한다.

나는 앞에서 김지하의 시적 변화를 설명함에 있어 '추상화'라는 말로는 불충분하고 부적절하다고 말했다. 그렇다면 변화의 변별점은 어디에 있을까. 나는 그 변화의 일단을 '불귀'와 '미귀'의 거리에서 찾을 수 있다고 생각한다. '불귀'와 '미귀'는 언뜻 연장선상에 있는 듯하지만, 그것이 문학이라는 자장 속으로 들어올 때는 분명한 '간극'을 가지게 된다. 앞서 인용한 임우기의 말에 나오는 "스스로" "자청하여" "적극적인 의지"라는 표현에 주목해볼 필요가 있다. 그러니까 유마(維摩)나 지장(地藏)처럼 중생을 남김없이 구원할 때까지 해탈을 유보하겠다는 태도는 깨달음에서 나온 적극적인 '의지'나 선택이지, 스스로는 어쩔 수 없어 감당해야 하는 '운명'의 차원은 아니라는 것이다. '미귀'가 '불귀'보다 더 높은 차원의 정신일 수는 있겠지만, 거기에는 이미 고통의 생생함이나 절박성은 상당히 가셔져 있는 게 사실이다.

돌아가려는 일체의 움직임에 대해 끝내 돌아가지 못하고 고통스럽게 남아서 지키고 있는 '지금 여기'는 문학의 오랜 자리였다. 김현은 「무화과」에 대해 이렇게 말한 적이 있다. "세계는 고통스러운 곳이다. 그 속에는 그러나 꽃이 있다라는 화해로운 인식이 이뤄지는 대신, 아니 그 인식이 계속 유예되면서 검은 마술의 세계가 갑작스레 제시되는 이 시는, 그것 때문에 오히려 시적 긴장을 획득한다. 왜냐하면 화해로운 인식이 이뤄지는 순간에, 말이나 말로 이뤄지는 시의 세계는 이미 거추장스러운 걸리적거림의 대상이 되기 때문이다. 계속 시를 쓰기 위해서는 그 인식이 계속 유예되어야 한다. 해소는 유예되고 그 해소에 대한 그리움만이 남아야 시를 쓸 수 있다."(『전체에 대한 통찰』, 나남 1990, 332면)

그런데 시에 있어서 해소(해탈)의 유예란 의지적인 차원을 넘어설 때 비로소 힘을 갖는다. 해탈은 '유예시키는' 것이 아니라 '유예되는' 것이다. 김지하의 표현을 빌리면 "시란 어둠을/어둠 대로 쓰면서 어둠을/수정하는 것//쓰면서/저도 몰래 햇살을 이끄는 일"(「속·3」,『별밭을 우러르며』, 동광출판사 1989)인 것이다. 그러기에 어떤 존재에게 해탈이 얼마나 진정으로 유예되고 있는가를 시만큼 정직하게 보여주는 거울도 드물다는 생각이 든다.

땅 끝에 서서
더는 갈 곳 없는 땅 끝에 서서
돌아갈 수 없는 막바지
새 되어서 날거나
고기 되어서 숨거나
바람이거나 구름이거나 귀신이거나간에
변하지 않고는 도리없는 땅 끝에
혼자 서서 부르는
불러

내 속에서 차츰 크게 열리어

저 바다만큼

저 하늘만큼 열리다

이내 작은 한덩이 검은 돌에 빛나는

한오리 햇빛

애린

나.

—「그 소, 애린 50」(『애린 2』, 솔 1995) 전문

『애린』의 길고 외로운 여정은 이렇게 마침표를 찍는다. 그렇게
도 애타게 찾아 헤매던 '애린'과 '내'가 하나라는 걸 깨닫는 순간
'나'는 더이상 길 위의 나그네가 되지 않아도 된다. 내 속에 이미
그 모든 것이 들어와 있기 때문이다. 그러나 그의 고단한 여정이
끝난 것은 아니다. 다만 '불귀'의 길에서 '미귀'의 길로 들어선 것
이다. 그는 지금도 계속 걷고 있다. 어쩌면 예전보다 더 참담하게
스스로를 응시하면서 걷고 있는지도 모른다. "내 안에서/치악산
이 동터오고 있다/내 안에서/내가 걷고 있다/맑은 나도 더러운
나도/앞서거니뒤서거니 함께/내 안에서 걷고 있다/첫눈 내린 새
벽길/뿌리 깊은 기침도 함께."(「속살·1」, 『별밭을 우러르며』)

그후 오래도록 그는 '방' 속에 있다. 언제부턴가 그의 시에서
'길'이, 특히 장바닥과 길바닥과 골목길이 사라졌다. 그리고 절망
감과 저항의지가 뒤엉킨 '끝끝내'라는 부사어도 시대의 어둠과 함

께 사라져버렸다. 그 자리엔 대신 '지금 여기'라는 말이 들어와 앉았다. "그날은/없다// 있는 것/살아 있는 것은/지금 여기"(「그날」,『중심의 괴로움』, 솔 1994). "그날은 없다"는 말은 '미귀'에의 선언이다. 우주 만물과 소통하는 '지금 여기'는 초월적인 시공간은 아니지만, 그렇다고 절박하게 해탈이 유보되고 있는 자리라고 여겨지지는 않는다. '끝끝내'에서 '지금 여기'로의 변화, 이것이 그의 시를 추상화되어간다고 말하게 하는 지점이 아닌가 싶다.

그러나 그의 오랜 자기응시를 내면적 또는 추상적이라고만 비판할 수 없다고 나는 생각한다. 이것 역시 그에게는 실존적 치열성의 한 방식이겠기 때문이다. 어쩐지 그 방은 사람을 배제한 듯한 느낌을 주지만, 그 '빈 방'에서 그가 기다리는 존재 또한 '사람'이다. "사람 없는 곳 골라 앉아/사람을 기다린다"(「마른 번개의 날에」,『별밭을 우러르며』).

모든 극단의 정신이 그러하듯이, 김지하는 영원히 자신과 세상으로부터 달아나려는 정신의 소유자처럼 보인다. 끊임없이 달아남으로써 보편의 대양(大洋)에 되돌아가려고 하는, 그러나 끝내 돌아가지 못함으로써 어쩔 수 없이 강렬한 비극성을 내포하고 있는 정신. "완전한 평형과 안정을 거부하고 끊임없는 비평형의 요동 속에 자신을 과감하게 개방하여 끝없는 고통 속에서 새 질서를 창출하는 비평형적 평형"(김지하이야기모음 『틈』, 솔 1995). 이러한 정신의 운동성을 잃지 않는 한 그는 아직[未] 돌아가지[歸] 않은 것이라 말할 수 있을 것이다.

한번도 막다른 곳에 스스로를 세워보지 못한 내가, 삶과 시에 있어서 몇번의 존재변환을 보여준 시인에 대해 말하는 것은 처음부터 불가능한 일에 가까운지도 모른다. 만일 어렴풋하게나마 붙잡았다 해도 그것은 시인 자체가 아니라 시인에게 비친 내 생각에 불과할 것이다. 그런 무력함을 무릅쓰고 이 글을 쓰는 내내 나는 한 인간의 궤적이 보여준 극단과 극단 사이, 거기 출렁이는 물결에 금세 잠겨버리고 말 징검돌을 던져넣는 심정이었다.

물과 불, 그리고 탄생

■

강은교의 시

수도꼭지를 분명히 잠갔는데도 며칠째 똑, 똑, 물방울 떨어지는
소리가 들려올 때가 있다. 아니면 주변을 맴도는 화마(火魔)들의
말발굽소리가 밤새 들려올 때가 있다. 아주 드물게 찾아오는 그
소리들은 그러나 아주 명료하게 들려온다. 조금 떨어진 곳에서,
또는 나의 내면 속에서 두 소리는 서로 합쳐지기도 하고 길항하기
도 한다. 환청에 불과한 것인지도 모르겠지만, 물과 불이 그렇게
차례로 찾아오곤 한다.

흔히 물과 불은 상극으로 이해되어왔다. '불'은 존재를 소멸시
키기 위하여 끊임없는 긴장과 열기를 가한다. 소멸을 향해 치닫는
고통 속에서 존재는 영혼의 정화를 경험한다. 그에 비해 '물'은 주
로 존재의 생성과 결합을 위해 쓰인다. 또한 물은 불의 힘을 느슨

하게 하고 내면의 열기를 가라앉게 만든다. 불의 파괴력을 파괴할 수 있는 힘을 물은 가지고 있다. 그러나 불의 남성적 성격과 물의 여성적 성격이 항상 대립적인 관계에 놓여 있는 것은 아니다. 물과 불은 서로 연결되어 있으며 때로는 상호보완적이기도 하다.

예를 들어 한창 타오르고 있는 모닥불 위에 비가 내릴 때를 떠올려보면, 처음에는 불길이 빗방울에 의해 점화된 듯 더욱 타오르는 것처럼 보인다. 그러나 그 격렬함 뒤에 불은 차츰 힘을 잃게 되고 물은 어느새 꺼져가는 불을 달래고 있다. 물론 이 장면을 순수한 물과 불의 '결합'이라고 볼 수는 없다. 거기에는 '시간'이 함께 결합되어 있다. 그러므로 물과 불의 결합에서 시간을 배제하고 결합의 순간만을 포착해보자면, 거기에는 '뜨거운 습기'라고 이름 붙일 수 있는 하나의 순간이 있다. 물의 '비등점'과 불의 '소멸점'이 하나가 되는 순간, 물과 불의 이중적인 힘의 결합으로서의 '창조'가 이루어지는 순간이 그것이다. 그 순간 물질은 매우 고양된 상태에서 '양의성'(兩義性, ambivalence)을 가지게 된다.

상상력에 힘입어 물과 불의 결합을 꿈꾼다는 것도 결국 이러한 양의성, 또는 '창조적 순간'을 얻어내기 위해서일 것이다. 노발리스가 "물은 젖은 불꽃이다"라고 한 말이나, 발자끄가 "물은 불타는 물체이다"라고 한 말이나, 랭보가 「지옥에서의 한철」에서 "나는 요구하고, 또 요구한다. 쇠갈퀴의 일격을, 한방울의 불을!"이라고 한 것은 모두 '불타는 물'에 대한 갈망의 표현이라고 볼 수 있다.

一

　한국시에서 '물'과 '불'의 이미지가 매우 빈번하게 나타나고 그
둘이 '소멸과 탄생'을 향해 강한 길항과 결합을 보여주는 예로 강
은교(姜恩喬)의 초기시를 들 수 있다. 강은교의 초기시에 충만해
있는 '죽음'의 테마는 물과 불 이외에도 바람, 모래, 돌, 피, 꽃, 풀
잎, 하늘 등 원소에 가까운 물질 이미지가 관념적 사유와 결합하
는 모습을 보여준다. 그 소재들은 구체적이거나 일상적인 의미의
외피를 입지 않고, '물질' 자체로, 허무를 노래하기 위한 도구들로
존재한다. 아니, 물질 자체가 허무를 체현한다.

　　우리가 물이 되어 만난다면
　　가뭄 어느 집에선들 좋아하지 않으랴.
　　우리가 키 큰 나무와 함께 서서
　　우르르 우르르 비 오는 소리로 흐른다면.

　　흐르고 흘러서 저물녘엔
　　저 혼자 깊어지는 강물에 누워
　　죽은 나무 뿌리를 적시기도 한다면.
　　아아, 아직 처녀인
　　부끄러운 바다에 닿는다면.

그러나 지금 우리는

불로 만나려 한다.

벌써 숯이 된 뼈 하나가

세상에 불타는 것들을 쓰다듬고 있나니

만리 밖에서 기다리는 그대여

저 불 지난 뒤에

흐르는 물로 만나자.

푸시시 푸시시 불 꺼지는 소리로 말하면서

올 때는 인적 그친

넓고 깨끗한 하늘로 오라.

　　　　　—「우리가 물이 되어」(『虛無集』, 칠십년대동인회 1971) 전문

　이 시에는 물처럼 흘러 "아직 처녀인／부끄러운 바다에 닿"고자
하는 염원과 그렇게 흘러가는 동안 다른 존재들과 하나가 되려는
소망이 드러나 있다. 여기서 물은 "키 큰 나무와 함께 서서／우르
르 우르르 비 오는 소리로 흐"르기도 하고 "저 혼자 깊어지는 강
물에 누워／죽은 나무 뿌리를 적시기도" 하는 생명의 충일한 흐름
을 말한다.

　그러나 다시 시인은 그러한 물과 물의 자연스러운 '만남'이 지

금은 불가능하다고 말한다. 그러면서 "지금 우리는/불로 만나려"
하며, "저 불 지난 뒤에/흐르는 물로 만나자"고 그대에게 말한다.
그 속삭임은 담담해 보이지만, 실은 "벌써 숯이 된 뼈 하나가/세
상에 불타는 것들을 쓰다듬"으면서 건네는 말이고, 동시에 "푸시
시 푸시시 불 꺼지는 소리로" 오기를 권유하는 말이다. 즉, 자신의
소멸과 죽음에 힘입어서만 다른 존재와 만날 수 있다는 절박한 전
제가 이 시에 들어 있는 것이다. 그렇게 불을 통한 영혼의 정화를
거쳐야만 비로소 존재의 전환 또는 '새로운 탄생'은 가능해진다.

불의 시절이 지난 뒤에 물로 만나자는 말은 얼핏 불과 물이 서
로 대립적인 것처럼 이해될 수도 있다. 그러나 "푸시시 푸시시 불
꺼지는 소리"는 물이 불을 일방적으로 진압하는 것이 아니라 물의
비등점과 불의 소멸점이 일치하는 순간의 '양가적 공존' 상태를
말한다. 그러한 과정을 거치지 않고서는 "우르르 우르르 비 오는
소리로" 흘러 죽은 나무뿌리를 적시는 일도, 처녀지인 바다에 닿
는 일도 불가능하다.

그런 점에서 "푸시시 푸시시"와 "우르르 우르르"라는 의성어에
주목해볼 필요가 있다. 이 부사어들은 모두 물이 다른 어떤 것과
맞닿으면서 내는 소리이다. "푸시시 푸시시"가 이질적인 것들이
불꽃을 튕기듯 부딪치면서 '뜨거운 습기'를 만들어내는 소리라면,
"우르르 우르르"는 동일한 속성을 가진 것들이 모여 서로를 달게
받아들이는 소리라고 할 수 있다. "푸시시 푸시시"를 시련이라고
한다면, "우르르 우르르"는 축복이라고도 말할 수 있겠다.

그렇게 대지에 받아들여진 물은 다시 흐르고 흘러 강물에 눕기도 하고 "아직 처녀인 부끄러운 바다"에 닿기를 원한다. 강은교의 시에서 '바다'는 아직 어떤 것에 의해서도 훼손되지 않은 처녀지로 인식된다. 반면 바슐라르(G. Bachelard)는 "바다의 물은 비인간적인 물로서, 인간에게 직접적으로 유용한 것이라는 원소의 첫 번째 의무를 다하지 못하고 있다"고 지적하면서, 바닷물보다 담수가 우월하다는 것을 강조한다. 그는 "바다를 짜게 한 것은 일종의 타락에 지나지 않는다. 소금은 몽상, 즉 부드러움의 명상, 가장 물질적이고 자연스러운 몽상 중의 하나에 족쇄를 채우는 것"이라고 말하기도 했다.

그런데 강은교의 시에서는 '바다'가 어떤 물보다도 순결한, 부끄러움조차 훼손되지 않고 남겨진 하나의 '원천'으로 등장한다.

그렇다. 바다는
모든 여자의 자궁 속에서 회전한다.
밤새도록 맨발로 달려가는
그 소리의 무서움을 들었느냐.

　　　　　　　　　　　　　　　　—「自轉 2」(『虛無集』) 부분

가장 가까운 곳에서
눈물 하나가 바다를 일으킨다.
바다를 일으켜서는

또다른 바다로 끄을고 간다.

부끄럽게 가만가만

폭풍 속에서도 새우를 키우며

돌아오지 않으려고

바다에서 자는 물

——「비리데기의 旅行노래 2곡」(같은 책) 부분

사람이여

네가 가는 길 위에

웬 모래가 이리 많은가.

조금만 귀기울여도

창 밖에는 살[肉]을 나르는 바람 소리

동쪽에서 서쪽으로

내 뼈 네 뼈가 불려가는 소리

바다로 가는 소금들의

빠른 발자국도 보인다.

——「黃昏曲調 4번」(같은 책) 부분

　　위의 시들에서 모든 물은 바다를 향해 흘러가지만, '바다' 자체
가 고정된 종착점은 아니다. "바다는／모든 여자의 자궁 속에서 회
전한다." 바다는 잠시도 가만히 누워 있지 않고 끊임없이 회전하
면서 "밤새도록 맨발로 달려가는" 것이다. 때로는 눈물 한방울이

바다를 일으켜세워 "또다른 바다로 끄을고" 간다. 바다가 어떤 부름을 받고 존재를 옮겨가듯이 사람들도, 모래들도, 뼈들도, 심지어는 소금조차 바다의 부름에 달려가고 있는 것이다. 그 부단한 움직임은 곧 '살아 있음'의 증거이며, 바다가 영원한 생명력을 갖게 되는 이유가 된다.

'소금'은 더이상 바슐라르의 표현처럼 부드럽고 자연스러운 몽상에 족쇄를 채우는 물질이 아니다. 소금 역시 다른 물질들과 마찬가지로 바람소리에 날려져온 '살[肉]'의 일부이다. 소금은 바다를 타락시키는 것이 아니라 모래와 마찬가지로 바다에 의해 운반되면서 동시에 바다를 운반하는 물질인 것이다. 소금으로 인해 바다는 지극히 '인간적'인 의미를 내포하게 된다.

> 우리가 흘리는 눈물이
> 죽은 실개천을 다시
> 흐르게 하고
> 우리가 한밤중
> 흘리는 땀이
> 보이지 않는 저
> 바다의 소금들을 다시
> 모든 소금이게 할 때
>
> ——「煉禱」(『풀잎』, 민음사 1974) 부분

앞에서 "눈물 하나가 바다를 일으킨다"고 말했듯이, "우리가 한
밤중/흘리는 땀이/보이지 않는 저/바다의 소금들을 다시/모든
소금이게" 한다. 거대한 바다는 결국 인간이 흘린 '눈물과 땀'의
총화이다. 그러기에 바다가 죽어갈 때는 눈물 한방울, 땀 한방울
에 의해 다시 각성될 수 있다. 그럼으로써 바다는 다시 바다가 되
고 소금은 다시 모든 소금이 되는 것이다.

　　맑고 신선한 물 한방울이 인간에게 주는 각성에 대해서는 이미
바슐라르가 지적한 바 있다. "신선한 물은, 사람들이 그 자신이 늙
어가는 것을 보고, 또 늙어가는 자신이 보이지 않기를 바라는 그
얼굴을 깨어나게 함으로써 젊음을 부여하는 것이다! (…) 이마에
물이 닿는 순간 깨어난 새로운 눈은 활기를 띤다. 신선한 물은 시
선에 불꽃이 되살아나게 한다." 이 말은 한대야의 세숫물로도 세
계를 바라보는 우리의 전망이 달라질 수 있음을 시사하고 있다.

　　그런데 강은교의 시는 그것이 인간과 자연 간에 '도치'되어 나
타날 수도 있음을 보여준다. 인간의 눈물이나 땀 한방울이 거대한
바다를 각성시키고 새롭게 태어나도록 만들 수 있다고 그는 믿는
다. 그의 초기시가 다소 관념적이면서도 힘을 가질 수 있는 것은,
그가 손쉽게 절대자에게 의존하거나 수직적 초월을 해버리지 않
고 유한한 인간의 조건을 통해 궁극에 도달하려고 하기 때문이다.
그리고 눈물 한방울 또는 땀 한방울이 '정화'의 힘을 발휘할 수 있
는 것은 그것이 불을 통한 '단련'의 과정을 거쳤기 때문이다.

타오르라, 불이여
타오르지 못하면 그대는
불이 아니지.
불이 아니면
그대의 중심에 떠도는
수천 갈래의 불꽃도
갈 곳이 없지 잠들 수
없지.
공기는 따스하고
외로운 산소들은 속삭인다.
저를 태워주세요 태워주세요.

—「煉禱」부분

　모든 존재들은 타오르는 불에게 말한다. "저를 태워주세요 태워주세요"라고. 이것은 소멸을 향한 자학의 몸짓이 아니라 죽음을 통해 다시 살아나려는 의지와 기원의 표현이다. 끝없이 회전(윤회)하며 다시 태어나는 바다처럼, 타오르는 존재에게는 물이 되려는, 바다에 닿으려는 '갈망'이 깃들여 있다. 인용부에 이어지는 "그대가 힘써주지 않으면/무엇이 더 죽어서/이 꿈을 재가 되게 할 것인가"라는 구절은 그러한 청원이다. 이처럼 '물이 되기 위해 타오른다는 것'은 매우 역설적이다. 그러나 불길에 의해 꿈이 재가 되었을 때, 그리고 "벌써 숯이 된 뼈 하나가/세상에 불타는 것들을 쓰다듬고 있"을(「우리가 물이 되어」) 때, 그 속에는 '뜨거운 습기'에 의해 물 한방울이 생겨난다.

실제로 이런 물질주의적인 직관은 오래 전 화학이론을 통해서도 증명된 적이 있다. 17세기 화학자인 뵈르하아베(H. Boerhaave)의 『화학원리』에 이런 대목이 나온다. "돌이나 벽돌이라도 부수어 '불'의 힘에 말리면 (…) 언제나 약간의 '물'이 나온다. 그러므로 돌이나 벽돌도 일부분은 그 기원을 '물'에 두고 있는 것으로서, 물은 풀처럼 양자를 서로 결합시키는 것이다." 이것은 물이 모든 것의 생성에 있어 얼마나 근원적인가를 말해준다. '물'은 외부로부터 주어지는 것이 아니라 이미 그 물질 내부에 포함되어 있다가 '불'을 통과하면서 전혀 새로운 모습으로 나타난다. 그러므로 흔히 '물과 불의 결합'이라고 부르는 것도 좀더 정밀하게 말하자면 '불에 의한 물의 생성'이라고 표현할 수 있을 것이다.

그렇다면 '불'과 '물'은 서로 대립적이기만 한 것이 아니라 상호보완적이며 존재의 재생 또는 탄생에 있어 불가분의 관계를 가지고 있다고 말할 수 있겠다. 『虛無集』이라는 시집 제목 때문인지 강은교는 '허무의 시인'으로 불리곤 했다. 그러나 물과 불을 통한 역동적 생명력을 통해 그가 찾아낸 것은 '허무' 자체가 아니라 허무를 딛고 부단히 나아가려는 정신의 '운동'이었다. 또한 허무를 극복하기 위해서는 허무에 대해 좀더 철저한 인식이 필요했던 것이리라.

그러므로 「우리가 물이 되어」에서 불이 지난 뒤에 물로 만나자

는 기약은 불에 던져진 지금의 '고통'을 견뎌내겠다는 의지와 다
르지 않다. "벌써 숯이 된 뼈 하나가/ 세상에 불타는 것들을 쓰다
듬고 있"는 모습 속에서 "만리 밖에서 기다리는 그대"는 마침내
'한방울의 물'로 태어날 것이기에.

시대의 염의를 마름질하는 손

고정희의 시

고정희(高靜熙) 시인은 첫 시집『누가 홀로 술틀을 밟고 있는
가』를 낸 1979년부터 1991년 지리산에서 갑작스러운 죽음을 맞이
하게 될 때까지 11권의 시집을 남겼다. 그가 세상을 떠난 지 10년
만에 다시 그의 시집들을 읽으면서 우선 그 왕성한 창작열과 실험
정신에 놀라지 않을 수 없었고, 80년대를 온몸으로 돌파해낸 정신
의 족적에 경의를 표하지 않을 수 없었다. 황무지와 같았던 여성
시의 영역을 개척한 그의 노력이 없었다면 90년대 이후 여성시의
개화가 어떻게 가능할 수 있었겠는가. 그리고 서정시의 좁은 틀
을 과감하게 부수고 새로운 미학적 방법들을 부단히 탐구했다는
점에서, 부정의 현실 속에서 정치적으로나 성적으로 금기시되던
시적 언술들을 해방시켰다는 점에서 그 선구적인 역할은 인정할

만하다.

그럼에도 불구하고 이제까지 고정희에 대한 평가는 기독교 시인이라는 종교적 범주 안에서, 또는 생경하게 목소리만 높은 페미니스트나 민중주의자로 단순화되고 일면화된 측면이 없지 않다. 이런 현상은 우선 시인에 대한 전체적인 이해의 기반이나 객관적 거리가 충분히 확보되지 못한 데서 생겨난 것이지만, 현대시사를 소재나 주제 중심으로 분류해온 도식적 태도 때문이기도 하다. 고정희의 시를 이해하는 데 있어 거론하지 않을 수 없는 '기독교' '민중' '여성'이라는 화두는 그대로 80년대 이래 한국 현대시가 통과해온 주요한 필터에 해당한다. 그러나 그 문제들을 통합해내려는 시도는 별로 없었던 것으로 보인다. 고정희를 현싯점에서 새롭게 주목하게 되는 것은 그러한 통합이 얼마나 절실하면서도 어려운 과제인가를 여실하게 보여주는 텍스트이기 때문이다.

실제로 이 세 층위는 서로 연결되거나 친연성을 가지기도 하지만, 근원적으로는 각기 다른 세계관을 기초로 하고 있기 때문에 조화보다는 충돌을 일으킬 때가 더 많다. 그런데 고정희의 시는 그 어느 한 범주 안에 안주하기보다는 그 거대한 축들 사이의 충돌과 긴장을 정신의 고유한 동력으로 삼고 있다. 그의 시가 몇개의 수식어로 쉽게 포괄되기 어려울 만큼 광범위한 문화적 토양과 시적 형식을 지니는 것도 여기서 비롯한다. 따라서 고정희의 시에 대한 단편적인 이해를 넘어서기 위해서는 그 세 층위들간의 간극이 일으키는 갈등 양상과 그것이 통합·변화되어가는 역동적 과정에 주목해야 한다.

이 글에서는 특히 그 역동적 과정을 관류하고 있는 '죽음'에 대한 인식을 살펴봄으로써 고정희 시의 존재 기반을 밝혀보려고 한다. 고정희에게 '죽음'은 종교적인 문제이자 사회·역사적인 문제였고, 또한 여성 문제와도 연결되어 있었다. 첫 시집의 첫 시에서부터 마지막 시집의 마지막 시에 이르기까지 그의 시는 죽음의 그림자들로 미만(彌滿)해 있다. 죽음에 대한 집요한 의식이 그로 하여금 죽음을 향한 때이른 걸음을 딛게 한 것인지도 모르겠지만, 그런 징후는 개인적 운명에 대한 예언을 넘어서 시대적인 죽음을 현시하고 있다. 그는 시대의 죽음을 정화하고 치유하기 위한 '제의'로서의 시적 형식을 탐구했던 것이다. 고정희 시인이 짧은 생을 다해 닦았던 "보속(補贖)의 거울"(「사십대」)은 그 '살아 있는 죽음'을 통해 오늘의 '죽어 있는 삶'을 비추어주고 있다.

1. 아우슈비츠, 낙원 밖의 삶

『누가 홀로 술틀을 밟고 있는가』(배제서관 1979)와 『실락원 기행』(인문당 1981)에 실려 있는 고정희의 초기시는 종교적 성향이 강한 편이다. 그렇다고 해서 이 시기의 시들이 단순히 성서의 비유나 어법만을 차용하는 데 머무르는 것은 아니다. 이 시들은 현실을 어둠으로 가득 찬 '실락원'으로 인식하고 있고, 그 어둠을 밝힐

"찬란한 빛의 임재," 또는 낙원의 복원을 끊임없이 모색하고 있다는 점에서 기독교적 세계관의 전형을 보여준다. "에덴은 여전히 불꽃에 싸이고/당신들 영혼은 江岸에 갇혔다"(「살풀이」)라든가 "우리는 영원히 낙원 밖을 떠돌며/일생을 두고 칼 아래 붙박혀/검불 같은 목숨 한쪽 버티는 거야/버티다 버티다 사라지는 거야"(「巡禮記 4」) 등의 구절에서도 낙원으로부터 쫓겨난 자의 의식이 잘 나타나 있다.

> 낙원으로 들어가는 문은 굳게 잠기고
> 어둠속에 떠도는 하나님의 불칼 아래
> 독 묻은 열쇠 하나 빛나고 있었지
> 외로울 때 만지고 말
> 독 묻은 열쇠 하나
> 수천년 낙원 밖에 기다리고 있었지
>
> ──「失樂園 記行 2」 부분

보세요. 일렬 횡대로 서서 유태인의 고아들이 가고 있어요. 아우슈비츠로 가고 있어요. 노래를 부르며 가는 고아들은 아우슈비츠로 가는 고아들은 히틀러의 장난감을 만지작거리며 행복한 꿈에 젖어 가고 있어요. 고요히 제 몫의 삶 빛내는 햇살처럼 행복한 꿈에 출렁이며 가는 고아들, 조금만 더 가면 홍해를 건너고 조금만 더 가면 천국으로 들어가는 꿈, 꿈 같은 궁전으로 들어가는 꿈, 하느님의 축제에 들어가는 꿈을 꾸는 고아들이 일렬 횡대로 서서 가고 있어요.

　　조금만 더 가면 홍해를 건너요
　　조금만 더 가면 천국으로 들어가요
　　조금만 더 가면 아으,
　　하느님의 축제가 기다리고 있어요
　　　　　　　　　　　　　　　　　　──「迷宮의 봄 6──축제」 부분

　인용한 두 시는 낙원 자체를 노래하기보다는 그 낙원에 도달하
는 과정으로서의 삶이 결국 죽음을 향한 행진과 다를 바 없음을
말하고 있다. "어둠 속에 떠도는 하나님의 불칼 아래/독 묻은 열
쇠 하나 빛나고 있"다 해도 그 열쇠를 집는 순간 낙원으로 가는 길
은 끊어져버릴 위험에 놓여 있기 때문이다. 두번째 시에서는 홍해
를 건너 천국으로 들어가는 행렬을 "아우슈비츠로 가는 고아들"
에 비유하면서 섬뜩한 살육의 현장을 죽음의 카니발로 묘사하기
도 한다. 이처럼 비관적인 세계인식을 보이는 한편 특유의 건강성
또는 낙관성이 드러나기도 하는데, 그것은 바로 기독교의 메시아
니즘과 관계가 깊다.
　실락원 이야기는 신의 편에서는 추방의 선포이지만 인간의 편
에서는 탈출의 드라마라고 할 수 있다. 그러기에 그 이야기 속에
는 인간의 선과 악의 문제만이 아니라, 왜 인간은 고통을 겪어야
하며 어디에도 정착하지 못하고 고향을 그리워할 수밖에 없는 존

재인가, 왜 인간은 죽음을 향한 존재일 수밖에 없는가 등의 문제
가 들어 있다. 구약성서의 내용 역시 요약하자면 실락원과 출애굽
이라는 두 사건의 변주로 볼 수 있다. 죄의 댓가로 아담과 이브가
에덴을 떠날 수밖에 없었다면, 출애굽은 새로운 인간의 역사를 세
우기 위한 과정을 의미한다. 안병무(安炳茂)의 표현처럼, 인간의
역사는 이처럼 끝없는 탈(脫)과 향(向) 사이의 도정(道程)이다.

고정희 시에 「디아스포라」 연작이 많은 것도 그가 현실을 정신
의 '가나안'에 도달하기 위해 거쳐야 할 '광야' 생활로 여기고 있
음을 보여준다. 특히 「迷宮의 봄」 「아우슈비츠」 「失樂園 記行」 「巡
禮記」 등의 연작들은 고통스러운 현실을 견디며 신의 임재를 기다
리는 실존적 자세를 바탕으로 삼고 있다. 이 시들에서 기다림의
대상은 '그대-어머니-고향-낙원-가나안-하느님'으로 전이
될 수 있다. 고정희의 시는 '아우슈비츠'와 같은 현실과 '에덴' 또
는 '가나안'이라는 이상 사이에서 느끼는 절망을 노래하면서도 그
절망을 넘어 구원에 이르려는 갈망을 동시에 보여준다.

이때, 유일신으로서 '야훼'를 인정하고 신의 섭리로서 역사를
바라본다는 것은 현실참여적인 경향의 다른 작가들과 비교해볼
때 고정희에게 또하나의 난관을 제공하는 것으로 보이기도 한다.
"고정희의 시는 마치 김수영의 시가 그러했듯이 시인을 깨어 있지
못하게 하는 외부의 억압과의 싸움으로 점철되어 있다. 그러나 그
와 김수영이 다른 것은 김수영이 억압자와의 싸움을 시인의 근원
적인 싸움이라고 생각한 것에 견주어 그는 인간에겐 그 억압을 받

아들이려는 무의식적인 속성이 있다고 생각하는 것"(『실락원 기행』 뒤표지글)이라는 김현의 지적은 바로 "자기보다 더 큰 힘"에 대한 긍정이 고정희의 시적 싸움을 근거짓는 중요한 요소이자 한계임을 간파해내고 있다.

> 고통과 설움의 땅 훨훨 지나서
> 뿌리 깊은 벌판에 서자
> 두 팔로 막아도 바람은 불듯
> 영원한 눈물이란 없느니라
> 영원한 비탄이란 없느니라
> 캄캄한 밤이라도 하늘 아래선
> 마주잡을 손 하나 오고 있거니
>
> ──「상한 영혼을 위하여」 부분

이 시에서도 구원의 가능성은 "하늘"로부터 오고 있다. '하늘'로 표상되는 초월자는 "뿌리 깊은" 믿음의 대상으로서 시인으로 하여금 모든 고통과 설움을 넘어서게 하는 힘을 제공한다. 그러나 이러한 메시아주의적 색채에도 불구하고 고정희의 시는 개인적인 차원의 구원이나 신비화된 초월의 방식에 빠져들지는 않는다. 그의 기독교적 인식은 줄곧 정의를 결여한 시대와 고통받는 민중의 현실에 대한 비판과 결합되어 있기 때문이다.

고정희 시가 갖는 이 두 개의 환부를 지적하면서 김주연(金柱

演)은 "고정희 시의 발상이 원천적으로 기독교에서 발원하고 있음에도 불구하고 그의 시에 전통적인 恨의 그림자가 많은 것은 이 까닭"(『이 시대의 아벨』 해설)이라고 설명한다. 같은 글에서 그는 민중의 고통을 노래한 다른 시들과 고정희 시가 갖는 변별성에 대해 다음과 같이 설명한다. 고정희의 시는 사회과학적 발상보다는 종교적 비전 속에서 구원의 가능성을 찾고 있으며, 현실에 대한 일방적인 비판보다는 근원적인 죄의식에 기초한 시적 자아가 사랑의 중요성을 깨달아가는 과정을 보여준다는 것이다. 위의 시를 보아도 시인이 찾는 구원의 가능성은 "하늘 아래" 있는 것이기는 하지만, 하늘 자체보다 "마주잡을 손 하나"에 있다. 이는 곧 기독교적 세계관이 인본주의와 결합한 역사의식의 소산이라고 할 수 있다.

그래서인지 고정희의 초기시에는 어둠을 물리치려는 의지보다는 어둠을 어둠으로서 끌어안으려는 실존적 몸부림이 더 강하게 나타난다. 낙원에의 갈망을 지니면서 지금 여기의 삶을 견디는 일이란 "더 큰 어둠의 땅으로 내려오고 내려오고 내려오는 일"(「서울사랑—어둠을 위하여」)이라고 그는 말한다. 그러한 공동체의식과 역사의식이 기독교적 세계관과 긴밀하게 결합되면서 견고한 형상미를 지닌 시집이 『이 시대의 아벨』(문학과지성사 1983)이다. 이 시집에서 상처받고 압박받는 민중의 대명사로 '아벨'을 선택하고 있는 것은 매우 상징적이다. 정착민인 카인이 유목민이었던 동생 아벨을 죽인 인류 최초의 살인사건을 통해 시인은 온몸이 찢겨져 땅에

묻혔으나 결코 은폐될 수 없는 약자의 목소리를 복원하는 동시에
강자의 불의를 질타한다.

> 오 아벨은 어디로 갔는가
> 너희 안락한 처마 밑에서
> 함께 살기 원하던 우리들의 아벨,
> 너희 따뜻한 난롯가에서
> 함께 몸을 비비던 아벨은 어디로 갔는가
> 너희 풍성한 산해진미 잔치상에서
> 주린 배 움켜쥐던 우리들의 아벨
> (…)
> 어둠의 골짜기로 골짜기로 거슬러오르던
> 너희 아벨은 어디로 갔는가?
>
> ──「이 시대의 아벨」 부분

그런데 『이 시대의 아벨』에서 그는 시대의 타락과 불평등을 질
타하면서도 그것이 꼭 사회·역사적인 차원의 민중해방만을 의미
하지 않음을 밝히고 있다. "나의 시가 관심하는 문제는 삶 자체이
지 결코 이념의 문제가 아니라고 생각해왔다"(『이 시대의 아벨』 뒤표
지글)는 말이나 "'민중'을 신분이나 계급으로 규정짓는 것이 아니
라 그의 결단의 자리, 그의 신념의 방향에 의해 좌우되는 문제"(고
정희 「민중과 시」, 김우규 편 『기독교와 문학』, 종교서적 1992, 447면)로 봐야

한다는 말이 그 예이다. 그렇다면 그의 시적 지향은 사회·역사적인 '민중해방'보다는 참된 민주적 공동체를 만들기 위한 기독교적 '자유의지'에 더 가깝다고 할 수 있겠다.

이런 점들을 고려할 때, 고정희의 기독교적 세계관이 초기에는 민중적인 또는 여성해방적인 입장과 그리 순탄한 결합을 보이지 못하는 이유가 조금은 선명해진다. 그러한 부조화의 증표가 고정희 초기시에서 종종 발견되곤 하는데, 예컨대 고향의 철쭉제를 노래하면서 "다시 돌아올 수 없는 강/완벽하게 쓰러진 성벽에 앉아/하프를 뜯으며 타오르는 사람들아/타오르다 타오르다 숯이 되는 사람들아/고향땅 천리 밖에 두 눈 감아도/이 깊고 공고한 칠흑의 계곡에/그대들 꽃불은 환히 와 닿는구나"(「철쭉제」)와 같은 구절을 들 수 있다.

여기서 '하프'라는 이국적인 악기는 단순한 소도구 이상의 의미를 지닌다. 우리나라의 전통 악기 대신 하프가 들어간 것은, 자신의 '고향'에 대한 그리움을 히브리인들의 '가나안'에 대한 그리움과 등치시킴으로써 그 상징적인 차원을 확장하려는 의도가 아니었나 싶다. 그러나 '하프'와 '철쭉제'라는 두 기호가 일으키는 문화적 마찰은 생각보다 근본적인 것일 수도 있다. 『이 시대의 아벨』이 발간된 1983년에 마당굿 형식의 장시집 『초혼제』가 나란히 나온 것은 그 문화적 간극을 넘어서려는 시도로 여겨진다.

2. 시대적 죽음과 제의의 형식

『초혼제』(창작과비평사 1983) 후기에서도 밝히고 있듯이, 마당굿 형식을 차용하게 된 것은 인간성 회복의 문제를 다루되 그것을 서구적 취향에서 벗어나 우리의 전통적 가락을 새롭게 접목시키기 위해서였다고 한다. 첫 시집의 「짜라투스트라」와 같은 서구적 취향을 짙게 풍기는 시가 「우리들의 殉葬」으로 개작된다든지, 4·19나 오월항쟁 등을 둘러싼 구체적이고 체험적인 역사가 도입되는 것도 비슷한 맥락이다.

자연히 초기시에 자리잡고 있던 비가적 분위기나 알레고리적 수법은 풍자적 미학에 힘입은 활달한 민중적 언어의 구사로 바뀐다. 이처럼 슬픔의 국적을 찾는 작업의 일환으로 한국적인 언어와 풍습과 시대인식을 결합하려는 시도는 위에서 언급한 문화적 마찰을 해소하기 위해서였다. 또한 김정환(金正煥)의 지적(『초혼제』 발문)처럼, 개인적인 구원과 고통의 문제로 고민하던 기독교주의에서 벗어나 시인이 이제 '3인칭의 바다'에서 민중의 고통을 발견하였음을 의미한다.

> 물러가라 물러가라 도시귀신 물러가라
> 꼭두새벽부터 일어나 식은 밥 한숟갈 뜨는둥 마는둥
> 십리 공장길 걸어 지하 3층으로 내려가
> 한여름 같은 기계실에 혼 빼주고 넋 빼주고

마음도 다 빼주니

한달 수입이 3만 5천원이라

구내식당비 5천원 주고

인세 갑근세 주민세 사글세 문화세 주고 나면

빈―주먹이나 먹어라 사람 없구나

(징소리―장고소리―북소리에 맞춰 한바퀴 칼춤을 휘두른 뒤 박수
고개꺾기.)

―「사람 돌아오는 난장판」'둘째마당' 부분

김정환은 『초혼제』 발문에서 이 시집의 두드러진 특징을 고향
정신과 풍자정신의 결합으로 보고, 고정희의 이러한 작업을 김지
하의 풍자미학과 비교한다. "김지하의 경우는 그것이 체질적이고
자연스러운 것으로 보이는 반면 고정희에게서는 그것이 무언가
어색해 보이는데 이는 고정희가 '공공연한' 기독교 신자이기 때문
인 듯싶다. 김지하의 '밥'은 고정희의 '빵'이며 김지하의 '술'은 고
정희의 '포도주'인 것이다." 이 말 속에는 기독교적 요소를 억압하
면서 이루어지는 전통양식의 차용보다는 기독교적 세계관을 좀더
일상화된 체험으로 밀어올림으로써 고통의 보편적 차원을 보여주
는 것이 고정희의 진면목이라는 주문이 포함되어 있다.

　물론 고정희의 시가 풍자적 형식을 차용함에 있어 충분히 체질
화되지 못했다는 평가에는 어느정도 동의할 수 있다. 하지만 그것
을 과연 남성적 풍자방식의 미달태로 볼 것인가에 대해서는 재고

해보아야 한다. 고정희의 마당굿시를 현실 풍자의 '무기'로서 볼 때 내려질 만한 이런 평가와는 별도로, 시인이 그러한 형식을 선택한 의도는 정작 다른 데 있었는지도 모른다. 물론 『초혼제』 속에는 다양한 민예형식과 리듬이 들어와 있고, 공격적이고 해학적인 풍자의 칼날이 번득이고 있는 부분도 적지 않다. 그런데 가장 주된 형식인 마당굿의 경우는 현실에 대한 '풍자'보다는 죽은 영혼에 대한 '진혼'과 '정화'의 의식에 더 가깝다. 특히 「還人祭」의 경우 전체가 불림소리, 조왕굿, 푸닥거리, 삼신제(三神祭), 환인제(還人祭), 이렇게 다섯 마당으로 구성되어 있는데, 굿이 진행되는 동안 시적 화자로 설정된 무당은 억울하게 죽은 영혼들을 위로하고 간곡하게 살아 돌아오기를 기원한다.

고정희의 시에서 죽음은 더이상 '주제적 죽음'에 머물러 있지 않고 문학적 장치로서 죽음을 직접 살아내는 '기능적 죽음'으로 나아간다. 고현철은 「한국 현대시와 장르 패러디」(『한국 현대시와 패러디』, 현대미학사 1996)에서 1980년대에 고정희나 하종오 등에 의해 무가(巫歌) 패러디가 이루어지는 현상을 광주항쟁을 통한 죽음의 체험에 기인하는 것으로 보았다. 이러한 굿시들은 사회비판적 기능을 수행함과 동시에 '집단적 저류'를 형성하는 사회통합적 기능을 수행한다. 그리고 죽은자에 대한 진혼을 통해 산자들의 자기결단으로 나아가는 과정을 내포한다는 점에서 굿시는 '기능적 죽음'으로서의 역할을 담당하게 된다는 것이다.

이처럼 죽음의 제의를 통해 삶을 정화하고 치유하려는 문학적 시도로는 일찍이 강은교의 「비리데기의 旅行노래」 연작이나 「黃昏曲調」 연작이 있었다. 최근 무조신(巫祖神)인 바리데기 설화를 재해석하면서 거기서 여성적 글쓰기의 존재론적 기반을 읽어내는 김혜순의 작업도 그 연장선상에 있다. 이런 작업에서 드러나는 것은 여성시에서 '굿형식'의 도입이 남성적 풍자방식과는 전혀 다른 미학적 효과를 배려한 것이라는 사실이다. 굿의 주술성은 삶과 죽음의 경계를 넘어 영혼을 치유하는 역할을 하며, 그것이 지닌 구어체적 언어방식은 수많은 타자들이 자유롭게 대화할 수 있는 연행의 공간을 가능하게 한다. 바로 이 점에서 굿형식은 여성성 또는 여성적 글쓰기와 밀접한 연관을 맺어왔다.

실제로 고정희는 민중성과 여성성의 탐구가 단순히 주제적인 데 그치지 않고 '문체'의 변화를 동반해야 된다는 것을 일찍부터 자각하고 있었던 듯하다. 여러 글에서 여성적 문체의 필요성을 강조하기도 했고, 공교롭게도 그가 마지막으로 '또하나의 문화' 월례발표회에서 발표한 주제 또한 「여성주의 리얼리즘과 문체혁명」이었다. 고정희의 시에 도입된 굿형식은 기독교적 정신과 샤머니즘의 정신적 융합이 가져다준 시적 고뇌의 산물로서, 시적 정체성의 전환을 보여주는 중요한 징후로 볼 수 있다. 김승희가 『초혼제』에 나타난 형식의 변용을 "기독교적, 일신교적 아버지의 이름 안에서 더이상 정체성을 구하지 못하고 자신이 그 상징질서 속의 타자임을 인식하여 '어머니들의 세계'로 몸을 돌리고 있음을 보여주는 장치"(『현대시 텍스트 읽기』, 태학사 2001, 215면)로 보는 것은 그런 의미에서 매우 적절하다.

물론 『초혼제』가 나오던 당시만 해도 굿이나 판소리 사설조, 민요체 등의 구비적 문학형식들이 여성적 글쓰기의 주된 전략으로 인지되지는 못했다. 바로 그렇기 때문에 『초혼제』의 형식이 지니는 실험성은 빛나는 대목이 있다. 「還人祭」「사람 돌아오는 난장판」 등이 지니는 문학적 의미는 현실 비판을 위한 전통형식의 현대적 변용이나 풍자정신의 채택에만 머무르지 않는다. 역사의 원혼들을 달래는 주술적인 효과와 그를 통한 여성적 글쓰기의 탐색으로 나아가고 있다는 점에서 그 시들의 의미를 찾을 수도 있겠다.

그럼 고정희는 왜 합리적인 현실 비판 대신에 죽은 영혼들을 부르고 살려내는 '주술적 제의'의 언어를 선택했을까. 그것을 해명하기 위해서는 먼저 시인의 의식과 무의식 깊이 자리잡고 있는 '희망'과 '죽음'의 관계를 살펴볼 필요가 있다. 고정희는 『초혼제』 후기에서 "결국 나는 '죽어 있는 삶'과 '살아 있는 죽음'에 대해 많은 콤플렉스를 숨기고 있었는지도 모른다"고 고백한 바 있다. 이 말처럼 '죽음'에 대한 선험적인 인식은 이미 초기시에서부터 강렬하게 나타나고 있었다.

어둠과 나란히 돌아와
문에 굳게 잠긴 열쇠를 끄를 때
문틈에 꽂힌 하얀 봉투가
저승에서 부쳐온 喪章임을 알았다

깊은 밤 내 남은 삶에

검은 리본을 꽂고

喪章에서 떨어지는 주검을 쓸어모아

수년째 잠든 죽지 못박고 있을 때

밖을 적시는 게 비인 것을 알았다

──「예수 前上書 1」 부분

　죽음에 대한 이 섬뜩한 예감은 윤동주(尹東柱)의 "故鄕에 돌아
온 날 밤에/내 白骨이 따라와 한방에 누웠다"(「또다른 고향」)는 구
절을 연상케 한다. 그리고 "깊은 밤 내 남은 삶에/검은 리본을 꽂
고/喪章에서 떨어지는 주검을 쓸어모아/수년째 잠든 죽지 못박
고 있"는 모습은 시대를 대속해 스스로의 삶을 못박은 예수의 수
난과 고스란히 겹쳐진다. 초기의 이러한 인식이 기독교적 실존을
바탕으로 하면서 다소 관념적인 차원에 머물러 있었다면, 그것이
좀더 공동체적 차원을 확보하는 것은 '오월 광주'라는 시대적 죽
음을 통과하면서부터였다. 그 참혹한 죽음의 사건에 대한 진혼곡
으로서 나오게 된 시집이 『초혼제』를 비롯해 『저 무덤 위에 푸른
잔디』 『광주의 눈물비』 등이다.

　입 열개라도 어미는 외로와

　귀 스무개라도 어미는 멍멍이

저승 극락세계라도 이승만 못해

몇 굽이 돌아오는 추위에 기대어

빈 자리 적막에 기대어

장승백이 웅지 밑에 기대어

사시나무 떨듯 기다리는 어미

갸륵해라 갸륵해라 갸륵해라

다만 사람 하나 간절한 방

떠난 그대 殮衣를

마름질하는 손

(마름질하는 손. 〔추임새〕 불이 꺼진다.)

—「還人祭」 '다섯마당' 부분

　이 부분은 「還人祭」의 마지막 장면이다. 여기서 삶과 죽음의 경
계를 드나들며 한 개인의 영혼뿐 아니라 잘못된 역사를 돌이키고
화해에 이르도록 도와주는 주술적 목소리의 중심에는 '어머니'의
이미지가 가로놓여 있다. 그런데 어머니는 독립된 입과 귀를 가진
얼굴로서가 아니라 "다만 사람 하나 간절한 방"에서 "떠난 그대
殮衣를/마름질하는 손"으로 나타난다. 「상한 영혼을 위하여」라는
시에서 구원의 가능성을 "마주 잡을 손 하나"에서 찾았던 것처럼,
이 시에서 어머니가 앉아 있는 공간 역시 "다만 사람 하나 간절한
방"일 뿐이다. 남성적 풍자방식이 지닌 미학적 파괴력이나 현실적

파급력에 비하면 이러한 제의적 언어는 다소 무력해 보이기도 한다. 그러나 의사(疑似) 죽음이 만연한 시대에 순결한 죽음의 옷 한벌을 마름질하는 '어머니'의 손은 이데올로기적인 비판이 감당할 수 없는 근원적인 영역으로 우리를 인도한다. 그런 점에서 고정희의 시적 관심이 '여성성'으로 무게중심을 옮겨가는 것은 지극히 자연스러운 일이다.

3. 유랑하는 이브에서 어머니 하느님으로

고정희에게 있어 여성 문제가 본격적인 주제로 표출되기 시작한 것은 『저 무덤 위에 푸른 잔디』(창작과비평사 1989)부터라고 볼 수 있다. 아마도 1984년 '또하나의 문화' 창립 동인으로 참여하게 된 것이 여성 문제에 대한 관심을 좀더 체계화시킬 수 있는 계기였을 것이다. "한편에서는 여성의 고통을 가볍게 아는 '머슴아'들에 치이고, 다른 한편에서는 민족의 고통을 가볍게 아는 '기집아'들에 치이면서, 그 틈바구니에서 누구보다 무거운 십자가를 지고 살던 그대"(『또하나의 문화』 9호. 70면)라는 조혜정(趙惠貞)의 조사(弔辭)처럼 고정희는 기독교적 세계관과 민중적 세계관의 갈등을 거쳐 다시 여성해방적 입장을 그에 통합시키려는 노력을 감행한다. 그 세 가지 층위를 분리가 아닌 상호보완의 관계로 밀고 나가려고 하기 때문에, 그는 그러한 갈등의 증폭을 스스로 '행운'이라고 부를 수 있었다.

고정희는 여성성의 원형뿐 아니라 가장 본래적인 인간성의 모델을 '어머니'에게서 찾고 있다. 그의 시에서 '어머니'는 참으로 다양한 의미망을 거느리고 있고, 시기에 따라 변모되는 모습을 보인다. 초기시에서는 어머니가 '이상향' 또는 '고향'의 동의어로서 다소 낭만적인 동경의 대상으로 나타난다. '어머니'가 되기 이전의 '유랑하는 이브'의 시절이 고정희에게도 있었던 것이다.

아이 하나 낳고 싶어서
때늦기 전 아이 하나 얻고 싶어서
삼백육십날 비린 구토에 젖은 여자
능수버들로 서서 풍상 비끼고
나무등걸로 서서 한세월 버티면서
뼈마디 욱신대는 노동 휘어잡고
온갖 비린 것들은 풀무질하는 여자

—「유랑하는 이브의 노래」 부분

이 시뿐 아니라 고정희의 초기시에는 '어머니가 될 수 없는 슬픔'이 종종 토로되고 있다. 「방랑하는 젊은이의 노래」에서도 "어머니일 수 없는 나는/어머니인 千在純을 보았어 그것은/나와 千在純의 거리일 수도 있지만/어머니인 자와 어머니일 수 없는 자의/고독일 수도 있어 늘 웃는 자와/웃을 수 없는 자의 아픔일 수도 있어／집이 그리운 자의 눈물일 수도 있어"라는 구절이 나온다. 그리고 이러한 갈망이 "人力으로만 될 일은 아니기에／드디어 한 알 밀알로 썩는 여자"가 되기로 마음먹는다. 그것은 딸로서 죽고 어머니로서 다시 태어남을 의미한다. 이러한 변화에는 어머니의 죽음도 한 계기가 되는데, 『지리산의 봄』(문학과지성사 1987)에서 어머니의 부재가 주는 상실감은 '눈물'의 잦은 출몰을 불러오기도 한다.

　그러다가 『저 무덤 위에 푸른 잔디』에 이르면 '어머니'는 수난 받는 여성의 대표이자 역사적 해원(解寃)의 주체로서 등장하게 된다. 이 시집에서 '어머니'는 "마음 어질기가 황하 같고／그 마음 넓기가 우주천체 같고／그 기품 높기가 천상천하 같은"(「사람의 본이 어디인고 하니」) 대모신으로까지 격상된다. 그러나 시집의 중심을 이루고 있는 것은 어머니에 대한 예찬이나 미화가 아니라, 탄생부터 죽음까지가 질곡과 억압으로 가득한 여성의 역사이다. 특히 「넷째거리 — 진혼마당」에서는 '오월'로 대변되는 어머니의 슬픔을, 「일곱째거리 — 통일마당」에서는 분단의 슬픔을 노래함으로써 여성의 역사를 민족의 역사와 결합시키고 있다. 그리하여 『광주의 눈물비』에 나오는 "저 죄악의 대낮에／피에타 피에타 피에타／얼굴 없는 시신을 가슴에 파묻으며／광주의 누이들이 울부짖었다／어머니 하느님이 울부짖었다"(「통곡의 행진 — 암하레츠 시편 7」)에 이르면 '하느님 아버지'는 마침내 '어머니 하느님'이 되어 있다.

『여성해방 출사표』(동광출판사 1990)에서는 여성 문제에 대한 인식이 좀더 심화될 뿐 아니라 다양한 시적 방법론이 구사된다. 「이야기 여성사」 연작을 통해 시인은 여성의 역사(歷史가 아니라 逆史)를 다시 쓰기도 하고, 신사임당, 황진이, 이옥봉, 허난설헌 등 조선조 여성들의 목소리를 빌려 서간체 형식을 취하기도 한다. 이러한 형식은 시공의 경계를 넘어선 대화를 가능케 하고 현대의 여성 문제를 새로운 각도로 바라보게 한다.

『여성해방 출사표』와 『광주의 눈물비』가 나온 1990년에 고정희는 필리핀에서 '탈식민지 시와 음악 워크샵'에 참여하게 된다. 그곳에서의 체험을 기반으로 씌어진 시들이 바로 유고시집 『모든 사라지는 것들은 뒤에 여백을 남긴다』(창작과비평사 1992) 속에 들어있는 「밥과 자본주의」 연작이다. 특히 제3세계 매춘여성들의 삶을 그린 부분은 앞선 장시들에서 충분히 발휘되지 못한 풍자적이고 해학적인 묘미가 활달하게 살아난다.

이런저런 물건들이
그 잘난 좆대가리 하나씩 들고
구멍밥 고파 찾아오는 곳이 홍등가여
그러니까 홍등가는 구멍밥 식당가다, 이거여
그것도 다 정부관청 인가받은 업소이제
아 막말로 지 구멍 팔아먹는 장사처럼
정직한 밥장사가 또 어디 있으며

씹할 때처럼 확실한 인간이 또 있어?

      —「밥과 자본주의—몸 바쳐 밥을 사는 사람 내력 한마당」
         '구멍 팔아 밥을 사는 여자 내력 한대목' 부분

 조옥라(趙玉羅)는 이 시를 두고 '어머니'에 대한 혈연적인 집착을 넘어선 '자매애'의 실현이라고 말한다(『모든 사라지는 것들은 뒤에 여백을 남긴다』 발문). 일부의 페미니스트들에게는 고정희의 '어머니'에 대한 집착이 아무리 저항적인 메씨지를 동반하고 있다 해도 가부장제를 용인하고 강화시키는 기제로도 작용될 수 있다는 점에서 다소 불편하게 받아들여졌을 것이다. 그런 입장에서 보자면 시인이 여성 문제에 대한 좀더 폭넓은 관심과 구조적인 접근을 보였다는 점은 환영할 만한 일일 것이다. 또한 『저 무덤 위에 푸른 잔디』에서 굿의 형식을 채용하면서도 구어체적 특성을 충분히 살리지 못했던 것에 비하면, 「밥과 자본주의」 연작에서 구사되는 과감한 사설조의 가락은 비판적인 주제의식에 걸맞은 활달한 문체로 자리잡은 느낌이다. 이것은 문학적 숙련의 결과이기에 앞서 여성 문제에 대한 인식과 체험이 보다 구체화되고 성숙해진 결과로 여겨진다. 그리고 대상에 대한 감정적 거리를 확보함으로써 오히려 문제를 객관화시킬 수 있었던 덕택이기도 하다.

 그런데 이와 비슷한 시기에 씌어져 시인이 세상을 떠나기 6개월 전에 나온 연시집 『아름다운 사람 하나』(들꽃세상 1990)는 유고 시집 『모든 사라지는 것들은 뒤에 여백을 남긴다』와는 여러모로 대조적이다. 두 시집 모두 고정희 특유의 거침없는 정서와 어법은 유지되고 있지만, 『모든 사라지는 것들은 뒤에 여백을 남긴다』의 비판적인 사회의식과는 달리 『아름다운 사람 하나』에서는 지극히 개인적인 사랑에 고뇌하고 있는 모습이 역력하다. 이러한 차이는 고정희 시인의 시세계가 그만큼 폭넓고 다채로운 것임을 보여주는 증거일 수도 있지만, 개인과 공동체 간의 문제, 또는 실존적 차원과 관념적 차원이 다소 분리된 형태로 표출되고 있는 것이 아닌가 하는 생각을 갖게 하기도 한다. 특히 연시집인 『아름다운 사람 하나』에 대해 감정이 걸러지지 않은 채 날것으로 분출되고 있어 통속성의 위험을 보이고 있다고 한 박혜경(朴惠慶)의 지적(「연시와 통속성의 문제」, 『한길문학』 1991년 봄호)은 이 시집 전체는 아니라 해도 일부의 연시에는 해당될 수 있는 말이다.

고정희의 현실비판적 시들 중에서도 감정적 몰입과 스케일에 대한 강박이 강한 나머지 충분한 미적 거리를 확보하지 못한 경우를 종종 발견할 수 있다. "예술작품이 정치적 상황과 밀접한 관계를 가질수록 그만큼 더 사회변혁을 가능케 하는 계급간의 갈등과 변혁의 본질적인 궁극의 목표를 격감시킨다. 이런 의미에서 브레히트의 교훈적인 희곡보다는 보들레르나 랭보의 시에서 훨씬 더 변혁의 가능성을 가진 잠재력이 있다고 할 수 있다"(『예술의 미학적 차원』, 박순광 옮김, 영학 1982, 20~21면)는 마르쿠제의 말을 반추해볼 때, 고정희의 시 역시 정치적인 문제에 대한 직설적인 토로나 비판에 그치는 경우 그 진지하고 정당한 문제의식에도 불구하고 시로서는 변혁의 가능성을 덜 가지는 것을 볼 수 있다. 그러나 이런 한계마저도 삶과 시에 대한 그의 지칠 줄 모르는 열정과 속도가 빚어낸 추월에서 비롯된 것인지도 모른다.

앞에서 말한 것처럼 고정희는 기독교, 민중, 여성이라는 커다란 화두들을 자신의 내면 속에서 하나로 녹여내려고 했던 용광로 같은 시인이었다. 이 화두들은 대체로 순차적인 양상으로 작품의 문면에 드러나고 있지만, 그것은 강조점이 옮겨갈 뿐이지 내부에서는 계속 중첩되거나 혼재되어 있음을 볼 수 있다. 그 세 층위가 서로 의심없이 '분리'된 양상으로 나타날 때보다는 정직한 '균열'과 '부재'를 통해 드러날 때 고정희의 시는 정치적 선언이나 윤리적 호소 이상의 힘을 발휘하기 시작한다.

그의 유고시집을 읽다보면 그러한 균열과 부재를 견디며 조금씩 속도를 늦추고 뒤를 돌아보는 시인의 모습이 엿보인다. 그런데 그 창조적 균열을 좀더 심화시켜야 할 싯점에서 그는 죽음이라는 "더 큰 여백을 일으켜/막막궁산 오솔길로" 홀연 사라지고 말았다. 이제 그의 부재 뒤에는 "둥근 여백"(「외경읽기─모든 사라지는 것들은 뒤에 여백을 남긴다」)만이 남아 있다.

　　뒤늦게 달려온 어머니가
　　내 시신에 염하시며 우신다
　　내 시신에 수의를 입히시며 우신다
　　저 칼날 같은 세상을 걸어오면서

몸이 상하지 않았구나, 다행이구나
내 두 눈을 감기신다

—「독신자」 부분

　자신의 죽음을 섬뜩하리만치 예언하고 있는 그의 마지막 시는
이렇게 끝을 맺는다. "칼날 같은 세상"을 살아오면서 시를 통해
너무도 많은 죽음을 바라보고 너무도 많은 죽음의 옷을 지어온 그
의 영혼을 한 어머니가 염습(殮襲)하고 있다. "떠난 그대 殮衣를
마름질하는 손"(「還人祭」) 위로 그대가 그토록 기다리던 "아름다운
사람 하나"가 돌아오고 있다.

다성적 공간으로서의 몸

■

김혜순의 시

김혜순(金惠順)의 시는 몇마디의 말로 그 주제나 이미지를 요약해내기가 어려울 뿐 아니라, 해석 자체를 허락하지 않는 것처럼 보일 때도 있다. 그런 점에서 김혜순의 시는 불친절하다. 아니, 불친절한 유희 자체를 시의 고유한 존재방식이라고 믿고 있는 듯하다. 그에게 있어서 시는 실존적 고통을 고백하는 형식이 아니라 고통을 연기(演技)하는 유희의 형식일 때 비로소 의미를 가진다. 그가 체험의 진정성이나 현실의 사실적 재현보다 언어를 통한 '새로운 현실'의 구축에 힘을 기울이는 것도 그 때문이다.

여기서 '새로운 현실'이란 논리적인 언어로 규정될 수 있는 게 아니다. 어떤 방식으로도 고정될 수 없는 '프랙탈 도형'처럼, 그것은 결코 같은 도형을 그리는 법 없이 미세한 결을 따라 늘 움직이는 세계라고 시인은 설명한다. 그렇게 대상의 경계와 윤곽을 끊임없이 지우고 해체하면서 나아가기 때문에 그의 시는 때로 작위적이라거나 소통 불가능하다는 인상을 주기도 한다. 그러나 스스로 유동(流動)하면서 민감하게 시를 읽어내는 독자라면 프랙탈 도형 같은 그의 시에 몸을 실을 수 있다. 그리고 그의 시에 내장된 유동적인 힘이 난해성이 아니라 '다성성(多聲性)'으로 발휘될 때, 우리는 단순한 서정시들에서는 찾아보기 어려운 창조적 파괴력 또는 생산력을 발견하게 된다. 과거와 현재와 미래가 서로 넘나드는 다층적 시간은 인과적이고 선형적인 시간이 완강하게 가두고 있던 현실의 벽을 뛰어넘어 유연하게 새로운 길을 찾아 흘러가게 된다.

김혜순 시에서 그러한 '다성성'이 발현되는 공간은 전적으로 '몸'이다. '몸으로 글쓰기'는 김혜순 시의 핵심적인 방식일 뿐 아니라, 90년대 이후 한국 현대시 또는 여성시에서 가장 활발하게 전개된 담론 중 하나이기도 하다. 그러나 그것이 시의 근본적인 변화를 추동했다기보다는 소재면에서의 단순한 유행과 상호모방을 낳았을 뿐이라는 비판도 적지 않다. 이재복(李在福)은 그런 추세 속에서 김혜순의 시가 지닌 독보적인 의미를 높이 평가하며 "그녀는 '몸에 관해서' 노래하지 않고 직접 '몸으로' 노래한 시인"이라고 표현한 바 있다(「몸과 프랙탈의 언어」, 『현대시학』 2000년 1월호). 즉 '몸'을 소재나 제재로 끌어오는 차원에 그치지 않고 그에 대한 분명한 자의식을 갖고 존재론적 차원에서 바라보았다는 것이다.

이 글에서는 김혜순의 시에 나타난 다성적 특징을 '다성성'이라는 개념의 비평적 발원지이기도 한 바흐찐(M. Bakhtin)의 미학이론과의 접점들을 통해 살펴보려고 한다. 물론 바흐찐이 말한 '다성성'과 김혜순이 여성 시인으로서 추구해온 '다성성'은 다를 수밖에 없다. 또 바흐찐의 문학이론은 도스또예프스끼나 라블레 등의 작품을 바탕으로 이루어진 소설미학에 가깝기 때문에 그것을 시에 적용하는 데는 여러가지 난점과 위험성이 따른다. 더욱이 언어권과 시대가 다른 한국 현대시에서 바흐찐이 말한 '다성성'이나 '대화적 상상력'과의 연관성을 찾아보려는 시도 자체가 무리한 것처럼 보일 수도 있다.

그러나 미학의 단순한 적용태로서 시를 취급하는 것이 아니라 '다성성'이라는 말을 중심으로 양자의 동일성과 차이를 변별해보는 것은 김혜순의 시뿐 아니라 한국 여성시의 새로운 지향점을 밝히는 데도 유용한 비교가 될 수 있다. 바흐찐의 미학이 이미 소설이라는 한정된 장르를 넘어서서 새로운 문화 현상을 해명하거나 그 가능성을 모색함에 있어 중요한 전거가 되어주고 있는 현실을 생각할 때, 유독 시만이 그 예외가 될 수는 없을 것이다. 이처럼 문학이론의 현재적 의미는 언어적인 경계는 물론이고 시대나 장르의 차이를 넘어서 그 대화적 가능성을 발휘할 때 생겨나기 마련이다.

1. 바흐찐 미학과 김혜순의 시

김혜순 시를 바흐찐의 미학과 연관시키기에 앞서 짚고 넘어가야 할 사항들이 있다. 첫째는, 바흐찐이 시적 담론과 소설적 담론을 엄격하게 구별하고 있기 때문에 그 장르적 경계를 어떻게 해소할 수 있는가의 문제가 따른다. 둘째는, 한국의 여성 시인으로서 뚜렷한 자의식을 지녀온 김혜순의 시가 다소 남성중심적 비평가라는 평가를 받아온 바흐찐의 미학과 어떻게 소통할 수 있는가의 문제이다.

먼저, 첫번째 문제를 풀기 위해서는 바흐찐이 「소설 속의 담론」이라는 글에서 시에 관해 말한 것을 상기해볼 필요가 있다.

시인은 언어란 단일한 것이며 개별 발언 또한 단일한 독백과도 같이 폐쇄적인 것이라는 관념을 받아들이는 한도 내에서만 시인이다. 이같은 관념은 시인의 작업의 장(場)인 시 장르에 내재한다. 이것이 시인이 실재하는 언어적 다양성 속에서 방향을 설정하는 과정을 결정하는 요인이다. 시인은 자신의 언어에 대해 홀로 완벽한 주도권을 가져야 하며, 그 언어가 지닌 모든 측면에 대해 똑같은 책임감을 지니고 그것을 오직 자신의 의도에만 종속시켜야 한다. 모든 말은 시인의 의도를 직접적으로 매개 없이 표현해야 한다. (『장편소설과 민중언어』, 창작과비평사 1988, 107면)

이 발언에서도 드러나듯이 바흐찐에게 있어 시는 소설과는 대립되는 장르로 인식되고 있다. 소설이 다의적(多意的) 언어로부터 타인의 의도를 제거하지 않으면서 모든 언어적 다양성을 조직화해내는 장르라면, 시는 오로지 시인에 의해 주도되며 어떠한 매개도 없이 직접적으로 발언된 단일한 독백에 가깝다는 것이다. 그리고 그것을 달성하기 위해 "시인은 자신이 사용하는 말로부터 타인들의 의도를 제거해버리며, 구체적인 여러 겹의 의도와의 연계나 특수한 고유 문맥과의 관련을 상실한 상태의 말과 형식만을 따다가 그 상태 그대로 사용한다"(같은 곳)고까지 말한다.

그러나 이러한 진술을 다양한 해체적인 징후들까지 통과해낸 현대시 전체를 포괄하는 말로 보기는 어렵다. 물론 소설에 비해 시가 자기동일성의 원리에 충실한 편이기는 하지만, 그런 자기동일성을 부단히 깨뜨림으로써 새로운 시의 형식과 영역을 탐색하는 시들 또한 적지 않기 때문이다. 일례로 바흐찐이 소설담론에서 가능하다고 말하는 언어적 다양성이 김혜순의 시에서는 충분히 적출되고 있거나 그 수위를 넘어서는 것을 볼 수 있다. 그런 점에서 김혜순의 시는 90년대 한국시 또는 여성시에서 가장 전위적인 역할을 담당하고 있다고 해도 과언이 아니다.

그럼, 앞에서 말한 시적 담론과 소설적 담론의 완강한 경계를 어떻게 이해할 것인가. 여기서 바흐찐이 말하는 시적 담론을 반드시 구체적인 시 장르 또는 시 작품과 동일시할 필요는 없다고 여겨진다. 바흐찐은 여러 곳에서 두 담론을 변별해서 말하고 있지만, 그것은 어디까지나 소설적 담론이 가진 특장을 부각시키기 위해 일종의 비교 대상으로서 시적 담론을 거론한 것으로 보아야 할 것이다. 데이비드 캐롤이 말했듯이, 바흐찐은 유럽 언어를 단일화하고 중심화하는 '시적 이념'에 대한 도전을 했던 것이지 '시 작품' 자체를 폄하하려는 의도를 가진 것은 아니었다. 실제로 바흐찐은 '시적 담론'과 협의의 '시적 형상'을 구별해서 사용하기도 하고, "담론의 대화적 지향성이란 모든 담론의 특성이며 모든 살아 있는 담론의 본래적인 방향인 것이지 예술적 산문에만 해당되는 현상은 아닌 것"이라고 말하기도 한다. 그렇다면 김혜순의 시는 바흐찐이 말한 시적 담론과 소설적 담론의 대립성보다는 그 완강한 경계 역시 유동적일 수 있음을 보여주는 사례가 될 수도 있다.

두번째 문제로 여성주의와 바흐찐 미학의 관계를 들 수 있는데, 이 문제에 관해서는 다이앤 프라이스 헌들의 「여성주의와 대화론」이라는 글이 적절한 해명을 보여주고 있다. 헌들은 이 글에서 바흐찐이 정의한 '소설적 담론'과 '여성 언어'가 지닌 상동성에 주목하고, 양자의 유사점들을 다각도로 시험해보려고 한다. 그는 바흐찐의 소설담론과 여성주의 이론 사이의 공통점으로 계급제도에 대한 다성악적인 저항과 권위에 대한 웃음을 보여준다는 점을 들고 있다. 바흐찐은 이런 특성을 공식적이고 권위적인 것에 대한 거부라는 의미에서 '축제적 웃음'이라고 불렀다.

이러한 축제를 통해 들려오는 전복, 부재, 침묵, 광기의 목소리들처럼, 여성 언어 역시 남성 언어의 명료한 논리와 일관성에 대

향해 탈중심화된 복수의 목소리를 들려준다. 일찍부터 여성주의 이론가들은 여성의 언어가 지닌 '복수성(複數性)'에 대해 주목해 왔다. 그에 따르면 여성의 언어는 '어떤 사람'도 되지 않으려는 지향에 의해 생겨나며, 자연히 '나'로서가 아니라 '타자'의 입장에서 이야기하는 것이 된다. 또한 여성의 언어는 '의미되어지는 것'이 아니라 단일한 의미를 부정하면서 끊임없이 진행되는 과정에 의해 생성되기 때문에 부재와 이동, 다성악적 특징들을 가지게 된다. 이런 다성적 대화의 가능성이 바흐찐 미학과 여성주의 이론에는 닮은꼴로 들어 있다.

그러나 소설이 여성적(생물학적인 개념은 아니다) 장르임에도 불구하고 바흐찐이 주목한 여성 소설가가 거의 없다는 사실은 그의 미학이 지닌 남성주의적 보수성을 드러내는 것이라고도 볼 수 있다. 또한 바흐찐 미학과 여성주의 사이에는 상동성 못지않은 근본적인 간극이 놓여 있다는 암시일 수도 있다. 바흐찐은 『대화적 상상력』에서 유럽 소설의 발전과정을 검토하면서 단지 세 사람의 여성 작가(앤 래드클리프, 라파예뜨 부인, 스쿠데리 부인)만을 포함시켰을 뿐이다. 이렇게 바흐찐의 대화주의가 여성 작가를 거의 배제한 범위에서만 가능하다면, 바흐찐이 말하는 '다성성'은 그가 주장하는 것과는 달리 상당히 '독백적'인 것이 될 수도 있다.

이런 난관 속에서 헌들이 제시하는 결론은 두 가지 담론의 경계선 위에서 양자를 모두 활용하자는, 그야말로 대화론적 수용이다. 그럴 때만이 바흐찐의 미학이론은 기계적 적용을 넘어서 여성의 언어를 풍요롭게 생산하고 이해하는 데 도움을 줄 수 있기 때문이다. 김혜순의 시에 나타난 다성적 특징을 바흐찐 미학과 연결시켜 고찰하려는 이 글이 어느정도의 타당성을 가질 수 있는 것도 그러한 대화적 경계 위에서만 가능한 일일 것이다.

2. '몸으로 시쓰기'의 의미

김혜순 시에서 '몸'이 차지하는 중요성은 바흐찐이 도스또예프스끼의 예술세계에서 '관념'이 차지하는 위치와 기능에 대해 논하고 있는 내용과 여러모로 비교해볼 수 있다. 바흐찐은 독백적 예술세계에서의 '관념'의 기능과는 달리 도스또예프스끼 소설에서는 대화화된 관념의 이미지에 대한 특정한 원형이 발견된다고 말한다. 그것은 더이상 '관념'이 작가에 의해 주장되는 것이 아니라 객관적 거리를 통해 묘사되며, 작품을 조형해나가는 구성원리로서 작용하고 있음을 의미한다. 도스또예프스끼는 사고체계로 사고하지 않고 여러가지 시점, 의식, 목소리로 사고하였으며, 모든 사고들 속에서 전체적 인간이 표현되고 그의 목소리가 울려퍼지도록 사고 하나하나를 지각하고 형식화하려고 노력하였다. 이런 대화적 방법으로 인해 그의 작품은 자아를 의식하고 판단하는 단일한 세계나 '관계' 대신에 '상호관계'를 통해 유아론을 극복할 수 있었다는 것이 바흐찐의 평가이다.

바흐쩐이 도스또예프스끼에게서 '관념'의 새로움을 발견했다면, 김혜순의 시에서 중요한 소재이자 구성원리로 등장하는 것은 '몸'이다. 도스또예프스끼에게 있어 '관념'의 기능과 김혜순에게 있어 '몸'의 기능은 얼핏 대립적인 기표에도 불구하고 다성악적 세계를 형성하려고 한다는 점에서 상통하는 측면을 가지고 있다. 그러나 '관념'과 '몸'이라는 대립적인 용어가 시사하듯이, 몸으로 글쓰기는 이성 중심의 남성적 글쓰기에 대한 여성주의의 대안적 전략이라는 점에서 그 근본적인 차이가 더 두드러지게 느껴질 수밖에 없다.

김혜순에게 있어서 '몸'은 "관념의 선행 없이, 스스로 욕망한다"(김혜순 『여성이 글을 쓴다는 것은』, 문학동네 2002, 136면). 욕망의 주체이자 욕망의 부름을 받고 그에 반응하는 '몸'은 시적인 대상과 자기도 모르게 경계를 허물며 하나가 되려고 한다. 그러나 그러한 합일이나 만남은 찰나적인 것일 뿐 욕망은 부단히 미끄러지며 부재의 상태로 되돌아간다. 그런데 바로 그 '부재'가 몸의 끝없는 자가증식을 가능하게 하는 조건이기도 하다. 몸에서 태어난 무수한 몸들로 파동이 생겨날 때, 그 파동 속에서 비로소 '나'와 '너'는 순간적이나마 하나가 된다. 그러한 "몸의 역동적인 에로스"(같은 책 148면)를 통해서만이 시인은 시적인 대상들과 접촉할 수 있다.

그래서 '몸으로 시쓰기'란 "내 몸의 각각의 기관들이 쓴 시가 아니라 내 몸과 네 몸이 만났을 때 솟아나오는 사랑이 쓰는 시"라고 시인은 말한다. "사랑은 하나의 움직임이고, 그 움직임이 시를 산

출한다"(같은 책 149면)는 것이다. 여기서 말하는 사랑이라는 움직임은 시적 자아인 '나'에 의해 의도되거나 조절된 것이라기보다는 부단히 '나'를 버림으로써 몸에 저절로 그려지는 '홀로그램'(hologram)에 가깝다. 다음 시는 그런 역동적 순간을 잘 포착해서 보여주고 있다.

> 이 몸의 스크린만 찢고 나면
> 내 몸에서 홀로그램이 터져나온다
> 그리고 나는 너에게 갈 수 있다
> 내가 직접 가지 않아도
> 나는 여기 있고, 또 거기 있을 수 있다
> (…)
> (바닷속에서 물방울이 하나 터져나오려고
> 바다 전체가 일렁이며 몸부림치듯
> 몸통 속에서 눈물 한방울 터져나오려고
> 수천의 거북이떼 뱃속에 알을 품고
> 바다를 급히 달려나와 모래 언덕을 까맣게 오르고
> 차창 밖으로 빗방울 하나 툭 떨어졌다)
>
> ─「타락천사」 부분

인용된 부분은 「타락천사」(『불쌍한 사랑 기계』, 문학과지성사 1997)의 첫 연과 마지막 연에 해당한다. 이 두 연 사이에 산문체로 길게 진술된 부분은 마치 "몸의 스크린"이 찢기고 나서 터져나오는 "홀로그램"을 보고 있는 것처럼 장황하고 혼란스럽다. 그리고 차 안에서 두서없이 이어지는 남자와 여자의 대화를 통해 A, B, C, D, Z 등 연관성을 찾기 어려운 인물들의 이야기가 영화의 장면들처럼 나열되기도 한다. 이 장면들을 연출하는 것은 '나'이지만, '나'는 동시에 그 수많은 역할을 해내는 연기자이기도 하다. 정과리의 지적처럼, 김혜순에게 중요한 것은 "실존적 감정을 연극화하는 필연성"이며, "이 연극 무대의 실질적인 주체는 '나'가 아닌 다른 무엇일 수밖에 없다"(정과리 『불쌍한 사랑 기계』 해설)는 사실이다. 시인의 '몸'은 바로 그 수많은 말들이 들끓는 무대이며, 시인은 "바닷속에서 물방울이 하나 터져나오려고／바다 전체가 일렁이며 몸부림치듯" 몸통 속에서 터져나오려는 그 말들을 받아적는 존재일 따름이다.

「구멍 散調」(『우리들의 陰畵』, 문학과지성사 1990)에서도 시인의 몸은 구멍이 숭숭 뚫려 있어서 그 몸속으로 바닷물이 드나드는 이미지로 그려진다. "내 몸의 구멍 참 많다／망양정 정자 위에 높다랗게 올라서면／동해 바다가／내 구멍을 채우러／들어온다"는 구절에서처럼, 그 무수한 빈 구멍들이야말로, 그 결핍이야말로 시인의 몸을 끊임없이 요동치게 하는 조건이다. 이재복은 잠시도 흐름을 멈추지 않는 "그 구멍을 통해 자아와 세계, 의식과 무의식, 시간과 공간, 현존과 부재가 서로 부딪치고 교차하면서 흘러가는 것"(이재복, 앞의 책 226~27면)이라고 하면서, 이렇게 다양한 층위들이 서로 만나면서 그 위치가 전도되거나 변형되는 현상을 '존재의 카니발화'라고 명명한다. 김혜순 시에 나타나는 카니발리즘은 소재면에서뿐 아니라 다성성을 드러내는 중요한 구성원리이기도 하다.

이재복이 김혜순의 시를 '존재의 카니발화'라고 부른 것은 단순히 그로테스크한 특성이나 식인·배설 모티프가 자주 등장하기 때문만은 아닐 것이다. 김혜순이 카니발적 상상력을 구사하는 것은 세계의 부정성을 드러내기 위해서이기도 하지만, 더 근본적으로는 카니발에 내재한 '다성성'을 시적으로 구현하기 위해서다. 시란 '쓰는' 것이 아니라 '사는' 것이라고 할 때, 시는 일종의 카니발적 공간이다. 그런 점에서 김혜순의 시는 '몸'을 통해 시인과 독자가 완강한 경계를 허물고 그 전복된 이미지에 참여하는 다성적 텍스트라고 할 수 있다.

3. 몸을 통한 존재의 카니발화

김혜순의 시에서 시적 대상들은 그 본래적 위치가 전도되거나 혼합되는 경우가 많다. 또한 인간의 육체와 관련된 식인(食人) 모티프나 배설 모티프가 자주 등장한다. 이러한 '라블레적 상상력'과의 친연성은 특히 '몸'에 대한 관심을 그로테스크한 이미지로 그려낸다는 점에서 두드러진다. 앞에서 도스또예프스끼에게 있어서의 '관념'과 김혜순의 '몸'이 '다성성'이라는 공통된 지향에도

불구하고 근본적인 간극을 갖는다고 말했는데, 그에 비하면 라블
레적 다성성은 한결 가깝게 느껴진다.

바흐젠은 라블레(F. Rabelais)의 예술적 방법의 특징 중 하나로
'씨리즈 구성'을 들고, 그것을 일곱 가지 유형으로 나누었다. 해부
학적 · 생리학적 측면에서 본 인간 육체 씨리즈, 의복 씨리즈, 음주
와 취태(醉態) 씨리즈, 음식 씨리즈, 성(性) 씨리즈, 죽음 씨리즈,
배설 씨리즈 등이 그것이다. 이 일곱 가지 씨리즈는 결국 세계의
모습을 인간의 '몸'을 통해 보여주고 있다는 점에서, 또 '몸'과의
물질적 접촉영역 속에서 구성해내려 한다는 점에서 공통적이다.

김혜순의 시에서도 이런 씨리즈들이 복합적으로 나타나고 있는
것을 볼 수 있다. 다음은 식인 모티프나 배설 모티프 등을 단적으
로 보여주는 예들이다.

우리는
서로를 먹어치우지요
두 손으로 좍좍 찢어가며
둘이 모두 흔적 없이
사라질 때까지
열나게 삼켜버리지요

———「빵의 대화」(『우리들의 陰書』) 부분

나 여기 있어요 이제 쏟아질 차례예요!

내장 속을 여행하는 사람들
내장 속에 있는 주제에
난 거기서 토했다
음식이 음식을 토한다?
여기 잠시 소화가 덜 된 음식물처럼 머물다
항문 괄약근 밖으로 실려가
역사 밖 더 어둔 곳으로
저절로 밀려나갈 사람들
그 안에서 내가 토한다

——「구멍 散調」 부분

똥이 입으로 들어오고
밥이 항문으로 소리없이 나간다
똥을 누면 천장에 가 붙고
바람은 물 밑에서 물 밑으로 분다
비가 온다 비는 땅 속에서 하늘로
퍼붓는다 신나게 치솟아오른다
——「洪水」(『아버지가 세운 허수아비』, 문학과지성사 1985) 부분

이 시들은 단순히 '몸'의 전도된 질서를 보여주는 것에 그치지 않는다. 얼핏 유쾌한 어조와 발랄한 상상력을 보여주고 있는 것 같지만, 그 근저에는 세계에 대한 도저한 부정적 인식이 자리잡고

있다. 「구멍 散調」에서처럼, 인간의 삶이란 먹고 먹힘으로써 유지되며, 이미 삼켜져서 누군가의 내장 속에 "잠시 소화가 덜 된 음식물처럼 머물다" 결국 "역사 밖 더 어둔 곳"으로 토해질 운명에 처해 있다. 이렇게 먹고 먹히는 악순환과 추락의 이미지, 출구 없는 미로의 이미지가 김혜순의 시에 유난히 자주 등장하는 것은 세계에 대한 비극성을 그만큼 강하게 인식하고 있기 때문일 것이다.

그런데 악몽처럼 되풀이되는 이미지의 나열과 그로테스크한 묘사에도 불구하고, 그 어조는 매우 경쾌하고 유희적이기까지 하다. 끊임없는 생존의 줄넘기나 상처투성이 삶을 "죽음 아저씨와의 재미있는 놀이"(『우리들의 陰畫』 45~46면)라고 부르면서 시인은 유쾌한 농담조로 죽음 아저씨에게 말을 건넨다. 이처럼 비극적 현실을 일종의 놀이로 전환시킬 때 생겨나는 것이 '웃음'이다. 물론 김혜순의 초기시에 나타난 '웃음'은 바흐찐이 라블레나 고골에게서 발견한 "환희에 찬 민중의 웃음"에 비하면 다소 지식인적인 블랙유머에 가깝다. 카니발적 세계에 나타나는 대립과 갈등을 통해 역동적인 힘을 보여준다는 점에서는 김혜순의 시가 유사하다고 할 수 있지만, 바흐찐이 말한 민중적 그로테스크의 광장 이미지나 민중의 웃음과는 그 성격이 다르다고 볼 수 있다. 그러나 서로 반대되거나 양립불가능한 것들이 생생하게 연결되는 접촉의 공간을 마련한다는 점에서는 양자의 '웃음'이 크게 다르지 않다. 그 다성적 공간 속에서는 "유쾌한 죽음" "유쾌한 파괴"도 이해 가능한 것이 된다.

김혜순의 유희적 태도가 특유의 활달함을 잃지 않는 것은 무엇보다도 그의 상상력이 기계적인 논리보다는 자유로운 연상에 기대고 있기 때문이다. 그리고 현실과 환상이 아무런 매개도 없이 접합될 수 있는 것도 그가 유사성의 원리에 기초한 은유보다는 인접성의 원리에 의한 '환유적' 언어를 주로 구사하기 때문이다. 끊임없는 교체와 변주를 이루는 환유적 언어 속에서 하나의 고정된 의미나 단일한 목소리를 찾는다는 것은 불가능한 일이다. 그 단일한 목소리 대신에 김혜순은 다수의 목소리들로 하여금 스스로 말하게 하고, 그 목소리들이 대화적 관계를 가질 수 있도록 자신의 '몸'을 개방한다.

　이러한 대화주의적 태도는 최근의 시로 올수록 좀더 뚜렷한 방법론을 획득하게 된다. 특히 여성적 자의식을 집중도 있게 보여준 시론집 『여성이 글을 쓴다는 것은』에서 다성적 공간으로서의 '몸'에 대한 사유들을 풍부하게 만날 수 있다. 다만 시라는 서정적 장르에서 '다성성'이란 어느 정도까지 실현 가능할 것인가는 단언하기 어려운 문제로 남아 있다. 이에 대해 바흐찐은 시와 소설에 대한 다소 이분법적인 입장을 고수하면서도 시적인 장르에서 이중음성성에 의한 내적 대화가 어느정도 가능하다고 인정한다. 그러나 그것은 어디까지나 수사적 차원에서일 뿐이며, "문체의 측면에서 볼 때 근본적인 사회·언어학적 교양화의 뒷받침 없이 절대적이고 신비한 통일적 언어체계의 범위 안에 남아 있는 이러한 이중음성성은 대화나 논쟁의 형식에 수반되는 부차적 현상에 불과하다"(바흐찐, 앞의 책 141면)고 바흐찐은 보는 듯하다.

반면 김혜순의 시는 수사적 대화나 논쟁 형식의 부차적인 장치로서 대화주의를 차용하는 것이 아니라, 단일한 주체를 부정하고 통일된 언어체계를 깨뜨리면서 시 자체를 역동적 대화의 장으로 만들고자 한다. 그것은 바흐찐이 시를 동일성의 원리로만 간주한 것에 비해 보다 근본적인 전복이다. 김혜순의 시에서 다성악적 특징은 전통적인 시 장르의 경계를 넘어서 새로운 '플롯'의 원리로까지 나아가고 있다. 그리고 '관념'의 선행 없이 스스로 움직이는 '몸'으로 다성성의 공간을 확장시키려고 하였다. 그의 시에서 '나'는 더이상 발화의 단일한 주체가 아니라 끝없이 자가증식하는 움직임 자체를 가리킨다. 따라서 최소한의 구조화를 가능케 하기 위해 "찰나에 붙잡았다가 놓쳐버리는, 그러나 끊임없이 붙잡아보려고 하는, 끝없는 텍스트로서의 몸"(김혜순 『여성이 글을 쓴다는 것은』 211면)이 있을 뿐이다.

그러므로 미로와도 같은 김혜순의 시를 읽는다는 것은 길을 헤매는 즐거움 속에 빠지는 것이며, 그런 우회를 통해 그가 펼치는 유희에 동참하는 일과도 같다. 유희를 펼치는 자의 발걸음은 어찌 보면 혼란스럽게 느껴지지만, 그 속에는 무한한 파동의 질서가 본질적으로 내포되어 있기 때문에 시를 읽어가는 동안 풍부한 리듬과 형식을 갖춘 새로운 구조가 형성되어가는 것을 경험할 수 있다. 이러한 다성적 공간의 창출이야말로 김혜순의 시가 단일한 기조에서 벗어나 대화적 관계를 이루어내는 존재방식이다.

탈주와 위장의 글쓰기

■

장정일의 초기시

1. 아버지, 애초에 존재하지 않았던

장정일(蔣正一)의 작품은 스스로에 대한 정신분석의 과정이라고 보아도 좋을 만큼 무의식의 표출과 해석을 다채롭게 보여준다. 그중에서도 오이디푸스 콤플렉스는 그의 시와 소설, 그리고 희곡에 두루 편재해 있는 특징이라고 할 수 있다. 그런데 장정일에게 있어 오이디푸스 콤플렉스는 단일한 방향의 서사로서가 아니라 반항과 상실감이라는 이중적 형태로 복잡하게 드러나고 있다. 그·는 「개인기록」에서 다음과 같이 고백한 적이 있다.

유리상자 속에 뱀과 생쥐를 함께 넣어둔 경우에서처럼, 나보다 훨씬 힘센 누군가가 내 곁에 있다는 것만으로도 견디기 힘들었던 당시의 감각은 거의 동물적인 것이었다. 하루라도 빨리 아버지가 죽지 않으면 내가 그에게 살해당하거나 아니면 내가 그를 독살하게 될지도 모른다는 두려움 속에서 나는 빨리 아버지가 죽었으면 하는 간절한 기도를 공자, 부처, 예수, 마호멧 등등의 제신들에게 했다. (『작가 세계』 1997년 봄호)

이 기도가 받아들여진 것인지 실제로 초등학교 5학년 때 그의 아버지가 돌아가셨고, 그는 "이제는 해방이다"라고 외쳤다고 한다. 그런데 그토록 기다리던 아버지의 죽음이 그에게 억압의 소멸과 자유의 획득으로 연결되지는 못했다. 육친으로서의 '아버지'는 죽었지만 학교나 군대, 종교와 같은 제도로서의 더 거대한 '아버지의 법'이 그를 기다리고 있었기 때문이다. 프로이트(S. Freud)는 죽음의 상징화에 연관된 대표적인 사회 제도로서 교회와 군대를 들었다. 또 어떤 정신분석가는 교회와 군대를 구별하기도 하는데, 교회가 살아 있는 자들과 죽은자들 사이에 이루어져야만 하는 '협상'을 상징화하는 것에 비해서, 군대는 삶으로부터 죽음에로의 '통과'를 상징화한다는 것이다. 여호와의 증인에 속해 있던 장정일에게 학교나 군대는 교회로 인해 거부되어야 할 대상이었지만, 그는 어머니의 종교를 통해 그 제도로부터 일탈한 뒤에는 교회와도 절연한다.

일반적으로 정상적인 아이는 거울 단계의 상상계를 거쳐 오이디푸스 단계를 넘어서면서 상징적 질서를 받아들이게 된다고 라깡(J. Lacan)은 설명한다. 그때 비로소 아이는 은유로서의 아버지를 인정하게 되고, 바라봄의 주체와 보여짐의 주체로 분열이 일어난다는 것이다. 바라보는 주체는 아버지를 아버지로 인정하는 반면, 보여지는 주체는 아직도 아버지에 대한 부정의 욕망을 지니고 있다. '아버지의 이름'이 정상적인 역할을 할 때 보여지는 주체는 숨겨지지만, 그렇지 않을 때는 바라보는 주체의 그물망을 뚫고 보여지는 주체의 욕망이 기표로 분출된다.

장정일 시에 등장하는 자아를 보면, 이러한 진입이 정상적으로 이루어지지 못했음을 느낄 수 있다. 상징적 동일시를 통해 타자에 대한 의식을 갖는 대신 상상적 동일시로 퇴행하거나 대상에 대한 왜곡된 집착을 보여주는 경우를 적지 않게 발견하게 된다. 그런 그에게 세상은 출구 없는 감옥으로 받아들여진다. 태어남과 동시에 죽음을 선고받은 운명, 그 원천적으로 봉쇄된 삶을 그는 송두리째 부정하는 태도를 보인다. 다음 시를 보면 '탄생'은 '낙태'로 명명되고, 세계는 거대한 쓰레기통으로 그려지고 있다. 이것은 스스로 선택하지 않은 세계 속에 던져진 출생 자체가 '태아 살해'의 결과이며 익명의 스캔들에 불과하다는 자기폭로에 가깝다.

세계의 비밀이란
나는 부모의 태로부터 낙태당했다는 것
나뿐 아니라

혈통 좋다는 너, 너, 너, 너마저
한낱 지구란 쓰레기통에 버려진
낙태아라는 사실!
익명으로 이루어진 인류
우리 모두는 방금 대학을 빠져나온 서툰 인턴에게
카, 카, 칼질당했다

—「극비」(『길안에서의 택시잡기』, 민음사 1988) 부분

이러한 인식은 낙원에 대한 상실감과도 통한다. 장정일은 자신을 더이상 잃어버릴 것이 없는 '망명세대'로 규정한다(「텅 빈 껍질」). 더이상 빼앗길 것도 부정할 것도 없는 세대, "다가서지 않은 미래로부터도 쫓겨"난 세대, 그들에게 이제 남은 것은 '텅 빈 껍질'처럼 공허한 현실일 뿐이다. 그것을 자각하는 순간 그는 "다락에 계신 아버지에게" 세상이 왜 이 모양인가 하고 묻는다. 그러나 이때의 질문은 어떤 해답이나 진지한 대안을 모색하기 위한 것이 아니다. "침묵하는 자는 용서받을 수 없"기 때문에 끊임없이 떠들어대고 있을 뿐이다.

우리들은 잃어버린 게 없다
모든 것은 너희들이 분실했으므로
더이상 우리는 빼앗기지도 않으리
실과 이래 자라난 우리는 망명세대

다가서지 않은 미래로부터도

쫓겨났다

　　　　　　　　—「텅 빈 껍질」(『햄버거에 대한 명상』, 민음사 1987) 부분

　낙원 상실에 대한 자각을 좀더 분명하게 보여주는 것은 그의 소
설 「아담이 눈뜰 때」에서다. 황종연(黃鍾淵)은 이 작품에서 아들
이 추구하는 자유가 자신의 아버지를 대신할 아버지가 되려는 노
력이나 기성권력을 대체할 권력의 탐색으로 나아가지 않는다는
점에 주목하며 다음과 같이 말한다. "「아담이 눈뜰 때」 이후 그의
소설이 제시한 것은 어떤 근본적으로 새로운 세계가 생성중인 상
태가 아니라 타락이 극한에 이르러 세계 전체가 카니발화된 상태
이다. 장정일 소설 속의 아들들은 '부권정부' 대신에 '무정부'를,
정연한 질서 대신에 난잡한 축제를 살고 있는 것이다"(『비루한 것의
카니발』, 문학동네 2001, 19~20면).

　거대한 권력 앞에 노출된 누추하고 비루한 개인으로서 장정일
이 선택한 반항이란 스스로 상처 입힘으로써 권력을 폭로하는 자
학적 방식이었다. 그러나 이런 자학적인 광기의 카니발은 부르주
아적 정체성을 파괴하기보다 온갖 폭력과 외설과 불륜으로 이루
어진 대중문화상품에 이용됨으로써 기성권력이 허용하는 한도 내
에서의 일시적 균열에 그칠 수밖에 없다고 황종연은 그 한계를 지
적하기도 한다. 『내게 거짓말을 해봐』(김영사 1996)에 나오는 "그토
록 미워했던 '신버지(신+아버지)'와 자신이 점점 닮아가며 거기

에 투항하고" 있다는 제이의 고백이나, 아버지와의 싸움에 대한 다음의 진술은 그런 한계에 대한 인정으로 볼 수 있다.

> 그래, 창작을 지속하기 위해 아버지라는 악한 적을 상정하고 그것 으로부터 동력을 얻고자 한 것이 분명하다. 그리고 그 어떤 필요에 서보다 내 성적 환상을 인정받기 위해 내 유년을 압박한 아버지가 필요했다. 하지만 이제 안다. 애초에 내게는 그 어떤 아버지도 존재 하지 않았다는 것을. 나는 아버지 따위의 존재 없이 고독 속에 태어 났다.(같은 책 206~207면)

이 말에는 아버지에 대한 전면적 부정의 제스처가 들어 있다. 그러나 "애초에 내게는 그 어떤 아버지도 존재하지 않았다는 것 을" 깨달았다는 것은 오이디푸스적 억압으로부터 어느정도 자유 로워진 징후로 볼 수도 있다. 그런데 흥미로운 사실은 소설에서는 '아버지'에 대한 직접적인 진술들이 곳곳에서 드러나는 반면, 그 이전에 씌어진 두 권의 시집(『햄버거에 대한 명상』과 『길안에서의 택시 잡기』)에는 정작 아버지에 대한 시가 거의 없다는 점이다. 이 사실 은 장정일의 시에서 '아버지'는 '부정'의 대상이 아니라 '부재'의 표상임을 말해준다. 따라서 오이디푸스 콤플렉스의 양상도 부친 살해보다는 모친과의 근친상간 모티프를 통해 주로 드러난다. 다 음은 「방」이라는 같은 제목의 시인데, 두 권의 시집에 각각 한편 씩 실려 있다. 이를 통해 아버지와 어머니에 대한 태도를 비교해볼 수 있다.

> 방이 하나면
> 근친상간의 소문을 무릅쓰고
> 어머니와 아들이 함께
> 지낸다. 아니
> 아들과 어머니 사이에
> 진짜 근친 같은 일이 벌어지기도 한다
> (…)
> 방이 하나면.
> 방이 하나면……
> 아아 개새끼!
> 나는 사람도 아니다.
>
> ──「방」부분

> 방이 두 개면
> 아버지와 아들은 각자의
> 방문을 굳게 잠그고
> 서로 오래 만나지 못하고
> 서로 오래 대화하지 못하고
> 각자의 이부자리에 누워
> 담배를 피우거나

담배를 끄고

——「방」부분

앞에 인용된 「방」은 『햄버거에 대한 명상』에, 뒤에 인용된 「방」
은 『길안에서의 택시잡기』에 수록되어 있다. 두 편 중 앞에 인용
한 「방」에서는 어머니와의 근친적 관계와 그에 대한 부정이 동시
에 들어 있는데, 이러한 상황은 가난과 아버지의 부재에서 비롯된
것이다. 만일 아버지가 존재한다 해도 아버지와 아들이 한방에 동
거한다는 전제 자체가 장정일에게는 불가능해 보인다. 뒤의 시에
서처럼, 아버지와 아들은 숙명적으로 각자의 방에 누워 "방문을
굳게 잠그고 / 서로 오래 만나지 못하"는 관계일 수밖에 없다. 이
처럼 앞의 시가 한방에서 어머니와 아들이 지낼 때 생겨나는 일을
보여준다면, 뒤에 인용한 시는 방이 많을수록 아버지와 아들을 가
로막는 벽이 더 많아지는 현상을 보여준다. 장정일에게 아버지는
벽 자체, 또는 벽 저편에 있는 존재로 여겨지기 때문이다. 아버지
는 눈에 보이지 않지만, 아들은 끊임없이 아버지에 의해 "삶이 톱
질당하는 소리"를 듣는다. 아버지는 그 구체적인 모습을 끝까지
드러내지 않는다. 그러나 보이지 않기 때문에 두려움은 더욱 커지
고 환상은 증폭된다.

이러한 상황에서 아버지에 대한 억압된 오이디푸스적 욕망에
촛점을 두는 경우와 큰타자로서의 어머니의 욕망에 촛점을 두는
경우로 나누어볼 수 있다. 이것을 『햄릿』 분석과 연결시켜보자면,

전자는 어네스트 존스의 해석과, 후자는 라깡의 해석과 유사하다. 관습적인 오이디푸스 해석에 의존한 어네스트 존스는 햄릿의 복수가 지연된 이유를 근친상간과 존속살해 사이에서 일어난 내면적 파열에서 찾는다. 이에 비해 라깡은 어머니에 대한 햄릿의 복합적인 심리에 중심을 두고, 그 관계에 기반한 욕망의 드라마로 『햄릿』을 읽어낸다. 라깡은 '억압'이나 '검열'이라는 기존의 정신분석학적 개념만으로는 욕망의 변증법을 충분히 섬세하게 밝혀낼 수 없다고 생각했던 것이다. 장정일 시에 나타난 오이디푸스적 양상을 깊이있게 살펴보기 위해서도 시에 나타난 '어머니'의 이미지에 좀더 주목해볼 필요가 있다.

2. 어머니, 성스럽고 상스러운 성이여

"인간의 욕망은 큰타자(Other)의 욕망"이라는 라깡의 명제를 떠올려볼 때, 장정일 시에 등장하는 인물 중 가장 근원적이고 강력한 영향력을 발휘하는 존재가 '어머니'라는 사실은 의미심장하다. 프로이트식 독법은 '어머니에 대한(for) 열망'을 강조하고, 라깡식 독법은 '어머니의(of) 욕망'을 강조한다. 라깡은 『햄릿』의 서사적 구조를 만들어가는 것은 "어머니에 대한 햄릿의 욕망이 아니라 어머니의 욕망"이라고 말한다. 즉 햄릿은 거트루드의 욕망과 타협할 수 없기 때문에 행동할 수 없다는 것이다.

장정일은 일찍이 희곡에서 어머니와의 근친상간이나 동성애 등을 다룬 바 있다. 거기서도 '어머니'는 욕망의 '대상'으로 나타나는 것이 아니라 욕망의 '주체'이자 준거로 자리잡고 있는 것을 볼 수 있다. 「실내극」에서 '아들'이 주기도문을 "하늘에 계신 우리 어머니의 이름이 거룩히 여김을 받으시오며…… 나라와 권세와 영광이 어머니께 영원히 있사옵나이다"라고 바꾸어 외우는 대목이나, 「어머니」에서 예수의 말을 흉내내어 "어머니…… 어머니…… 이제 다 이루었나이다…… 하늘에 계신 어머니의 자궁에 저를 맡기나이다"라며 눈을 감는 '큰주먹'의 대사는 '아버지'라는 기표가 놓일 자리에 '어머니'라는 이름을 올려놓고 있다.

이러한 기표의 자리바꿈은 희곡 「어머니」에도 잘 나타나 있다. 다음은 감옥 안에서 '흰얼굴'과 '큰주먹'이 주고받는 대화의 일부이다.

큰주먹: …… 나의 소원은 죄 없는 태 속에서 다시 태어나는 거야…… 순결한 배 속에서…… 그러나 둥근 자궁 속에서 내가 다시 태어나는 일은 불가능하겠지.

흰얼굴: ……

큰주먹: 흰얼굴…… 나, 고백할 게 있어.

흰얼굴: 뭔데?

큰주먹: 언제부턴가 난 너에게서 어머니를 느껴. 왜일까?

흰얼굴: 글쎄…… 내가…… 20여년 동안 너의 여자 역할을 했으

니까…… 그 여자 역할에서, 어머니를 느낀 걸까?

큰주먹: 맞아, 넌 그동안 정말 여자같이 되었어…… 흰얼굴……
　　　　그래서 말인데…… 네가…… 나의 어머니가 되어줘!

흰얼굴: 너의 어머니?…… 어떡하면 되는데?

큰주먹: 네가 여장을 하고, 정말 어머니같이 행동을 하는 거야.

흰얼굴: 그러지 뭐…… 어떤 행색이 좋겠니? 화장은? 옷은?

큰주먹: 네 어머니같이! 네 어머니같이만 해!

　이 장면 이후부터는 두 사람의 대화법이 연인관계에서 모자관
계로 전환된다. 여기서 '큰주먹'은 "죄 없는 태 속에서 다시 태어
나고 싶은" 욕망을 '흰얼굴'에게 어머니 역할을 대신하게 함으로
써 충족시키고자 한다. 그 방편으로 그들은 '큰주먹'과 '흰얼굴'이
라는 이름 대신에 '어머니'와 '너'라고 서로를 부름으로써 새로운
질서를 획득한다. 인간이 언어를 사용한다는 것은 실재하는 사물
을 대신해서 그 자리에 기표가 들어섬을 전제로 한다. 그리고 두
사람이 대화를 나누기 위해서는 서로에게 어떤 이름(기표)으로
불려야만 한다. 그런데 무의식적 욕망은 하나의 모습을 비슷한 다
른 모습으로 착각할 수 있으며 한 기표를 다른 기표로 대체하기도
한다. 여기서는 '어머니'라는 기표를 사용하는 순간부터 두 사람
은 그 기표를 둘러싸고 있는 새로운 질서에 포섭되는 것이다.
　장정일의 시에 있어서도 어머니는 '큰타자'로서 욕망의 모델을
제공하는 역할을 한다. 「잔혹한 실내극」과 「즐거운 실내극」이라는

한쌍의 텍스트를 비교해보면 그런 특성이 잘 드러난다. 「잔혹한 실내극」은 이전에 「실내극」이라는 희곡 속에 거의 전문이 포함되어 있다가 한편의 시로 독립된 것이다. 장정일의 첫 희곡인 「실내극」에서 어머니와 아들은 끊임없이 감옥으로 도망치고 싶어한다. 그들에게는 사면이 완전하게 막혀 있는 감옥이야말로 차라리 꿈을 꾸기에 적합한 장소로 느껴진다. 그래서 그들은 끊임없이 훔치고 끊임없이 잡혀가는 과정을 반복한다. 그러면서도 그들은 문 밖의 "총소리나 군화소리 혹은 호각소리, 철문을 여닫는 소음"에 귀를 기울이며 '아버지의 법'의 호출을 두려워한다. 이러한 공포와 유희가 공존하는 실내극에서 어머니와 아들은 범죄의 공모자이며 함께 도망치고 있는 존재들이다. 여기서 '아버지 살해'와 '근친상간'은 하나의 상징적 행위인 '도둑질'로 대치된다. 이 희곡에서 어머니와 아들이 번갈아 도둑질을 함으로써 경찰에게 잡혀가는 것은 매우 시사적이다. 이런 '반복'과 '지연'은 두 사람을 강박신경증 구조의 전형으로 만든다.

> 하늘 가운데서 몰래 움직이는 북극성, 움직이며
> 미확인의 볼륨 높일 때 불안과 마주앉은 아들은
> 더 큰 소리 공중에 풀어 놓는다.
> 아들: 야옹, 야옹, 야옹.
> 어머니: 아직 그러고 있니, 나를 자게 버려두어라.
> 　　　선잠 깨면 다시 못 잔다.

아들: 어머닌 안 들리세요, 우리 지붕 갉아먹는 소리.

어머니: …… 저 소리 말이냐. 그거라면 나도 수없이 들었다.

　　　약을 놓을 테니 야옹 소리 필요없다.

아　들: 아니에요. 제 몫은 제가 쫓아야 해요.

　　　어쩌면 쥐소리가 아닌 듯도 한데, 야옹, 야옹,

어머니: 네 마음대로 하려므나.

　　　　　　　　　　—「잔혹한 실내극」(『길안에서의 택시잡기』) 부분

　늦은 밤 어머니와 아들이 나란히 누운 방 천장에서 들려오는 소
리는 아들로 하여금 잠시도 잠들 수 없도록 만든다. 그 소리를 향
해 아들은 "야옹, 야옹, 야옹," 외친다. 그러나 "하늘 가운데서 몰
래 움직이는 북극성"의 소리 앞에 아들이 내는 소리는 왜소하기만
하다. 여기서 '북극성'은 아버지의 법을 상징한다. 이에 불안을 느
낀 아들은 밤새 더 큰 소리를 공중에 풀어놓지만, "삶이 톱질당하
는 소리"는 점점 크게 들려오고 결국 그 소리에 어머니와 아들이
누운 단칸방은 잠식당하고 만다.

　그런데 아들이 밤새 천장을 향해 외쳐대는 것은 자신의 욕망 때
문이 아니라 '큰타자'인 어머니의 욕망 때문이다. 잠을 청하려는
어머니를 향해 아들이 자꾸만 "어머닌 안 들리세요" "이젠, 들리
시죠" "어머니, 다시 힘을 모아 외쳐봐요" 하면서 채근하는 것도
그 소리를 내쫓는 것이 어머니에 대한(for) 욕망보다는 어머니의
(of) 욕망과 관련이 있음을 말해준다. 흥미로운 것은 비슷한 상황

을 변주하면서 시인이 한편에는 '잔혹한'이라는 형용사를, 다른 한편에는 '즐거운'이라는 형용사를 붙였다는 점이다. 아이러니는 장정일의 주된 수사 전략 중 하나인데, 이를 통해 알 수 있는 것은 그가 그런 잔혹한 상황을 두려워하면서도 동시에 즐거운 유희로 삼고 있다는 사실이다.

이런 이중적 태도는 어머니에 대해서도 마찬가지다. 다음 시에서는 '성스러움'과 '상스러움'이라는 대립어가 이항대립적 경계를 허물고 있다. 그에게 어머니는 상스러우면서 동시에 그 상스러움으로 인해 성스러운 존재이다. 마치·텅 빈 껍질과도 같은 세상을 구원하기 위해 성스러운 예수 대신 십자가에 거꾸로 매어달린 채 능욕당하는 여인처럼.

성스럽고 상스러운 성이여
내 십자가엔 그리스도가 없다
모든 십자가로부터 목수의 어깨를 뜯어내라
가랑이 벌린 여인이 거꾸로 매어달린
이것은 새로운 십자가. 자꾸자꾸
나는 거기 입맞춘다

─「텅 빈 껍질」 부분

이러한 '마리아─창녀'의 어머니상은 희곡 「어머니」에도 잘 나타나 있다. 여기서 어머니는 고름이 흘러내리는 병든 육신을 가졌으면서도 계속 아이를 만들어내는 성녀의 이미지로 그려진다. 안전하고 따뜻한 어머니의 뱃속만이 그가 다시 태어나고 싶은 공간이다. 자궁 외에도 감옥, 좁은 방, 텅 빈 껍질, 지하도, 물, 깊은 바다 등 좁고 어두운 공간이 장정일 시에 빈번하게 등장하는 것도 시적 자아가 폐쇄적인 도피처를 끊임없이 찾아다니고 있기 때문이다. 그에게는 삶 자체가 이미 감금된 채 도착이 끊임없이 지연되는 '긴 여행'과도 같다. 「도망」「도망중」「지하도로 숨다」「도망중인 사나이」「물에 잠기다」「텅 빈 껍질」 등의 시는 그 제목만으로도 탈주의 이미지를 드러내고 있다. '도망'이라는 행위는 어떤 목적지나 끝이 예정된 것이 아니기 때문에 그 자체가 폐쇄적인 공간 속에서 되풀이되는 순환구조를 지닐 수밖에 없다.

그런데 추적자의 지배로부터 도망다니고 싶어하는 욕망은 「긴 여행」이라는 희곡에서 아버지를 찾아 이세상 끝까지 여행하는 여정과 겹쳐진다. 억압적인 지배자로서가 아니라 진정한 아버지, 즉 '팔루스'(Phallus)를 찾아가는 여정은 「너희가 재즈를 믿느냐」의 은행원이 쓴 무림소설 「페니스의 우주여행」에도 나온다. 그것은 '도망'과 '비상'의 서사인 동시에 아버지를 찾아가는 욕망의 행로에 해당한다. 장정일이 찾아다니는 '팔루스'는 하나의 완전한 존재, 분열을 겪기 이전의 존재에 가깝다. 그런 대상을 아버지에게서 찾을 수 없었던 그가 어머니에게 눈을 돌린 것은 그 부재의 자리를 메우기 위해서였다. 장정일은 순결한 자궁을 가진 어머니, 또는 아무런 갈등도 없는 낙원 속으로 회귀하려는 강한 욕구를 보이지만, 그곳은 여전히 백일몽 속에서만 다다를 수 있는 가짜 낙원일 뿐이다.

　그러면 장정일의 백일몽적 글쓰기의 의미는 무엇일까. 우선 그의 백일몽적 글쓰기가 "고통에 대한 근본적인 정신분석이 되지 못하고 회피"일 뿐이며, "책임이 소거된 허약한 자유의 세계로 여행을" 떠나는 일은 사인적(私人的) 자유에 불과하다는 비판(구모룡 「오만한 사제의 위장된 백일몽」, 『작가세계』 1997년 봄호)을 들 수 있다. 그러나 이런 비판은 무의식을 지나치게 사적인 차원으로만 취급하는 계몽적 의식의 발로일 수도 있다. 또한 장정일의 카니발적 글쓰기가 지닌 불온성이 내용뿐 아니라 문체나 글쓰기 방식 자체에서 오기도 한다는 사실을 염두에 둘 필요가 있다. 그런 측면까지 내밀하게 읽어내지 않고서는 장정일이 보여주는 도피와 위반의 의미가 온전히 해명될 수 없을 것이다.

3. 글쓰기, 탈주와 위반의 자유

　장정일의 문체나 방법론에 주목해보아야 하는 또하나의 이유는 그가 글쓰기 또는 시쓰기에 대한 강한 자의식을 표출하고 있기 때문이다. 특히 「시집」 「쉬인」 「조롱받는 시인」 「독일에서의 사랑」 등은 시로 쓴 시론이나 메타시라고 할 만하다. 그리고 「잔혹한 실내극」과 「즐거운 실내극」, 「방」과 「방」이 짝을 이루는 것과 유사하게 「험프리 보가트에게 빠진 사나이」와 「실비아 플라스에게 빠진 여자」가 짝을 이루어 대중문화와 고급문화의 갈등을 보여주는 예에서는 상호텍스트성을 극대화하고 있다.

그런가 하면 「길안에서의 택시잡기」는 아예 밤새워 시를 쓰는 모습을 시의 본문으로 삼아 끊임없는 퇴고 과정을 그대로 보여준다. 또 「슬픔」이라는 시에 자신이 다른 잡지에 기고한 영화감상문을 전재한다든가 다시 그 시를 『서울에서 보낸 3주일』(청하 1988)에 실린 또다른 「슬픔」이라는 시로 패러디하는 등 자기패러디도 강하게 나타난다. 이것은 단순한 반복이나 재현이 아니라 시에 대한 관습과 통념을 깨뜨리려는 전략의 일종으로 보아야 할 것이다.

황종연은 장정일의 카니발적 글쓰기가 단순히 내용적인 면에서뿐 아니라 글쓰기 방식 자체에서도 두드러지게 나타난다고 보았다. 그의 소설을 위반과 전복의 문학적 전범으로 만든 것은 거기에 그려진 인물들의 방종한 행동보다는 문학적인 규범을 의도적으로 무시하는 글쓰기 방식이라는 것이다(황종연, 앞의 책 19면). 장난기, 그로테스크한 과장, 순전한 공상 등을 통해 문학 그 자체를 난장으로 만드는 유희적 글쓰기는 위반의 자유를 누리는 동시에 기존의 규범에 대한 파괴력을 발휘한다. 이외에도 같은 모티프를 각기 다른 장르로 창작하거나 다른 텍스트를 끌어와 변형시키는 패러디 기법이 두드러지며, 장르의 해체도 과감하게 이루어지는 편이다. 장정일의 시가 유희성을 강하게 가지면서도 단순한 말놀이에 그치지 않고 문학적 새로움을 줄 수 있는 것은 바로 이러한 위반과 일탈의 시학을 구사하기 때문이다.

그런데 이런 시작(詩作) 태도는 규범이나 전통에 대한 조롱과 거부 때문에 생겨나는 것이기도 하지만, 더 근본적으로는 '자기모멸'에 기반을 두고 있다. 생활인으로서 무능력할 뿐 아니라 시인으로서도 전혀 존중받을 수 없는 상황에서 생겨난 자기모멸은 세계에 대한 모멸로 나아간다. 시인은 과연 이 타락한 세계에서 무엇을 할 수 있는가. 그 자괴감 서린 질문들을 장정일은 오히려 해학적이고 풍자적인 어법으로 표현하고 있다.

그러다가 103동 커브를 돌아오는 검은 점을 보고서
시인 장정일씨 얼굴은 똥빛이 되었다
검은 가죽옷 껴입은 월부수금원이
검은 오토바이를 타고, 두 달 전에 10개월 월부로 구입한
현대의 한국문학(범한출판사 간. 32권. 12만 8천원)의
3분기 월부금을 받으러 오고 있었다.
　　　　　　——「조롱받는 시인」(『길안에서의 택시잡기』) 부분

계획에는 없었지만 나는
최후로 만들어지고
공들여 만들어졌읍니다요.
그렇읍니다요
드디어 나는 만들어졌읍니다요.

그러자 세계는 곧바로

슈라장이 되었읍니다요.

제멋되로 펜대를 운전하는

거지 같은 자쉭들이

지랄떨기 쉬작했을 때!

——「쉬인」(『햄버거에 대한 명상』) 부분

나는 손을 뻗쳐 머리맡에 있던 녹음기의 리플레이 버튼을 눌렀다. 그리고 잠시 후, 스톱 버튼을 누르고, 플레이 버튼을 눌렀다…… 끝내! 그래, 이, 뻔뻔한 자식아, 누가, 널, 개새끼라고 부름 좋겠니? 네가 개새끼니, 개새끼야? 나는 스톱 버튼을 눌렀다. 담배를 한대 피워 물었다. 날더러 개새끼라고? 천만에 나는 한국에서 제일 가는 테크니션 시인이다! 플레이 버튼을 눌렀다. 민지 어머님, 저는, 시인입니닷! 오냐, 개새끼야! 스톱 버튼을 눌렀다. 또 개새끼라고 하시네. 주먹으로 벽을 한번 꽝, 치고서 나는 다시 플레이 버튼을 누른다. 시인은 뭐 말라비틀어진 시인이냐? 스톱 버튼을 누른다. 그리고 큭, 웃는다. 사실 시인들이 조금 비틀어지긴 비틀어졌지. 그 말이 맞다. 물을 한모금 마시고 플레이 버튼을 눌렀다. 시인은 법도 없냐. 법도 없어! 나는 자리에서 튕기듯 일어나 스톱 버튼과 리플레이 버튼을 몇초간의 순간을 두고 바꾸어 눌렀다간 다시 플레이 버튼을 누른다. 시인은 법도 없냐, 법도 없어! 다시 반복한다. 시인은 법도 없냐, 법도 없어!…… 아아 내가 잘못했다. 되는 대로 지껄이지 말자. 큰일

난다.

——「진흙 위의 싸움」(『길안에서의 택시잡기』) 부분

「조롱받는 시인」에서는 밀린 월부금을 받으러 오는 수금사원을 보고 도망치면서도 타자기로 엄숙한 구절을 쳐대는 시인이 등장하고, 「쉬인」에서는 우스꽝스러운 목소리로 "제멋되로 펜대를 운전하는/거지 같은 자쉭들이/지랄떨기 쉬작했을 때!" 세상은 수라장이 되었다고 떠들어대는 시인이 등장한다. 「진흙 위의 싸움」에서는 옆방 아이의 이름을 바꾸어 부르다가 그 엄마에게 봉변을 당하고, 그 녹음된 소리를 반복해 듣고 있는 시인이 등장한다. 이 세 시인의 공통점은 세상의 정해진 법을 지키지 않고 어지럽히는 자라는 것이다. 특히 「진흙 위의 싸움」에서 시인이 리플레이해서 듣는 내용 중 "시인은 법도 없냐, 법도 없어!"라는 말은 시인의 무의식적 일탈과 그 의미에 대한 보다 섬세한 독해를 요구한다.

「진흙 위의 싸움」은 기표의 중요성과 관련시켜서도 생각해볼 만하다. 옆방 아이의 이름은 '민지연'이다. 그런데 시인은 아이 엄마가 하루종일 불러대는 그 이름이 듣기 싫어 '지연'을 '민지'로 바꾸어 부르기 시작한다. "아니, 그게 상상력일까? 어린 아이의 응용력은 놀랍다. 그 어린 계집아이는 너무도 자연스레 자기 어머니에겐 지연이 되고 나에겐 민지가 되어주었다"는 구절처럼, 아이는 두 개의 기표로 불리게 된 것이다.

그랬더니 두 기표의 차이에 분노한 아이 엄마가 시인을 향해

"지연이 민지예요? 민지가 지연이난 말예요! 왜 지연이를 다른 아이로 만드난 말예요. 그런 건, 참을 수 없어요!"라며 욕설을 퍼붓는다. 급기야는 울기까지 하면서 "민지는 지연이 아니잖아요?…… 그렇잖아요?…… 내…… 내가…… 지연이를 어떻게 키워왔는데…… 지연이라고 불러주세요. 부모가…… 이렇게 사정하잖아요, 네?"하면서 '지연'이라는 기표에 대해 강한 집착을 내보인다. '지연'이라는 기표야말로 자신이 그 아이의 부모임을 확인할 수 있는 유일한 증표라는 듯이. 그런 부모에게 아이의 이름을 바꾸어 부르는 것은 아이의 상징적 동일시를 방해한다는 점에서 가장 용서할 수 없는 위반이 될 수도 있다. 여기서도 확인할 수 있는 것은 무의식적 욕망이란 텍스트의 표면 구조보다는 그 이면에 숨겨져 있으며, 의미 내용보다는 말하는 방식에서 오히려 더 잘 드러난다는 사실이다.

그런데 시인은 왜 이 싸움을 「진흙 위의 싸움」이라고 불렀을까. 그것은 아마도 시인의 역할이 '이름 바꾸어 부르기'처럼 사소해 보일지라도 그 사소함 속에 숨겨진 치명적인 위험성과 지난함을 말하고 싶어서가 아니었을까. 한편으로는 자학적일 정도로 글쓰기의 무의미함을 폭로하면서 다른 한편으로는 기표를 움직이는 자의 오만함을 드러내는 그의 시는 글쓰기 자체가 하나의 역설이다. "시를 부정하고 모멸하기 위해 시를 쓰는"(김준오 「타락된 글쓰기, 시인의 모순」, 『작가세계』 1997년 봄호) 그런 역설이 장정일로 하여금 끊임없이 탈주와 위장을 연기(演技)하게 하는 동력이었을 것이다.

어떤 난생(卵生)의 울음소리

■
김기택의 시

    "아침 6시, 머리맡의 자명종이 또 울린다." 시인은 조금 미적거리다가 자리에서 일어난다. 간단히 아침을 먹고 신문을 훑어보고 집을 나서는 시간은 7시 20분. 시인이 마을버스에서 내려 다시 지하철을 타고 회사에 도착하는 시간은 정해진 출근시간보다 10분 빠른 8시 20분쯤이다. 시인은 "지각이나 결근은 전혀 모른다／항상 신중하고 성실하며 부지런하다"(「김과장」).

    상계역에서 지하철을 탄 시인은 동대문운동장역에서 내린다. 다행히도 얼마 전 삼성동에 있던 회사가 동대문 쪽으로 이사를 하게 되어 지하철에서 시달리는 시간이 한결 줄었다. "차곡차곡 구겨넣어진 사람들을 한번 더 누르며／전동차 문이 있는 힘을 다해 닫"힐 때마다 시인은 "우리나라 전동차의 저 완벽한 적재효율"과

"우리나라 승객들의/자동화된 저 순발력"에 감탄하곤 한다. 시인 역시 지하철 안에서 찌그러졌다가 펴지는 그 무수한 "사각기둥"들 중 하나의 기둥이 되어 하루의 고행을 시작한다(「우리나라 전동차의 놀라운 적재효율」).

회사에 도착해서는 어제와 다름없이 "의자 고행"을 시작한다. "하루 종일 損益管理臺帳經과 資金收支心經 속의 숫자를 읊으며" "수화기에다 자금현황 매출원가 영업이익 재고자산 부실채권 등등을/청아하고 구성지게 염불"하는 시인의 의자고행이 끝나는 시간은 대체로 저녁 8시가 넘어서이다. 밤 10시가 넘어서야 의자에서 풀려나는 때도 적지 않다. 시인은 "수행에 너무 지극하게 정진한 나머지/(…)/귀가하다가 지하철 개찰구에 승차권 대신 열쇠를 밀어 넣"기도 한다(「사무원」).

집에는 일찍 와야 밤 9시. 그제서야 시인은 "하루 종일 발을 물고 놓아주지 않던/가죽구두를 벗고/살껍질처럼 발에 달라붙어 떨어지지 않던/검정 양말을 벗고/(…)/맨발을 신는다"(「맨발」). 그러고는 늦은 저녁을 먹으면서 9시 뉴스를 시청한다. 텔레비전 앞에 앉은 시인의 두 눈에는 "사각의 불빛이 켜져 있고/그 불빛 속으로 온갖 세상사가 지나간다"(「나는 매일 밤 너의 얼굴을 쳐다본다」). 이따금 머리를 식힐 겸 시인은 바둑 프로그램을 보기도 한다. 바둑을 함께 둘 사람이 없으니 그저 보는 것으로 만족하기로 한다.

최근에 시인에게 새로 생긴 즐거움이 있다면 "아기의 맑은 울음소리"를 듣는 일이다(「신생아 3」). 그러나 시 청탁이라도 밀려 있는 날에는 시인은 아기를 "얼른 재우고/딴짓하고 싶은 마음에/안고 업고 자장가 불러/겨우 아기를 눕힌다"(「아기 재우기」). "아기는 있는 힘을 다하여 잔다. 부드럽고 기름진 잠을 한순간도 흘리지 않는다"(「아기는 있는 힘을 다하여 잔다」). 아기가 잠든 후 시인은 새벽까지 원고를 쓰느라 끙끙대지만, 그래도 밤을 새우거나 하는 일은 꿈도 못 꾼다. 시인은 얼마 남지 않은 시간 동안 있는 힘을 다하여 잔다. 내일의 고행을 위해.

이상은 김기택(金基澤)의 시집 『사무원』(창작과비평사 1999) 등에 나오는 몇편의 시를 통해 시인의 하루를 재구성해본 것이다. 버거킹회사 구매팀 차장 김기택. 이것은 시인 김기택의 또다른 얼굴이다. 여느 쌜러리맨의 일상과 크게 다르지 않은 하루하루를 보내고 있는 그에게서 시를 쓴답시고 행해지는 그 흔한 일탈이나 무질서를 발견하기가 어렵다. 15년이 넘도록 그는 불평 한마디 없이 생활이 요구하는 바에 따라 순순히 스스로를 내주며 살아왔다. 그러나 그 평범한 하루하루를 '고행'이라고 부를 수밖에 없는 이유는 그러한 허여(許與) 속에서 어렵게 태어난 시들이 생활에 길들여지지 않으려는 부단한 몸부림이었음을 느끼게 하기 때문이다.

내가 그를 처음 만난 것은 같은 해(1989년) 신춘문예에 당선된 사람들끼리 정기적으로 만나 시에 대한 얘기를 나누곤 하던 모임에서였다. 모임에서도 그는 유난히 말수가 적었고, 더욱이 개인적인 얘기는 거의 꺼내는 법이 없었다. 모임이 거의 끝나갈 무렵이되어서야 고개를 약간 기우뚱하게 기울이며 시에 대해 주춤주춤얘기를 시작했다. 그러면 우리는 그 나지막한 목소리를 듣기 위해숨을 죽이곤 했다. 특히 습작기를 채 벗어나지 못한 이십대 전반에 등단이라는 걸 얼떨결에 통과한 나로서는 스무살 때부터 13년간의 습작을 거쳐 시인이 된 그의 이야기를 통해 많은 것을 배울수 있었다. 그럼에도 불구하고 그와 나는 문학에 대해 가장 상반된 입장을 드러내곤 했는데, 그때의 그에겐 나의 건강성이 지나치게 단순해 보였던 것 같고, 나에겐 그의 내밀함이 다소 답답하게느껴졌던 것 같다. 그러다가 하나 둘 생활의 기반이 지방으로 옮겨지고 생각의 거리가 더이상 좁혀지지 않게 되면서 그 모임은 점점 시들해졌다.

그러던 어느날 그의 결혼소식이 들렸다. 신부는 그와 '시운동' 동인을 함께 하던 이진명(李珍明) 시인이었다. 워낙 조용한 두 사람이 만나 결혼한다는 소식에 뜻밖이면서도 잘 어울린다는 생각을 했고, 모두들 그 늦은 결혼을 축하해주었다. 그후로는 주로 이진명 시인을 통해 그의 안부를 전해 듣게 되었고, 그와는 만날 수있는 기회가 드물었다. 문단의 모임이나 술자리에 나타나는 일이거의 없어서 그를 만나지 못하는 건 나만이 아니었다. 두 사람 사이에서 딸 다문이가 태어나고, 그는 『태아의 잠』(문학과지성사 1991)

『바늘구멍 속의 폭풍』(문학과지성사 1994) 『사무원』이라는 세 권의 시집을 일구어내었다. 이번에 나온 『사무원』을 읽으면서 나는 그의 '답답함'이 드디어 한 경지를 얻었다는 생각을 했다. 웅크릴 대로 웅크려 더 이상 견딜 수 없게 되었을 때, "몸 속에서 쉬고 있는 폭풍이 꿈틀거리는"것처럼(「바늘구멍 속의 폭풍」), 터지기 직전의 갈등과 억압의 동력을 내장해온 그의 언어들은 조금의 이완도 허락하지 않은 채 오늘에 이르렀다.

그는 등단 초기부터 시적 개성과 방법론을 뚜렷하게 확보한 편이어서, 그의 시에 따라다니는 수사들은 크게 엇갈리지 않는다. 대립항들의 고요한 긴장(김훈), 틈의 시학(신철하), 소내하는 힘(김진석), 인간학적 감각(황종연), 투시적 상상력을 통한 감각의 갱신(이광호), 해부학적 묘사(박혜경) 등은 그의 시가 지닌 특유의 정신적 긴장과 감각적 상상력을 압축적으로 드러내는 표현들이다. "김기택의 시는 과학과 미술 사이에 있다"는 이희중의 말 또한 이런 특성을 우회적으로 표현한 것이다. "살아 있는 것들을 면밀하게 관찰하여 필요에 따라 생태학적 방법과 해부학적 방법을 빌려온"다는 점에서 과학과 유관하며, "세상에 실재하는 무엇을 옮겨내는 방법"의 요체인 묘사를 적극적으로 활용한다는 점에서 그의 시가 미술과 친연성을 지닌다는 것이다.

실제로 그는 중학교 때 미술반을 하면서 그림에 빠져 지냈다고 한다. 그 시절 미술반 선생님은 나중에 민중화가로 이름이 알려진 신학철 선생님이셨다. 수업이 끝나면 교실에 남아 매일 그림을 한

장씩 그려 선생님께 보여드렸다. 그러기를 2년 넘게 하는 동안 신학철 선생님은 그의 미술적 재능을 인정해주셨지만, 그림공부를 계속할 여건이 되지는 못했다. 하지만 그림을 통해 훈련된 관찰력과 묘사력은 몸에 배다시피 해서 후에 시를 쓰게 되었을 때 가장 중요한 기초가 되었음에 틀림없다. 그는 시를 쓰기 전에 대상을 그림으로 먼저 떠올리고 그것을 보다 명료하게 만든 다음에야 그 이미지를 언어로 표현할 수 있다고 한다. 이미지가 명료할수록 표현에도 힘이 실린다는 것이다.

그가 그림 대신 시에 관심을 갖게 된 것은 스무살 무렵이었다. 안양에 살면서 '낙엽문학'이라는 시동인을 하게 되었고, 그 무렵 김춘수나 김종삼처럼 감정을 최대한 배제한 채 언어의 긴장을 보여주는 시들에 매력을 느꼈다. 그런 영향 때문인지 김기택은 묘사하는 대상에 대해 최대한 냉정하게, 때로 가학적이라 할 정도로 거리를 유지하려고 한다. 공들여 써놓고도 거기에 감정적인 엄살이 조금이라도 비친다 싶으면 태작이라고 버릴 정도로 엄정한 그의 태도는 일반적인 서정시인들과는 사뭇 다르다.

아이가 얼마나 오랫동안 못 먹었는지 알 수 없다.
그 눈빛은 이젠 밥을 보고도 아무런 반응이 없다.
그러나 아이는 아직도 자라고 있다.
침과 코, 오줌과 똥을 만들기 위해
생명은 살과 피를 짜내고 골수를 캐내고 있다.

손톱과 머리카락의 성장이 멈추지 않도록

눈알을, 혀를, 뇌수를 마지막까지 빨아들이고 있다.

생명이 뼈만 남기고 온몸을 다 파먹은 대가로

아이는 여전히 커다란 눈을 깜빡거리고 있다.

파리떼가 배 위에서 규칙적으로 부풀었다 가라앉도록

큰 숨을 몰아쉬고 있다.

　　　　　　　—「아이는 아직도 눈을 깜박거리고 있다」(『사무원』) 전문

　이 시는 최소한의 대사작용만 남은 채 기아에 허덕이고 있는 어린 아이의 모습을 그리고 있다. 도저히 연민과 고통 없이는 바라볼 수 없는 장면이지만 그는 무서우리만치 담담하게 묘사할 뿐이다. 너무 오래 굶주려 밥을 보고도 아무런 반응을 보이지 않는 아이의 눈은 그러나 '아직도' 깜박거리고 있다. 더이상 살아 있다고 말할 수 없는 지경이 되어서도 아이의 손톱과 머리카락은 '아직도' 자라고 있다. 아직도, 아직도, 생존의 의지나 감정보다도 더 끈질기게 남아 있는 몸의 본능. 그는 왜 그 아이가 굶주릴 수밖에 없었는지, 그런 불쌍한 아이가 세상엔 얼마나 많은지, 그 아이를 살리기 위해서는 무엇이 필요한지에 대해서는 말하지 않는다. 다만 얼마 남지 않은 생명의 힘마저 분비물이 되어버리는 극한상황을 세계의 환부로서 직접 드러내고 있다.

　「매맞는 아이」(『사무원』)에서도 한 아이가 회초리라는 폭력 앞에

서 공포감을 잃어버리고 본능적으로 종아리를 문지르는 장면이
묘사된다.

> 회초리를 기다리는 동안 종아리는 차갑다.
> 회초리가 감겨오자 뜨겁고 가려운 전류가
> 온몸을 훑으며 지나간다.
> 긁으면 피가 날 것 같은 가려운 소름이 가득 돋는다.
> 마른 오줌이 몹시 마렵다.
> 열 손가락은 뭐가 아픈지도 모르고
> 그저 무서워서 열심히 종아리만 문지른다.
> 문지르는 손가락 위로 회초리가 파고들어온다.
> 손가락은 얼음이 밴 것처럼 시리고 뻣뻣해진다.
> 오줌냄새 나는 눈물방울이 떨어진다.
>
> ──「매맞는 아이」 부분

　매맞는 아이가 흘리는 눈물은 더이상 두려움이나 아픔이라는
감정조차 담고 있지 않다. 그 "오줌냄새 나는 눈물방울"은 폭력에
반응하는 기계적인 반응에 가깝다. 그러나 이 시를 읽으면서 그
회초리가 "뜨겁고 가려운 전류"처럼 내 온몸을 훑고 지나가는 것
같은 전율을 느끼게 된다. 아이의 터진 종아리와 종아리를 문지르
는 손가락에 온통 뒤범벅이 된 피가 읽는 이에게까지 튀는 것만
같다. 김기택 시인은 이처럼 스스로 분노하지 않음으로써 분노의

대상에 대해 고통스럽게 생각하도록 만들며, 스스로 연민에 사로 잡히지 않음으로써 독자로 하여금 그 대상을 보다 깊이 끌어안게 만든다.

그의 시집에 자주 등장하는 동물이나 인물들은 일정한 공통점을 가지고 있다. 초기에 집중적으로 씌어진 동물시에서 소재가 점차 인간 쪽으로 옮겨오고 있다는 점은 인상적이지만, 기형적이고 훼손된 육체를 보여준다는 점에서는 동물이나 인간이나 크게 다르지 않다. 특히 『사무원』에는 다리 저는 사람, 외팔과 외다리로 신문 파는 사람, 쉴새없이 눈을 껌벅이는 사람, 사팔뜨기, 지하철에서 구걸하는 장님과 거지, 소매치기 등의 인물이 넘쳐난다. 이 인물군은 '민중'이라는 계층으로 포섭될 수도 있겠지만, 그가 그들을 다루는 방식은 전혀 80년대적이지 않다. 그들에 대한 연민이나 연대감을 드러낸다거나 기형적인 구조를 가진 현실에 대한 비판적 성찰을 보여주기보다는 폭력이라는 물리적인 힘에 의해 생명이 어떻게 왜곡되는가를 있는 그대로 보여줄 따름이다.

그에 대해 시인은 이렇게 말한다. "내가 시적인 관심을 두는 것은 사람이나 동물의 어떤 '행동'이에요. 예를 들면 울음이나 웃음, 하품, 앉아 있는 모습 등 얼핏 당연해 보이는 그 움직임 속에 내재해 있는 어떤 '본능'이나 그것이 이루어지는 과정을 좀더 정밀하게 보려고 하지요. 옆집에 개가 한마리 있었는데, 주인은 개가 아주 어렸을 때부터 목줄로 묶어놓았어요. 개는 개줄을 벗어나려고 하루종일 깡깡거리면서 몸부림을 치곤 했는데, 앞발을 쳐들고 얼마나 버둥거렸던지 자라면서 등이 심하게 굽어버렸지요. 그런데 무서운 것은 개줄을 풀어준 뒤에도 개의 등은 여전히 굽은 모습을 하고 있는 거예요. 그리고 개의 행동 역시 개줄에 묶여 있을 때의 자세를 그대로 취하는 걸 보면서 폭력이 얼마나 생명을 왜곡시키는가를 절감했어요. 「사무원」 같은 시도, 의자에 앉아 있는 생활을 다리가 여섯 개라고 표현하면서 의자 다리와 사람 다리가 구별이 가지 않을 만큼 고착화된 상태를 아이러니적으로 보여주려고 한 것이지요. 본능이 가장 극단적으로 억압된 상황 속에서 몸이 어떻게 반응하는가, 이런 문제들이 제겐 흥미롭게 느껴지곤 해요."

그렇다면 그는 과연 냉정한 관찰자에 불과한 것일까. 그렇게 생각한다면 그것이야말로 표피적인 관찰이다. 그의 시에는 억압을 아주 오랫동안 견디면서 증폭시켜온 정신적 긴장이 내재해 있다. 김훈의 비유처럼, 그의 말과 삶은 작은 눈금 하나만 움직여도 한쪽으로 기울어버릴 저울대 위에서 매순간 '위태로운 마지막'을 견디며 있다. 스스로 깊이 앓되 앓음을 밖으로 쉽게 드러내지 않는 것, 그것이 바로 그가 긴장을 놓치지 않는 비결이다. 그는 말하지 않았는가. 시란 "오랫동안 병이 되어온 말들을 쇠약한 몸에서 황홀하게 꺼내는 일"이라고.

"임금님 귀는 당나귀 귀"라고 외쳤던 이발사를 생각해본다. 어둑어둑해진 시간. 몰래 산에 올라가는 사람. 누가 볼까 불안한 눈으로

두리번거리다가 허겁지겁 땅을 파고 그 속에다 냅다 소리지르는 사람. 오랫동안 병이 되어온 말들을 쇠약한 몸에서 황홀하게 꺼내는 사람. 그 말들을 지니고 살아야 했던 긴 시간과 그것을 입밖으로 꺼낼 때의 불안한 상쾌함. 그 말이 얼마나 독했으면 대숲에 스미고 바람에 스며서 지워지지 않는 것일까?

──『사무원』 후기 중에서

'불안한 상쾌함', 이 모순형용에 그의 시의 비밀이 들어 있다. 병든 말들을 품고 살아온 불안이 없다면 그것을 입 밖으로 꺼낼 때의 상쾌함 또한 없을 것이다. 그에게는 병이 되지 않은 것, 억압이나 폭력으로부터 자유로운 것, 그 자체로 자연스러운 것, 독하지 않은 것은 좀처럼 시가 되지 않는다. 그렇다고 시가 그러한 병적인 상태를 치유해주고 구원해줄 수 있다고 믿는 것은 아니다. 다만 병듦을 병듦 자체로 드러내는 것, 그것이 시가 할 수 있는 유일한 일이라고 그는 생각하는 듯하다. 그에게 '몸'은 온갖 고통과 욕망이 어디로도 흘러가지 못하고 고인 채 썩어가는 장소이다. 그래서 그는 '몸'을 통해 세계를 인식하고 고통을 감각하며, 또한 그로부터의 해방을 꿈꾼다.

그의 시가 90년대를 풍미했던 몸에 관한 담론들과 밀접한 연관을 가지고 이해되어온 것도 이런 점에서 설명될 수 있다. 물론 등단 초기부터 몸에 대한 사유를 지속해온 그의 시는 일시적 유행에 기댄 전략적 시쓰기와는 구별되어야 한다. 이중 삼중으로 왜곡되고 오염된 몸을 증언하고 해방시키려는 시적 노력들이 무효했던 것은 아니지만 그러한 시도가 더이상 두드러진 갱신을 보여주지 못하는 이즈음 그의 시가 오히려 돋보이는 것은 무슨 이유일까. 그것은 아마도 몸에 대한 담론들이 갈수록 관념화되고 말초화되어갈 때, 그의 시는 현실에 더 밀착해 들어가면서 근본화되는 느낌을 주기 때문일 것이다. 그리고 시적 대상이 지닌 원초적인 감각을 일깨움으로써 제도적 삶에 대한 전복을 감행하기 때문이다. 서두에서 그의 일과를 재구성해보았던 것처럼, 그는 고단하고 엄정한 현실 속에서 왜곡된 '몸'을 고스란히 살고 있다. 딱딱한 사무실 의자 위에서 견뎌내는 하루하루야말로 현대문명과 자본주의에 얼마나 깊이 갇혀 있는 삶인가. 그 '부자유'의 경험이 역설적으로 살아 있는 시를 쓰게 하는 힘인지도 모른다.

혹자는 그의 시에 대해 '전망의 부재'를 말하기도 한다. 사물을 바라보는 눈의 깊이나 형상화 능력을 인정하면서도 그가 그리는 세계는 출구를 찾지 못한 채 지나치게 미시적인 차원에 머물러 있다는 지적이다. 이러한 견해는 거시적 전망에 대한 지나친 강박에서 나온 것이거나 그의 시에 잠재되어온 생명의 진화 과정을 충분히 읽지 못한 데서 나온 것이다. 『사무원』에 이르러 비로소 꿈틀거리기 시작한 생성의 움직임은 새로운 변화를 동반하고 있다. 끊임없이 흐르고자 하는 욕망이 드디어 화석화된 삶의 껍데기를 뚫고 분출되기 시작한 것이다.

하루는 무덥고 시끄러운 정오의 길바닥에서
그 노인이 조용히 잠든 것을 보았다.
등에 커다란 알을 하나 품고
그 알 속으로 들어가
태아처럼 웅크리고 자고 있었다.
곧 껍질을 깨고 무엇이 나올 것 같아
철근 같은 등뼈가 부서지도록 기지개를 하면서
그것이 곧 일어날 것 같아
그 알이 유난히 크고 위태로워 보였다.

—「꼽추」(『태아의 잠』) 부분

  이러한 조짐은 일찍이 그의 등단작인 「꼽추」나 「가뭄」에서부터
예견되고 있었다. 그러나 "곧 껍질을 깨고 무엇이 나올 것 같"은
위태로움은 오랜 변주와 기다림을 거쳐왔다. 그것은 삶을 가두어
온 세계의 껍질이 너무 두꺼웠음을 의미한다. 동시에 결코 '조산
(早産)'하지 않으려고 스스로를 유예시켜온 엄정한 시작 태도와도
연관이 있다.
  아직 깨어나지 않은 모든 알 속에 들어 있는 어떤 출렁거림과
두근거림. "눈은 아직 액체여서/떴는지 감았는지 알 수 없"고,
"허파도 심장도 아직은 물/두근거리는지 알 수 없다"(「알」,『바늘 구
멍 속의 폭풍』). 그렇게 오래 웅크리고 있던 태아가 마침내 세상 밖
으로 나왔다. 팔다리를 갖추고 태어나 바둥거리기도 하고, 소스라

치게 놀라 울음을 터뜨리기도 하고, 저 혼자 가만히 웃음짓기도 한다. "그러다 갑자기 제가 몸 속에 들어 있는 것을 느끼고는/금방 사람의 얼굴이 되어 또 울음을 터뜨린다"(「신생아 1」, 『사무원』).

딸아이가 자라나는 과정에서 자연스럽게 얻어졌을 「신생아」 연작은 그의 시세계에 적지 않은 변화를 예고하는 것처럼 보인다. 이와 더불어 기억 속에 잠자고 있던 유년의 기억이나 상처가 조금씩 표면화되고 있다는 점 또한 그의 '정신적 해빙'을 보여주는 대목이다. 「조성환의 죽음」「껌벅이兄」「매맞는 아이」「迷兒」 등이 그런 예인데, 일정한 거리를 두고 그려진 익명의 존재와는 달리 이 시들의 주인공들은 시인의 분신이거나 그의 삶과 직접 연결되어 있는 인격화된 존재이다. 이것은 그가 관찰의 심화가 아닌 기억의 복원을 통해 자신의 삶과 대면하려고 한다는 것을 말해준다. 이 시들에서조차 그는 감정이입을 최대한 자제하고 있지만, 거기에는 이미 본능의 차원을 넘어선 인간으로서의 피와 살이 돌고 있음을 느낄 수 있다. 인간까지도 사물화된 모습으로 그려지던 이전의 시가 거대한 알을 깨고 나오려는 몸짓이었다면, 이제 그는 자신이 분만해낸 따뜻한 생명체로부터 '신생'의 언어를 배우기 시작한다.

어린 발음으로
딸아이는 자꾸 무어라 묻는다.
발음이 너무 설익어 잘 알아들을 수는 없지만

억양의 음악이 어쩌나 탄력있고 흥겨운지

듣고 또 들으며

말이 생기기 전부터 있었음직한 비밀스러운 문법을

새로이 익힌다.

—「말랑말랑한 말들을」(『사무원』) 부분

"아기의 말이 변화하는 과정은 도저히 표현할 수 없을 정도로 신비로워요. 우리는 흔히 아기가 어른의 말을 모방한다고 생각하지만, 아기의 목소리를 모방해서 만들어진 우리말도 많아요. 예를 들어 '엄마'라는 말은 아기가 입을 다물었다가 벌릴 때 저절로 나는 소리예요. 아기가 말을 배우기 전에 이미 그 입 속에는 말이 다 들어 있다는 생각이 들어요. 그 입 속의 말이 자라는 것은 마치 손가락이나 발가락이나 코가 자라는 것과 다를 게 없는 거지요."

그는 아이 얘기가 나오자 그답지 않게, 여느 아빠처럼 말을 아끼지 않는다. 대상을 장악하고 적확하게 묘사하는 데 누구보다 뛰어난 그에게도 이제는 표현할 수 없고 묘사할 수 없는 어떤 것이 생긴 것일까. 아이가 뱉어놓은, 잘 알아들을 수 없는, 그 말랑말랑한 말들을 만지는 즐거움을 그는 알게 된 것일까. 그 신생의 언어를 통해 "말이 생기기 전부터 있었음직한 비밀스러운 문법을/새로이 익"히는 시인의 모습 속에서 나는 어떤 전환의 가능성을 발견한다. 물론 『사무원』에서도 이제까지의 방법론을 더 극단적으로 밀고나간 시들이 주를 이룬다. 그러나 관찰과 묘사를 가능케 하는 '거리'가 무화된 채 대상과의 일체감을 보여주는 시들도 적지 않게 등장한다. 그럴 때 그의 목소리는 다소 헐겁게 들리기도한다. 죽음과 폭력에 익숙한 그의 언어가 아직은 생명과 화해에걸맞은 언어적 방식을 발견하지 못해서일까. 생명을 노래하는 적지 않은 시들이 현실에 대한 긴장을 늦추고 너무 쉽게 낙관에 기우는 현상을 반추해본다면, 그의 이런 변화가 앞으로 어떻게 전개될지 조심스럽게 지켜볼 일이다.

그러나 나는 화석화된 세계를 뚫고 돋기 시작한 그 연한 말들에즐겁게 귀기울이려 한다. 여린 벌레 한마리가 딱딱한 생밤을 뚫고나오듯이 그가 병든 세상의 껍데기를 끈질기게 언어로 통과해온기나긴 시간에 대해 잘 알고 있으므로. 또 그가 말했듯이, 의식적으로 말을 배우기도 전에 신생아의 입 속에는 이미 세상의 모든말들이 새롭게 자라고 있을 것이므로.

생태적 감수성과 마음의 깊이

■

최두석 시집 『꽃에게 길을 묻는다』 (문학과지성사 2003)

우연인지 모르지만, 그동안 출간된 최두석(崔斗錫) 시인의 시집 제목에는 서사시집 『임진강』(청사 1986)을 제외하고 모두 '꽃'이라는 말이 들어 있다. 워낙 익숙하고 보편적인 소재이기는 해도 '꽃'이라는 기표가 이렇게 지속적으로 등장하는 데는 그만한 이유나 맥락이 있을 법도 하다. 따라서 '꽃'의 의미나 그에 대한 태도의 변화를 통해 시세계를 일별해보는 것도 흥미로운 작업이 될 수 있을 것 같다.

최두석의 시는 일찍이 서정적 노래보다는 이야기시라는 형식으로, 형이상학적인 관념보다는 역사적 현실에 대한 성찰을 중심으로 출발했다. 초기 시집들의 표제작이기도 한 「대꽃」이나 「성에꽃」을 보아도 그 선연한 꽃을 의식 속에서 피워내는 힘은 역사적 상상력이었다고 할 수 있다.

> 한송이 피면
> 또 한송이 거품 뿜으며 피고
> 이꽃 저꽃 저꽃 이꽃 우르르우르르 무리져 피는
> 피다가 모두 죽는
> 대꽃.
>
> ——「대꽃 8」(『대꽃』, 문학과지성사 1984) 부분

> 엄동 혹한일수록
> 선연히 피는 성에꽃
>
> ——「성에꽃」(『성에꽃』, 문학과지성사 1990) 부분

동학 농민군의 투쟁을 집중적으로 그린 「대꽃」 연작에서 대숲은 민중적 봉기를 나타내는 상징으로 쓰이고 있다. "대숲에는 삼십대의 상인도 오십대의 품팔이도 들어가 셨읍니다. 철 모르는 어린이도 섞였읍니다."(「대꽃 8」)라는 구절이 그를 뒷받침해준다. 여기서 대꽃은 "서걱이는 행진의 걸음마다에 외마디 외침이 폭발"하고 돌연 난사된 총포에 대나무들이 쓰러지며 허공에 피운 꽃으로 그려진다. 일단 꽃을 피우고나면 스스로 절멸하고 마는 대나무의 생리에서 시인은 역사에 바쳐진 민중의 피를 읽어낸 것이다. 「성에꽃」에서도 시인은 흙에 뿌리박은 꽃이 아니라 새벽 버스 차

창에 사람들의 입김과 숨결이 만나 피워낸 성에꽃에 주목한다.

이렇게 최두석의 초기시에서 '꽃'은 자연물 자체를 가리키기보다는 시인의 시대의식이 상당히 부하(負荷)된 대상으로 보인다. 자연보다는 인간, 일상보다는 역사에 무게중심이 두어졌던 것은 그의 시에 국한된 현상이 아니라 당대의 불가피한 요청이 만들어낸 일반적 흐름이기도 했다. 80년대 민중시의 구호적 한계를 넘어 그의 시는, 실화(實話)에 대한 탐구를 통해 구체적 리얼리티와 전형성을 보여줌으로써 독자적 성취를 이룰 수 있었다. 그러나 그의 "나지막하지만 힘 실린 목청, 그 목청이 풀어내는 시의 리얼리즘은 순정하고도 단호해" 타자와의 자유로운 소통보다는 "참됨과 그릇됨이 엄격하게 갈리고, 타자의 목소리는 예/아니오의 교대반사 공간을 왕복"하는 자기완결적 인상을 주기도 했다(정과리 「우렁이의 시학」, 『성에꽃』 해설 104면).

그런데 『사람들 사이에 꽃이 필 때』(문학과지성사 1997)에 이르면 시적 대상에 대한 규정력보다는 내적인 유연성을 통해 타자와의 대화를 모색하는 모습이 두드러진다. 그 변화의 조짐을 김예림은 다음과 같이 설명하고 있다. "이번 시집에서는 자연물로서의 대상이 그것에 역사적·사회적 무게를 담지 않고 그 자체로서 오롯이 시인과 교통하는 양상이 현저하게 나타나고 있다. 이 지점에서 시인은 대상을 메타포로서가 아니라 그 자체로서 만난다. 대상과의 교섭방법이 달라지면서 그의 시세계는 작고 사소하고 약한 것들, 그리고 그것의 순정한 의미들로 가득 찬다. 이들의 의미는 스스로 충만하여 자신의 뒤로 함의의 무거운 그림자를 드리우지 않는다. 시인은 대상물 자체에 주의를 기울이고 그로부터 순수한 가치를 발견하는 것이다."(『사람들 사이에 꽃이 필 때』 해설 107면)

시집 『꽃에게 길을 묻는다』에서는 이런 모색이 전면화되는 느낌이다. 우선 인물을 다룬 이야기시가 대폭 줄고, 자연물들이 주를 이루는데다가 그것이 구체적이고 개별적인 이름으로 호명되고 있다는 점을 들 수 있다. 첫 시집의 자서(自序)에서 시인은 자신을 사로잡은 실화(實話)의 매력을 "밤이면 다시 얼어붙을 것이지만 낮 동안의 햇살에 땅거죽이 녹았을 때 고무신에 질퍽하게 달라붙는 흙, 자칫하면 신을 빼앗기 일쑤인 끈적거리는 흙"에 비유한 적이 있다. 그런데 인물에 대한 관심이 점차 나무나 새와 같은 자연물로 옮겨오고는 있지만, 대상의 실재성 또는 리얼리티를 중시하는 태도는 여전히 유지되고 있다. 이른바 실화(實話)에서 실화(實花)로의 전이라고 할 수 있겠다.

> 깜박이는 불빛 따라 접근한
> 국방군 부대
> 또 총소리 들리고
> 쓰러진 조선이나 한국의 사내
> 그들의 입에 눈에 흙이 들어가
> 꿈도 집념도 온갖 욕망도
> 바람에 날려보내고

지리산 등성이 여기저기 누운

산사람 혹은 국방군

그들이 뒤엉켜 함께 피우는

찔레꽃

지리산 찔레꽃.

———「지리산 찔레꽃」 부분

찔레꽃 보면 찔레열매 떠오르네

서리 맞고 눈 맞으며

추위와 허기를 견디는 새들에게

기꺼이 양식이 되는

열매가 품고 있는 여문 씨앗이 보이고

까치 뱃속을 통과한 씨앗이

볕바른 언덕에서 움트는

찔레의 일생이 보이네.

———「찔레를 보면」 부분

　　앞에 인용한 「지리산 찔레꽃」은 『성에꽃』에 실려 있는데, 이번
시집의 「찔레를 보면」과 비교해보면 확연한 차이를 느낄 수 있다.
전자가 지리산 자락의 찔레꽃을 통해 빨치산의 희생과 아픈 역사
를 떠올리는 반면, 후자는 찔레꽃을 보면서 그것이 열매가 되는

과정을 떠올리며 자연의 순환적 질서를 음미하고 있다. 같은 소재라 해도 역사적 상상력을 바탕으로 한 전자와 생태적 상상력을 바탕으로 한 후자는 적지 않은 간극을 보여준다. 또한 사회·역사적 상상력에서 생태적 상상력으로의 전환 속에서 역사 또는 공동체적 현실에 대한 관심은 자연스럽게 '나'라는 구체적 실존 쪽으로 옮겨오고 있다는 사실도 어렵지 않게 읽어낼 수 있다.

그렇다고 해서 시적 주체인 '나'를 전면에 부각시키고 있는 것은 아니다. 오히려 다양한 대상에게 그 자리를 내어줌으로써 '나'는 발화자보다는 청취자의 입장에 주로 서 있다. 이제 그의 시에서 '꽃'으로 대표되는 자연물은 주관적 감정과 생각을 나타내는 대체물이나 비유적 대상에 머물지 않고, 스스로 주인이 되어 있다. 그리고 시인은 자신이 본 꽃에 대해 진술하기보다는 꽃에게 길을 묻고 있을 따름이다. '묻다'라는 동사는 더이상 자신의 해답을 주장하지 않는다. 질문의 행위에는 대상에 대한 개방성과 겸허함이 깃들어 있다. 이렇게 자신의 생각을 명징한 비유로 드러내기 위해 '꽃'이라는 표상을 설정하고 구체화시키던 태도에서 '꽃'에게 겸허하게 길을 묻는 모습은 대상을 대하는 방식에 있어 상당한 변화라고 할 만하다.

봄이 오는 소리
민감하게 듣는 귀 있어
쌓인 낙엽 비집고

쫑긋쫑긋 노루귀 핀다
한떨기 조촐한 미소가
한떨기 조촐한 희망이다

지도에 없는
희미한 산길 더듬는 이 있어
노루귀에게 길을 묻는다.

—「노루귀」 전문

　노루귀는 봄이 오는 것을 가장 먼저 알아차리고 묵은 낙엽들 사이로 피어나는 작은 꽃이다. 그런데 재미있는 것은 "쫑긋쫑긋 노루귀 핀다"고 하면서 노루귀가 피어나는 모습을 귀의 형상에 비유하고 있다는 점이다. 이 시에서 "지도에 없는/ 희미한 산길 더듬는 이"는 시인 자신으로도 볼 수 있겠는데, 그 역시 작은 노루귀에게 길을 묻고 있다. 이러한 경청(敬聽)의 자세는 시인이 노루귀를 비롯한 자연을 통해 체득한 것이기도 하다.
　다음으로 '꽃'이 철저히 독립된 개체로서 호명되고 있다는 사실에 주목할 필요가 있다. 시인은 추상화된 의미보다는 각기 다른 고유명사를 부름으로써 꽃에게 다가간다. 노루귀뿐 아니라 바다국화, 달롱개, 민들레, 호박꽃, 마타리, 구절초, 찔레꽃 등 그 목록은 풍요롭기만 하다. 시인이 그리워하고 지극한 관심을 기울이고 있는 대상은 꽃에 국한되지 않는다. 그 친애의 목록에는 온갖 동식물들이 들어 있고, '된꼬까리'라는 여울 이름이나 '공룡능선'과 같은 산줄기의 이름도 있고, '담양읍내리오층석탑'과 같은 유적지의 이름도 있다. 그 이름들을 부르고 그들과 대화하는 일만이 생존의 위기에 놓인 존재들을 간절하게 지켜낼 수 있다고 시인은 생각하는 듯하다. 이 시집에서 발견할 수 있는 부단한 답사의 발자취들은 살아 있는 소통의 공간을 마련하기 위해 부단히 몸을 움직여온 시인의 성실성을 잘 말해준다.

그리고 자주 등장하는 호격조사들은 시인이 그 생명체들과의 대화를 얼마나 간절히 시도하고 있는가를 느끼게 한다.

지금은 어느 하늘을 날고 있는지
풍뎅이들아 미안하다
철모르던 시골아이의
기억의 헛간 속에 묻어두고 있었다만
다만 놀이로
수많은 너희들의 목을 비틀었구나

——「풍뎅이」 부분

된꼬까리야
영월 동강의
힘센 물살아
노래를 불러다오

너를 수장시키지 못해 안달한

개발교의 교주와 신도들의 욕망을

잠재우는 노래를.

──「된꼬까리」 부분

그런데 자연과의 대화가 그리 순조롭거나 화해로운 것만은 아니다. 오히려 시인이 자연과의 대면을 통해 발견한 것은 자연이 돌이킬 수 없을 정도로 파괴되어 절멸의 위기에 처해 있다는 사실이다. 그는 참나무에 지천으로 널려 있던 풍뎅이조차 이제는 잘 보이지 않는 것에 대해 섬뜩한 불안을 느낀다. 그리고는 풍뎅이를 놀이삼아 함부로 분지르고 놀던 어린시절을 떠올리며 그것이 "심심하면 못 견디는 인간"의 잘못임을 고백한다. 이 뒤늦은 고백은 자신에 대한 반성을 포함해 인간중심적인 문명에 대한 비판으로 나아간다. 「된꼬까리」에서는 비판의 강도를 높여 동강의 아름다운 여울을 삼켜버리려는 개발논리를 "너를 수장시키지 못해 안달한/ 개발교의 교주와 신도들의 욕망"이라고 표현하기까지 한다.

한 연은 인간의 목소리로, 한 연은 마가목의 목소리로 되어 있는 다음 시를 통해 드러나는 것 역시 인간의 이기심과 폭력으로 자연이 더이상 설 곳을 잃고 막다른 곳까지 몰려 있는 상황이다. "흰머리 검게 하고 성기능 높인다고/ 열매는 따가고 껍질은 벗겨가"는 인간을 향해 마가목은 "재앙스런 원숭이"라고 부른다. 자연과의 친화와 교감을 노래한 시편들 한켠에는 이처럼 인간중심주의에 대한 통렬한 비판이 자리잡고 있다. 생태적 감수성이 단순한 낭만주의적 동경이나 동화(同化)에 머물지 않기 위해서도 이런 양면적인 접근은 필요불가결해 보인다.

나무야 나무야
설악산 마가목아
새파란 하늘 아래
주렁주렁 탐스럽게 붉은 열매 매달고
멀리 동해를 굽어보는 마가목아
너희는 무슨 연유로
비바람 사납고 눈보라 매서운
공룡능선에 사니?

사람아 사람아
재앙스런 원숭이야
흰머리 검게 하고 성기능 높인다고
열매는 따가고 껍질은 벗겨가니
너희들 손길 발길 피해
막다른 곳까지 몰린 것인데
더이상 어디로 피하라고
예까지 찾아오니?

—「공룡능선 마가목」 전문

인간중심적 시각은 대상에 대한 인식태도에서도 잘 드러난다. 「느티나무와 민들레」에서 "느티나무를 열망하고/민들레에 소홀하였"던 시인은 민들레의 일생을 떠올리면서 "사람이 사는 데 과연/크고 우람한 일이 무엇이며/작고 가벼운 일은 무엇인가" 되묻는다. 그러면서 "느티나무 그늘이 짙어지기 전에/재빨리 꽃 피우고 떠나는/민들레 꽃씨의 비상과/민들레 꽃 필 때/짙은 그늘 드리우지 않는 느티나무"에서 모든 생명이 공존할 수 있는 유기적 질서를 발견해낸다. 그 조화와 질서 속에서 무엇이 더 아름답고 가치있다고 말하는 것은 인간의 편견에 불과할 뿐이다.

> 가문 날의 뭉게구름처럼
> 헛꽃 피우는
> 내 자신이 싫어요
> 꽃술을 없애고
> 탐스럽다 칭찬하는
> 사람들의 가없는 욕망이 싫어요
>
> ──「불두화」 부분

'꽃'에 대한 관념도 마찬가지다. 이 시는 아름다움의 기준 역시 철저히 인간 본위로 정해진 것임을 말하고 있다. 불두화의 꽃술을 없애고 그것을 아름답다고 말하는 인간의 욕망은 결국 불두화로

하여금 열매 맺지 못하는 불구의 생명체가 되도록 만들고 만다. 그것이 아무리 아름답게 보일지라도 결국은 "가문 날의 뭉게구름처럼/헛꽃 피우는"일임을 불두화의 입을 통해 들려주고 있는 것이다. 눈에 보이는 꽃만 볼 것이 아니라 그것이 지닌 생명의 연결고리에 주목할 때, 관계론적인 사유가 가능해진다. "찔레열매 보면 찔레꽃 떠오르네" "찔레꽃 보면 찔레열매 떠오르네"(「찔레를 보면」)라며 "찔레의 일생"을 조감하는 것은 생태적 감수성을 지닌 시인에게는 당연한 일처럼 보인다. 이 시 외에도 「나비와 개구리」 「매화와 매실」 「참나무와 도토리」 「까마귀와 고라니」 등은 제목만 보아도 그 생명의 연결고리에 시인이 얼마나 천착하고 있는가를 잘 보여준다.

생태적 감수성의 강화는 시의 형식에도 자연스럽게 변화를 일으킨다. 초기시의 주류였던 이야기시가 몇편 눈에 띄긴 하지만 전체적으로 '노래'라는 서정적 형식으로 현저하게 기울어져 있음을 보게 된다. 이는 달라진 시대적 상황에 따른 시인의 대응이 달라졌기 때문이기도 하지만, 생물학적 나이와 그에 따른 정신적 연륜과도 관계가 있을 것이다. 「노래와 이야기」에서 "내 격정의 상처는 노래에 쉬이 덧나/다스리는 처방은 이야기일 뿐"이라고 말했던 시인은 이제 '노래'에 스스로의 상처가 덧나지 않을 만큼 격정을 가라앉힐 수 있게 된 것일까. 나는 그것을 '마음의 깊이'라고 표현하고 싶다. 왜냐하면 이번 시집에서 그 전모를 드러낸 생태적 지향은 의식의 차원보다는 오랜 기간에 걸친 마음의 변화를 통해

얻어진 것이라 여겨지기 때문이다. 그렇지 않고서야 이렇게 간결
하면서도 곡진한 리듬에 이를 수 있었겠는가. 그의 생태적인 시들
이 단순한 유행의 편승이나 소재주의적 답습을 넘어서는 지점도
바로 그 리듬을 불러내는 마음의 깊이에 있다.

우리가 마음속에 품은 생각이나 입으로 발설한 말 한마디도 결
코 그냥 사라지는 게 아니라는 사실은 과학적으로도 입증되고 있
다. 에모또 마사루(江本勝)의『물은 답을 알고 있다』(양억관 옮김,
나무심는사람 2002)는 물이 인간의 마음과 말에 반응해 그 결정체가
변하는 모습을 보여준다. 인간이 사랑의 마음과 아름다운 말을 보
낼 때 물의 결정은 한결 눈부시고 선명해진다. 이처럼 생태적 감
수성이 진정한 치유력을 지니기 위해서는 어떤 제도적 마련 못지
않게 마음의 깊이가 필요하다는 것을 절감하게 된다. 마음의 차원
을 강조하는 것이 지나치게 낭만주의적인 접근일 수도 있지만, 마
음을 배제한 어떤 의지도 근원적인 힘을 발휘할 수 없다는 것은
분명하다.

지금까지 살펴본 최두석 시의 변화는 점진적이지만 근본적이어
서, 그의 시는 달라진 자리에서도 특유의 항상성을 유지하고 있
다. 삶에 추동되지 않은 섣부른 변화를 경계하면서 균형과 절제를
놓치지 않으려는 일관성, 이것이야말로 그의 시가 다소 느리지만
견고한 탐색으로 버텨온 힘일 것이다. 또한 이야기시론에서도 시
종 강조했듯이, 집단적 역사와 개체적 인간, 이야기와 시, 서사와
서정이 별개가 아니라 서로 긴밀하게 맞물려 있을 때 좋은 시가

태어난다는 사실을 그는 잊은 적이 없는 듯하다. 그 역동성 속에서 의지와 마음을, 역사적 상상력과 생태적 상상력을 구분하는 것은 얼마나 부질없는 노릇일 것인가.

마지막으로 이 시집의 서시 격인 「시인과 꽃」을 읽어본다. 시인은 말이 씨가 된다고 믿는, 또한 그 씨앗이 발아하여 환하게 꽃을 피우기를 바라는 농부와도 같다. 다만 농부는 밭고랑에 씨앗을, 시인은 마음속 묵정밭에 말의 씨를 뿌릴 뿐이다.

꽃을 비롯하여 수많은 생명체의 이름을 부르는 일이 바로 묵정밭과도 같은 세계에 "꽃씨를 뿌리는" 일이 될 수 있다는 순정한 믿음이 오늘 그의 시를 있게 한다. 시인이 기다리는 호접몽(胡蝶夢) 또한 그 말의 개화를 통해서만 가능할 것이다.

　　말이 씨가 된다고 믿고
　　씨앗의 발아를 신뢰하는 농부처럼
　　마음속 묵정밭 일구어
　　꽃씨를 뿌리는 이가 있다

　　가뭄과 장마를 견디고
　　꽃나무가 잘 자라
　　환하게 꽃술을 내미는 날
　　그는 나비가 되어 날아오르는 꿈을 꾼다

　　　　　　　　　　　　　　　　　　——「시인과 꽃」 전문

빈 항아리에 밤비 내릴 때

이홍섭 시집 『숨결』(현대문학북스 2002)

나의 개인적인 습관인지는 모르겠지만, 이홍섭(李弘燮) 시인을 떠올리면 으레 '절'이라는 단어가 뒤따라 나온다. '절'은 사찰을 가리키는 말이면서 만물에 대한 극진한 예를 갖추기 위해 몸을 낮추는 행위를 일컫는 동음이의어다. 이것은 우연의 일치가 아니라 인간의 몸이 곧 사원이라는 뜻에서 비롯되었을 것이다. '절'이라는 말이 연상시키는 고즈넉함과 극진함, 나는 그동안 이홍섭 시인이 그 드문 미덕을 두루 지니고 있는 사람이라고 생각해왔다.

이 시집 속에도 「절」이라는 시가 들어 있다. 시인은 세상에서 가장 절을 잘하셨던 작은할아버지를 떠올리며, 자신이 절하는 모습도 훗날 "천하의 귀신들도 감동하지 않고는 못 배길 모습"으로 기억되기를 바란다고 적고 있다. 그는 세상 일이 뜻대로 되지 않고 마음이 흐트러지는 순간마다 두 손을 가지런히하고 발끝을 모아 오체투지하는 것으로 스스로를 다스려온 듯하다. 이 극진한 마음의 표현은 누군가의 발을 씻어주는 행위로도 나타나는데, 「洗足禮」라는 시에서 그는 하산하기 전날 노스님의 발을 씻어드리고는 그 고된 발바닥을 마음에 품고 산을 내려온다. 세속으로 돌아온 그는 그 발바닥의 힘으로 얼마간 버텼을 것이다. 또, 「不二門」이라는 시에는 길가에 버려진 채 살이 썩어가는 문둥이 여자를 자기 방에서 보살폈던 경허선사 이야기가 나온다. 그 문둥이 여자가 떠나며 기대었던 불이문을 시인은 을지로 지하계단을 오르내리며 하루에도 몇번씩 마음속에 허물었다 세우곤 했을 것이다.

그러나 불가와의 각별한 인연이 그의 시를 읽는 데 하나의 고정관념이 되어서는 곤란하다고 나는 생각한다. 그는 이미 첫 시집 『강릉, 프라하, 함흥』(문학동네 1998)에서 "나의 경전은/경전 속에도 없고/경전을 짊어진 절에도 없다//(⋯) 다만, 거기 한켠에/엄지손가락처럼 서 있는/無名의 부도 한 기//나는 그곳에서/소리내어 경전을 읽는다"(「나의 經典」)고 노래하지 않았던가. 절에 가서도 그의 시선은 웅장한 법당이나 불상이 아니라 후미진 곳에 자리잡고 있는 "無名의 부도 한 기"에 더 오래 머무른다. 또는 요사채 뒤뜰 항아리들 주변이나 기웃거린다.

　　남들 회사갈 때
　　나 절에 간다

내 거처는 非僧非俗의 언덕 한켠

나의 본업은
밤 새워 내리는 밤비를
요사채 뒤뜰 항아리에 가득 담는 일
하지만
내리는 밤비는
항아리를 채우지 못하니

나의 부업은
나머지 빈 곳을 채우는 일
나는
항아리를 껴안고
비 내리는 꿈 속을 헤맨다

──「밤비」 전문

　"내 거처는 非僧非俗의 언덕 한켠"이라는 구절에서처럼, 그의
몸과 영혼은 성(聖)도 아니고 속(俗)도 아닌, 바로 그 경계에 자리
잡고 있다. 그의 시가 태어나는 원적(原籍) 역시 이렇게 절로 올
라가는, 또는 절에서 내려오는 어느 언덕쯤이라고 해야 할 것 같
다. 그동안 무엇을 하였느냐는 질문에 대해 김종삼(金宗三)은 "다

름아닌 人間을 찾아다니며 물 몇桶 길어다 준 일밖에 없다고"(「물桶」) 대답했다면, 이홍섭은 같은 질문에 이렇게 대답한다. "나의 본업은/밤 새워 내리는 밤비를/요사채 뒤뜰 항아리에 가득 담는 일"이라고. 그러나 내리는 밤비로는 항아리를 다 채울 수 없으니 그는 "항아리를 껴안고 비 내리는 꿈 속을 헤"매는 것으로 나머지 빈 곳을 채운다. 그러니까 현실에서나 꿈에서나 채우지 못한 항아리를 껴안고 사는 일이야말로 시인의 본업이자 부업인 셈이다. 이런 끝도 없는 목마름은 대체 어디에서 오는 것일까.

첫 시집에서 그는 "철새를/지상에서 밀어올리는 힘은/팔할이 연민"(「철새는 날아간다」)이라고 고백한 바 있다. 그러면서 그는 "저 외로운 날개 밑에는/얼마나 많은 연민이 숨어 있는가"라고 묻고 있다. 철새가 찬 하늘로 날아오르는 일처럼 요사채 뒤뜰 항아리에 밤비가 내리는 일 또한 얼마나 쓸쓸하고 고즈넉한가. 그리고 그 빗소리를 듣는 마음 바닥에는 얼마나 많은 연민이 숨어 흐르고 있을 것인가. 이번 시집에서도 대상을 바라보는 그의 시선이 조금씩 젖어 있는 느낌을 주는 것은 만물에 대한 '연민'이 스며 있기 때문이다.

그런데 불가의 가르침은 인간적 연민에 대해 경계한다. 붓다는 일찍이 우리의 마음을 붙들고 있는 연민을 부드러운 족쇄라 부르고 연민에 사로잡혀 있는 모습을 조그만 거미가 거미집에 매달려 있는 형상에 비유했다. 그는 도를 위해서는 그 연민까지도 잘라버리라고 말했다. 이 서슬 퍼런 가르침에 빗대어보면, 이홍섭 시인의 심성과 시에 흐르고 있는 팔할의 연민은 엄정한 불도와는 어느 정도 거리가 있어 보인다. 그러나 세상의 고통을 끝까지 함께 겪어내려고 한 유마힐을 떠올려보면 그의 시적 지향이 불도와 그리 멀지 않은 곳에 자리해 있다고 느끼게 된다. 실제로 그는 '유마주의'에 깊은 관심을 가져왔는데, 이러한 관심은 단순한 비평적 테마에 그치는 것이 아니라 이미 그의 성정 안에서 발원하고 있다고 나는 느꼈다. "시는 소외와 파열음의 기록이어야 한다"는 그의 말처럼, 그의 시선이 가닿는 대상은 주로 그 소외와 파열음의 형제들이었다.

그의 시에서 '파열음'이란 격앙된 목소리나 비명이 아니라 조용하면서도 깊은 '한숨'의 형태로 드러난다. 김종삼이 "나의 本籍은 늦가을 햇볕 쪼이는 마른 잎이다. 밟으면 깨어지는 소리가 난다"(「나의 本籍」)고 노래했다면, 그의 본적은 "마루에 앉아 먼 산 바라보면/ 한숨부터 나오던/ 명주군 왕산면 대기리"(「한숨」)이다. '한숨'이 바로 그의 시가 태어난 본적인 것이다. 「심배나무」라는 시를 읽어보면, 고향의 관사 곁에 커다란 심배나무가 있었고 이웃에는 가난한 대처승 가족이 살았던 듯하다. 그 대처승이 이따금 마당에 나와 먼산을 바라보고 있는 모습을 훔쳐보던 소년은 이미 어려서 한숨의 깊이를, 또는 심배의 시린 맛을 알아버렸다. "그 시린 맛 속에 인화되던 스산한 풍경"(「심배나무」)이 조숙하고 내성적이었던 소년을 비승비속의 삶으로 이끌었을 것이고 또한 시를 쓰게 했을 것이다.

그러나 어느덧 그 대처승의 나이가 되어 시인은 탄식한다. 그 마루 끝에서 긴 호흡으로 받아들였던 "강원도 산골짝의/고 이쁜 햇빛이며, 바람이며, 구름"은 다 사라지고 "이제 한숨 같은 건/꿈 속에서도 나오지 않는다"(「한숨」)고. 그래서인지 이번 시집은 그 '숨결'의 복원을 위해 숨을 고르는 데 바쳐지고 있는 듯하다. 한숨 (큰숨)을 되찾기 위해 그는 무릇 살아 있는 목숨들의 낮은 숨결에 귀를 기울이고 자신의 고단한 숨결을 그 숨결에 가만히 포개어보기도 한다.

> 선잠 든 아내의 숨결이 고를 때까지
> 내 숨결도 고르다 보면
> 이 세상
> 꿈까지 동행할 수 있는 길이란
> 참으로 드문 길이라
>
> 아내의 고른 숨결 속으로
> 내 고단한 숨결도
> 가만가만 보태어보는 것이다
>
> ——「숨결」 부분

요사채 뒤뜰 항아리에 밤새 비를 담던 그는 이제 일상으로 돌아와 항아리 같은 방의 어둠을 아내와 자신의 숨결로 채우려 한다.

항아리의 나머지 빈 곳을 채우기 위해 항아리를 껴안고 비 내리는 꿈속을 헤매던 그는 이제 아내의 꿈에까지 동행할 수 있는 길이 있는가 자문하고 있다. 그 모습이 어쩐지 그가 어릴 적 훔쳐보던 가난한 대처승의 등과 닮아 있는 것 같다. 또는 「겨울나무」에 나오는 고향 언덕배기에 서서 "몰아치는 눈보라를 향하여/자신이 어쩌다 거기에 서 있게 되었는지" 묻고 있는 겨울나무와도 닮아 있다.

물론 그 질문에 시원스런 대답을 마련해주는 이는 어디에도 없다. 그저 뜨거운 적쇠 위에 올라 가부좌를 틀고 앉은 가재처럼 "뒤로 가도 여기가 극락"(「가재」)이라고 중얼거리며 뜨거움을 견디는 수밖에 도리가 없을 것이다. 단말마의 비명을 낮은 숨결로 내쉬려 하니, 그는 또 얼마나 힘이 들었을 것인가.

이홍섭의 『숨결』을 압축해서 얘기한다면 '반승반속'의 언덕에서 '세간'의 방으로 돌아오는 여정이라고 말할 수 있다. 물론 완전한 귀환이라기보다는 또다른 출분의 가능성과 필요성을 전제로 하지만 말이다. 두 세계 사이에서 숨을 고르고 있는 그의 노력에 깊이 공감하면서 마지막으로 한가지만 덧붙이려 한다. 이왕 돌아왔으니 발을 담글수록 빠져드는 진흙바닥에 더 과감하게 뿌리내려보라는 것이다. "좋은 시는/바닥을 치는 시야, 그지?"(「모래무지」)라고 그가 후배에게 던졌던 말처럼, 생의 바닥을 제대로 치는 시란 지린내나는 일상의 낯익음과 어떻게 싸우느냐에 달려 있다고 생각하기 때문이다. 이것은 나 자신에게도 수없이 해보는 주문이지만, 시가 더러워지고 잡스러워지는 것을 두려워하지 않을 때 비로소 그가 말하는 좋은 시에도 근접할 수 있는 게 아닐까 싶다. 이홍섭 시인 특유의 나지막한 숨결이 빛나는 대목도 그렇게 생의 깊은 바닥을 치고 올라오는 순간에 얻어진다.

짜디짠 세상이여, 이 심심한 시들을 받아라

장철문 시집 『바람의 서쪽』 (창작과비평사 1998)

"남들 피 열 바퀴 돌 때, 일곱 바퀴 반만 도는 사람"이라고 나는 그에게 궁시렁거리곤 한다. 욕망을 생산하기 위해 쉬지 않고 도는 피가 그에게라고 돌지 않는 것은 아니겠지만, 장철문(張喆文)의 나지막함은 유난한 데가 있다. 그래서 그의 몸에는 차라리 들끓는 피 대신 수액이 돌고 있는 게 아닐까 생각해볼 때도 있다. 그를 마주하고 있으면 마치 서늘한 나무 그늘에 기대앉은 것 같다. 불가에서는 세상을 불타오르는 집에 비유했거니와 그 불길이 내 마음자락에 옮겨붙어 팔딱거릴 때, 그가 내게 건네는 것은 맑은 물 한잔이다. 아마도 그 불길을 끄기 위한 물이 아니라 숨 좀 돌리고 다시 찬찬히 바라보라는 의미에서 건네는 물일 것이다.

산이 낮아서 구릉이 오히려 넓다

말 또한 느려서

심성이 깊다

웬 길손이 이곳을 지나다가

무덤 속의 해골물을 들이켜고 천년 체증을 내렸다

그 트림소리를 듣고

바다 건너가 용을 안고 온 사람이 저 부석사 주인이다

— 「직산」 전문

본인은 전혀 의식하지 않고 썼겠지만 이 시야말로 시인 자신을
가장 잘 드러내고 있다고 느껴진다. 그의 나지막함이란 오히려 깊
고 넓은 심성에서 나온 것이니 말이다. 그 속에서 흘러나온 맑은
물(또는 해골물) 몇번 얻어 마신 죄로 나는 감히 부석사 주인은
되지 못하고 이렇게 시집 뒷글을 붙이는 신세가 된 셈이다.

학교로는 같은 과 1년 후배이고 나이는 동갑인 그와 때로는 친
구처럼 때로는 오누이처럼 지내온 지도 10년이 훨씬 넘었다. 그러
는 동안 나는 한번도 그가 화를 내거나 뛰어가는 모습을 본 적이
없다. 그리고 어떤 자리에서든 스스로 주인공이 되어 목소리를 높
이는 모습도 보지 못했다. 그는 마치 '배경'이 되기 위해서, 숨기
위해서 존재하는 사람 같았다. 그렇다고 달리 은자의 포즈를 취하
며 사람을 멀리하지도 않는다. 작은 은자는 산 속에 숨고 큰 은자
는 사람 속에 숨는다는 말도 있듯이, 그는 늘 사람들과 함께 있으

면서도 오롯함을 잃지 않았다.

　그런데 오롯하다는 것이, 나지막하다는 것이, 시에서는 반드시 미덕으로만 받아들여지지 않는 것 같다. 어느정도의 욕망과 소란 없이는 문학행위가 불가능하며, 욕망으로 인한 갈등과 절망이 처절할수록 문학적 감동은 커진다고 여기는 게 일반적이다. 만일 그 것이 여의치 않다면, 하이에나 앞에서 키를 높이려는 인간들처럼 수사의 막대기를 흔들어대거나, 자기 정신을 깊게 보이려고 일부러 얕은 바닥을 휘저어서 물을 흐려놓는 방법이라도 써서 살아남 으려고 한다. 그런 시인들을 향한 니체(F. Nietsche)의 비난과 조롱은 통렬하기까지 하다.

　　분명히 시인들에게선 진주가 발견된다. 그러므로 시인은 그만큼 딱딱한 조개류를 닮은 것이다. 때때로 나는 그들에게서 영혼 대신에 짜디짠 점액을 발견하곤 했다. 그들은 바다로부터 허영심까지도 배 웠다. 바다는 孔雀 중의 孔雀이 아닌가? 바다는 가장 추악한 물소 앞에서까지도 자신의 꼬리를 펼친다. 바다는 은과 비단의 레이스로 만든 자신의 부채에 결코 싫증을 내지 않는다. (…) 실로 시인의 정 신이야말로 공작 중의 공작이며, 허영의 바다인 것이다. 시인의 정 신은 관객을 원한다. 비록 그 관객이 물소일지라도! (『짜라투스트라 는 이렇게 말했다』)

　비유가 너무 극단적이기는 하지만, 이 말에 뜨끔하지 않을 시인이 몇이나 될까. 나 역시 짜디짠 바다에서 진주 한알을 얻는다는 미명으로 하루하루 딱딱해져가는 몸을 이끌고 허영의 전략만 배우고 있는 것이 아닐까 반문해보기도 한다. 그만큼 글 쓰는 일은 자기를 황폐하게 만드는 일이고 거짓되게 만드는 일이 되기 쉽다. 물론 그런 과정을 거쳐서 짠내 비린내가 깊이 밴 간고등어맛이 문학의 제 맛이라고 할지도 모르겠지만.

그에 비하면 장철문의 어떤 시들은 너무 심심해서 이게 무슨 맛인가 한참을 곱씹어야 할 때가 있다. 달콤한 조미료나 향신료조차 들어 있지 않다. 등단한 지 5년이 지나서야 내는 첫 시집이라는 걸 감안할 때, 그 심심함은 오히려 기이하기까지 하다. 그는 느린 피와 느린 말 덕분에 세상의 속도로부터 좀더 자유로울 수 있었던 것일까.

그가 견지하고 있는 나지막함이나 고요함이란 천성이기도 하겠지만 한편 철저한 '수행'의 산물이기도 하다. 그가 몇년째 근본선(根本禪)을 해오고 있는 것도 이와 무관하지 않을 것이다. 그러나 선입견을 가지고 그의 시를 지나치게 불교적으로 읽을 필요는 없다. 내게 그럴 만한 불교적 소양이 없기도 하거니와, 그런 이해가 그의 시를 자칫 좁혀놓을 우려도 있기 때문이다. 다만 불교적인 것이 아니더라도 스스로를 비우고 헐벗게 함으로써 '남루'에 가까워지는 일, 그러한 정신의 지향은 곳곳에서 발견된다.

생략이란 저런 것이다

꼭지가 들도록, 한 생애를

채웠다 비우고

모세혈관처럼

허공을 껴안은 가지들

──「겨울 가지」 부분

저 남루 속으로 들어가고 싶다

비워진 숲의

한그루 참나무로 서서

여분의 피와 살 말리고 싶다

──「초겨울숲」 부분

   군더더기 없는 정신이란 "여분의 피와 살"을 모두 말리고 "물관
도 체관도 다 겨울잠 재우고/ 웃자라 병든 가지일랑/ 뿌리 곁에 떨
구고" 난 뒤에야 비로소 가능해지는 일이다. 또 "꼭지가 들도록
한 생애를/ 채웠다 비운" 시린 가지 끝의 서릿발 같은 것이기도 하
다. 그러한 생략과 절제의 자세는 얼핏 추사의 「세한도」를 떠오르
게 한다. 「세한도」를 볼 때마다 느끼는 것은, 선 몇개만 남기고 다
비워낸 듯한 그 단순한 구도가 오히려 꽉 차 보인다는 점이다. 가
장 큰 기교는 서툴러 보인다는 '대교약졸(大巧若拙)'의 경지나 너
무나 곧은 것은 굽은 것과 같다는 이치는 이를 두고 한 말일 것이

다. 결국 「세한도」에서 우리가 보게 되는 것은 서슬 퍼런 기상과 절개라기보다는 자유로운 정신이 낳은 파격과 절제이며, 그것이 만들어내는 커다란 '품'이다.

장철문에게서 보이는 비움의 자세 역시 궁극적으로는 모든 것을 끌어안는 '품'을 이루려는 의지에서 비롯된다. 「겨울 가지」에서 한 생애를 다 비워낸 나뭇가지가 완강하게 허공을 끌어안고 있다고 본 것이나 「花舞」에서 흩어져 떨어지는 꽃잎들의 파장 속에서 "넉넉한 긴장"을 읽어내는 것들이 그 예이다. 또 「이중주」에서는 바다의 명치와도 같은 여린 조갯살의 상처가 보여주는 저 "시퍼런 집중"과 눈더미를 버티며 휘어진 새파란 대 위에 참새떼가 깃들이는 "저 커다란 품"을 엮어 하나의 선율로 만들고 있다. 이 선율 속에는 "넉넉한 긴장"이라는 말처럼 비움과 채움, 집중과 품이라는 역설적인 지향성이 동시에 존재하고 있다. 그의 시의 긴장이나 균형감각은 바로 이 두 개의 지향 '사이'에서 생겨난 것이다.

그런데 이러한 시들이 그의 정신의 밑그림을 보여주고 있기는 하지만, 활달하고 생동감있게 그려지기에는 관념의 개입이 지나쳐 보이기도 한다. 오히려 이 시집에서 내가 좋게 읽은 시들은 의식의 지나친 긴장을 벗어나 삶의 결을 구체적으로 드러내 보이는 시들이었고, 그런 시들이 더 많았으면 하는 바람도 가져본다. 다시 말해서 관념의 앙상한 뼈보다는 부푼 근육이나 앓고 있는 살을 보여줄 때 대상이 한결 생생해지는 느낌이다. 내게는 겨울숲의 가난함보다는 햇살 환한 오후 자전거 탄 노인이 지나가는 거리의 풍경이 더 애틋하고(「자전거가 있는 풍경」), 진지하고 정갈한 구도의 목소리보다는 파장 무렵 장에서 생선 파는 아주머니나(「場 풍경」) 이모의 걸팡진 전화목소리(「서정리 이모」)가 더 흡인력있게 느껴진다.

이모가 전화하실 때는 곧 수화기 밖으로 뻗어나올 것 같은, 야이, 머시마야——그 느닷없는, 경상도 사투리 넌출과 전라도 사투리 넌출이 한 밭둑을 타고 넘는다. 그만 가슴에서 지리산 줄기 하나가 꿈틀 일어서는 것이다. 뱀사골에서 오미자 덩굴을 헤치다가, 한치 앞 나뭇가지에 또아리 튼 까치독사와 딱! 눈이 마주쳐버린 그 얘기를 하실 땐, 거 참! 어떻게 살아야 이모 같은 이야기 장단이 익을까. 딸 여섯에 아들 하나인 우리 이모. 이모부 생일날 딸년들 몫으로 떡 한 말 쪄놨다가 썩을년들 한년도 코빼기 안 비치면 광주리째 아영중학교 앞에 들고 가서 나오는 놈마다 한놈씩 이눔아, 왜 그리 어깨가 처졌냐? 이거 한덩어리 묵고 가그라. 이 세상 새끼들이 다 내 새끼마냥 짠해서 아나, 너도 한쪼가리 묵고 가그라! 뱀사골 오미자 맛이 시고 달고 쓰고 짜고 맵고 넓은 우리 이모 성깔만할까.

—「서정리 이모」 부분

한평 남짓, 대문간 옥상에 올라가신 아버지는 종무소식이었습니다. "어채피 산동넨디, 저 어디 벤두리로나 가서 돼지나 한마리 키웠으면 좋겄어." 몇년 전 쉰 넘어 밥 한 덩이 버리던 어머니가 한숨이셨습니다. 그 얼마 뒤, 아버지는 공사장 떠돌 때마다 시멘트 한보자기씩 자갈 한보자기씩 얻어다가 대문간 옥상에 텃밭을 만들었지요. "아부지 그 속터지는 일 좀 그만하세요." 큰형님은 옥상으로 왼종일 흙을 져올리는 아버지에게 짜증을 냈습니다. 오늘 그 하늘텃밭에서 아버지는 나발 같은 흰 꽃을 피운 百年草 꽃대에 야윈 볼을 비비고 계십니다.

──「하늘꽃」 부분

  기우듬히 하늘 비워낸 서탑도 서탑이지만, 거긴 참 어여쁜 스님 한 분이 계셨어요. 갈대숲 이만치 다소곳이 합장하신 쑥부쟁이님이 신데요. 그분께서는 백젯적 기왓장 사이에서 무상에 들어 계셨어요. 둘레엔 수천의 고깔 쓰신 고마리여승님들이 승무를 하고 계셨는데 요, 가을날 땅 위에 내린 미리내님이었는데요. 이제 가보니 그새 가 시고 안 계시더라구요. 아마도 금빛 동탑 아래 꿈에 드신 채 입적하 셨는지요.

──「미륵사지 옛적」 전문

  이 세 편은 우선 산문시라는 공통점을 가지고 있다. 불필요한 수사를 최대한 배제하고 문어체적 긴장을 높이려는 초기시들에 비해 대상을 보다 정감있고 감칠맛나게 전달하는 구어체의 구사 가 돋보인다. 「서정리 이모」에서 그는 "어떻게 살아야 이모 같은 이야기 장단이 익을까" 감탄하고 있지만, 나는 이 시를 읽으면서 그의 가지런함 어느 구석에 요런 이야기 장단이 숨어 있었을까 감탄하기도 했다. 서정리 이모의 넉살과 능청, 그리고 뱀사골 오미자 맛보다 "시고 달고 쓰고 짜고 맵고 넓은" 성깔에 힘입어 이 시는 언어의 육질을 풍부하게 보여주고 있다. 그 성깔의 속내에 "이 세상 새끼들이 다 내 새끼마냥" 짠하게 느껴지는 치마폭 같은 모성이 들어 있다는 것은 굳이 설명하지 않아도 잘 드러난다. 이 시는 '품'을 지향하는 것이 아니라 이미 '품'을 구현하고 있다.

「하늘꽃」에서 아버지는 대문간 옥상에 일구어낸 하늘텃밭에 피어난 흰 백년초 꽃대롱에 야윈 볼을 부비며 자식을 앞세운 한을 달래고 있다. 인용부분에 이어 "들리는구나 애야 흰 꽃대롱 속에서/어린날 네 웃음소리가/네 자식놈/목젖 보이는 웃음소리가/고맙다 애야/이렇게 잦은비 뿌리는 날/손 노는 날 가려/왔구나 애야" 하는 아버지의 목소리가 이어지는데, 담담하면서도 간절한 목소리는 모든 상처들을 감싸고 다독거리는 듯하다. 저승의 아들마저 비 내리는 틈을 타 잠시 쉬어가는 그 '품'은 아버지의 것이면서 동시에 몇년 사이에 두 형을 잃어버린 시인이 그 죽음을 끌어안는 데서 생겨난 품이다.

그런데 「하늘꽃」에서의 아버지와는 사뭇 다른 아버지의 모습이 있어 눈길을 끈다. 「고해」라는 시를 보면 '고통'의 원체험이 적나라하게 드러나 있다. 시인은 지옥 같던 어느날 밤을 떠올리면서 "사금파리, 사금파리, 사금파리…… 그날로부터 나는 모든 날카로운 것들과 싸워왔다." "오늘까지 나는 세상을 자정이 넘은 거리로 보아왔다." "애비여, 개새끼들이여. 이렇게 외치지 않고 나는 쇳조각을 녹일 수가 없다"라고 절규한다. 이러한 고해와 부정이 없이는 사금파리들처럼 가슴에 박힌 상처들을 녹여낼 수 없었을 것이다. 그러기에 "풀무로 쇠를 녹이듯" 살아온 고통의 밤들이 피워올린 푸르름의 세계를 단순히 평화라고 부를 수는 없다. 얼핏 평화롭고 고요하게만 보이는 그의 세계가 실은 절망이나 죽음과의 기투 속에서 간신히 이루어진 것임을 느끼게 된다.

그런 점에서 자연을 노래한 시들도 다시 들여다볼 필요가 있다. 「미륵사지 옛적」은 오래된 서탑과 쑥부쟁이와 고마리와 미리내와 기왓장이 서로 어우러진 채 생성 소멸하는 모습을 의인법을 통해 그려내고 있다. 그것은 자연을 인간의 잣대나 시적 의미에 따라 변형 또는 왜곡시키는 의인화가 아니라 작은 풀포기 하나에까지 생명에 대한 지극한 경의를 표현하는 방식으로 존재한다. 그의 시에서 자연은 인위적인 정서나 사상의 대체물이기를 한사코 사양하는 것처럼 보인다. 자연물이 시에 들어오는 한 어쩔 수 없이 문자화의 과정을 겪게 되지만, 그의 시에서 나무, 풀, 새, 돌, 벌레들은 풍경을 이루는 하나하나의 자모(字母)일 뿐 크게 변형되지는 않는다. 제가 시 속에 들어온 줄도 모르고 개미는 부지런히 흙을 퍼올리고 있고, 청설모는 작고 까만 눈동자로 한참 동안 누군가를 바라보다가 제 갈 길을 가고, 늦호박은 잎새 뒤에서 저 혼자 여물어간다. 시인인 '나'는 숲속에서 모기 한마리와 신경전을 벌이기도 하고(「모기는 둥글다」), 마른 풀잎들 속에서 이명처럼 우는 씨르래기들과 노래를 부르기도 한다(「마른 풀잎의 노래」). 시인 자신 역시 마이크로코스모스의 일원이 되어 그 작은 존재들의 눈높이를 가지게 된 것이다. 보르헤스의 말처럼 "우주는 신이 쓴 하나의 거대한 책"이며 시인 역시 그 문장 속의 하나의 자모를 차지하고 있을 뿐이다.

그런데 이런 의문이 들기도 한다. 지금 우리가 일상적으로 경험하고 있는 자연의 모습이나 어쩔 수 없이 응낙하고 살아갈 수밖에 없는 문명적 조건이 그런 화해와 일치를 가능케 하는 상황인가 하는 것이다. 어쩌면 자연과 불화할 수밖에 없는 생존의 조건이 그를 시인으로 만들었는지도 모른다. 4, 5년 전 그는 난지도라는 곳에 '감전' 되어서 시간만 나면 그곳을 서성거렸다. 그때부터 그의 몸은 아프기 시작했다. "지하처럼 음습하며 사금파리같이 빛나며 추레하고 새앙쥐 썩는 냄새가 나는"(「난지도 가는 길」) 그곳이 제 몸처럼만 여겨져서 마치 불덩이 같은 게 하나 가슴에 들어앉은 것 같았다. 그가 대학시절에 놓았던 시를 다시 시작한 것도 그 불덩어리를 다스리기 위해서였다.

일산에 사는 나는 자유로를 자주 지나게 되는데, 난지도 근처를 지날 때면 내 눈은 무언가를 찾듯 더듬거린다. 거기 어떤 풀과 나무들이 자라고 있나. 새들이 어디에 모여 사나. 그 풀과 나무와 새들이 생존의 바로미터라도 되는 듯이 말이다. 달리는 버스의 속도 못지않게 난지도의 푸르름 또한 하루가 다르게 가속이 붙고 있다. 그 푸르름을 보며 나는 하마터면 아름답다,고 말할 뻔했다. 인간의 욕망이 이루어놓은 쓰레기산조차도 무심코 지나가는 이에겐 아름답고 풍요로워 보일 수 있다. 그러나 그곳에서 살아가거나 그곳을 제 몸처럼 앓고 있는 이들에게 난지도는 고통의 총화일 뿐이다. 그래서 그는 난지도의 아침을 두고 이렇게 말했다. "푸르름이 이토록 뼈아파서／평화 없이는 갈 수가 없다"(「난지도의 아침」).

만일 그 푸르름의 뼈아픔을 겪어내지 않았다면 장철문은 시인이 되지 않았을 것이다. 난지도가 그의 시가 뿌리내린 터전이라는 사실은 그의 자연시들을 단순한 음풍농월이나 선시, 생태시들과 구별하도록 해준다. 그는 자연을 단순한 풍경이나 현상으로서 바라보는 것이 아니라 거기에 내재한 우주적 질서에 스스로를 합일시킴으로써 전체로서의 세계를 포착하고자 한다. 그리고 한 인간으로서 겪어야 했던 운명적인 질곡 역시 그러한 질서 속에서 수용해왔다. 그의 시가 고통의 절정에 서 있기보다는 고통이 삭혀진 자리, 썩고 썩어서 푸르러진 자리에 놓여있는 것은 그런 이유에서일 것이다.

그는 1994년 장시천(張侍賤)이라는 필명으로 시인이 되었다. 나는 그에게 왜 그렇게 동학 냄새가 뚝뚝 떨어지는 이름을 쓰느냐고 핀잔을 준 적이 있다. 이십대를 보내는 동안 동학에 대한 관심과 장일순 선생의 영향을 깊이 받고 있다는 것을 어깨 너머로 눈치채고 있던 나로서는 그러한 경도가 문학과는 거리가 있는 것으로 느껴졌기 때문이었다. 그러나 그는 말없이 '시천'이라는 이름처럼 천한 목숨들을 마음으로 모시고 돌보며 살았다. 그것이 문학의 길이 되든 그렇지 않든 그 자체가 중요한 것은 아니었다. 일단 시인이 되어도 문단에서 어떻게 자리를 잡을까 전전긍긍하는 것이 현실인 데 비해, 그는 오만하다고 여겨질 만큼 시인으로서의 자리에는 무관심해 보였다. '시(詩)'를 모시기보다는 그 마음자리에 온갖 '천(賤)'과 '천(天)'을 모시고 지내온 그에게 시는 한갓 그림자에 불과한 것이었으리라.

이제 그가 장철문이라는 이름으로 돌아와 시집을 낸다. 시천이라는 이름을 버렸다기보다는 그 이름으로부터 자유로워졌다고 보아야 할 것인데, 나는 그것을 일상으로의 귀환이라고 부르고 싶다. 그리고 시로의 귀환이라고 말이다. 시가 단순한 그림자만은 아니며 시와 삶과 마음이 따로 존재하는 것이 아니라는 걸 그 역시 느꼈을 것이다. 이 시집의 가장 마지막 시이자 표제작이기도 한 「바람의 서쪽」은 거기에 이르고 있다.

바람 부는 충적토 지석묘 곁에 서면
이렇게 서 있는 것이 오늘만이 아니다

이 구릉에서 돌창을 다듬은 사나이도
잔솔밭으로 달리는 고라니를 쫓다간
바람 밀려가는 서녘을 바라보곤 했을 것이다

고타마만이 가부좌를 알았겠는가

이 구릉까지 돌을 나른 사람도
돌 밑의 사람도
그 무게를 내려놓고 싶었을 것이다

산과 산 사이 빗발 묻어오는 이 시간에도
담쟁이 뒤집어쓴 돌무덤 속에서
영혼을 바래고 있는 사람이 있을 것이다

봄풀 오르는 충적토 지석묘 곁에 서면
여기 서 있는 것이 혼자만이 아니다

— 「바람의 서쪽」 전문

시천과 철문이라는 두 이름 사이에서 일상과 초월을 들락거리며 살아온 정신의 여정을 생각해보면 그가 그동안 땅에다 발붙이고 용케도 살아왔구나 싶다. 이따금 그의 직장이 있는 마포 어디쯤에서 헤어질 때 멀어지는 뒷모습을 바라보면서 그가 그렇게 걸어가 영영 돌아오지 않을 것 같은, '바람의 서쪽'을 향해 덧없이 사라져버릴 것 같은 느낌이 들고는 했다. "오랜 상처와, 내가 걸어온 길의/코스모스였던 사유들, 발목이었던/고통들, 바람의 출처였던 비애들/신발로 벗어두고 (…) 천연덕스럽게 내려다보며,/한 우주도 너끈히 들어갔다 나올/저 허황함 속으로/퇴근길의 특별할 것 없는 귀가처럼"(「마포, 1996년 겨울」).

그러나 「바람의 서쪽」에서 그는 말한다. 오랜 세월 돌무덤 속에서 영혼을 바래고 있는 사람도, 그 옛날 무덤을 만들기 위해 돌을 나르고 돌창을 다듬은 사람도, 오늘 그 지석묘 곁에 서 있는 '나'도 결국 하나이며, "이렇게 서 있는 것이 오늘만이 아니"며 "혼자만이 아니"라는 걸. 또한 그는 긍정한다, 바람의 서쪽으로 걸어가는 길뿐 아니라 돌처럼 완강한 삶의 무게를 견디며 살아가는 일이 모두 가부좌임을.

삶의 집착으로부터 자유로워지려는 방식이 '참선'이라면, '시'는 삶의 무게를 끝까지 끌어안고 짊어지는 방식이다. 나는 그가 두 가지 방식을 함께 지니고 가는 것에 대해 회의와 기대를 동시에 가진다. 문학이란 집착 없이는 불가능하지만, 진정한 문학이란 집착을 넘어설 때 가능한 것이기도 하기에. 그 긴장을 지탱해가는 것은 전적으로 그의 몫이다. 내가 할 수 있는 일은 오로지 그 사이에 풀처럼 돋아난 이 시들을 먼저 맛보고 누군가에게 권하는 것뿐이다. 짜디짠 세상이여, 부디 이 심심한 시들을 받아라. 시라는 옷조차 걸치기 두려워하는 이 남루의 영혼을!

보랏빛은 어디에서 오는가

초판 1쇄 발행/2003년 11월 15일
초판 3쇄 발행/2019년 4월 22일

지은이/나희덕
펴낸이/강일우
편집/김정혜 문경미 안병률 김현숙
펴낸곳/(주)창비
등록/1986년 8월 5일 제85호
주소/10881 경기도 파주시 회동길 184
전화/031-955-3333
팩시밀리/영업 031-955-3399 · 편집 031-955-3400
홈페이지/www.changbi.com
전자우편/lit@changbi.com

ⓒ 나희덕 2003
ISBN 978-89-364-7086-9 03810